KB056020

절망의 가지에서
파랑새 날다

임래청 자전에세이

절망의 가지에서
파랑새 날다

삶의 끝자락,
절망의 한복판에서 피어난 야생화의 삶

이 글을 쓰면서 많이 울었다. 인생은 슬픔과 아픔이 있어도 여전히 '아름다운 것'이라고
고백하고 싶다. 긴 세월 동안 남몰래 아픔을 함께하며 울어준 아내와 딸들에게 못난 아빠가
용서를 빌며 이 책을 선물하고 싶다.

생각나눔

◆

나이 육십이 넘은 사람치고 사연 없는 이는 없을 겁니다. 그렇다 해도 임래청이란 분의 스토리는 남다른 구석이 한둘이 아닙니다. "절망의 가지에서 파랑새 날다"는 '기가 막힐 웅덩이와 수렁에서' 여러 차례 끌어올리신 하나님의 섭리가 없이는 읽힐 수 없는 개인사이자 가족사입니다. 그래서인지 되돌아보며 덤덤히 써내려간 그의 광야 여정은 희로애락의 자갈들과 돌덩이들이 흩어져있지 않고 모두 이어져 하나의 좁은 길이 되었습니다. 말로 다할 수 없는 하나님 은혜의 큰 손을 붙잡았기 때문입니다. 광야 여정 처음부터 실은 임래청의 손을 하나님께서 붙잡고 계셨기 때문입니다. 그와 가족이 ACTS 동문이 되어 선교의 날개를 달고 세계 27개국을 지금까지 방문한 것은 그와 가족의 보폭보다 먼저 앞서 가시는 주님의 걸음이 있기 때문입니다. 오늘과 내일, 성령님께서 그의 발걸음을 어디로 어떻게 인도하실지 궁금하기도 하고 또 기대되기도 합니다. 저자 임래청의 인생 이야기를 읽으면서 여러분의 인생을 다시 읽는 여유가 생긴다면 좋겠습니다. 이 책을 마음의 눈으로 읽으면서 우리 인생 가운데도 찾아오셨고 또 찾아오실 하나님의 구원 이야기에 설렘이 한 아름 가득 열린다면 참 좋겠습니다.

허주 / 아세아연합신학대학교(ACTS) 교수

◆

친구로부터 원고를 받고 첫 장부터 단숨에 읽어 내려갔다. 그가 가족들과 감당했어야 했던 아픔의 사연들이 내 가슴을 먹먹하게 하였고, 결국 손수건으로 흐르는 눈물을 닦을 수밖에 없었다. 참으로 마음이 아프면서 아름다운 이야기다.

이 책을 펼쳐보면 저자가 들꽃 같은 자신의 인생 여정을 파노라마처럼 풀어쓴 것을 알 수 있다. 귀한 인생의 여정을 이야기하면서도 과장하지 않고 사실 그대로 써 내려간 진솔한 이야기는 평소에도 과장할 줄 모르는 그의 마음이 보이는듯하다. 광야 같은 인생의 여정을 지나온 그 발자국 걸음마다 하나님의 만지심, 하나님이 붙드시고 인도하신 손길을 느끼게 한다. 나는 그가 이렇게 살아온 것을 보면서 내가 만약에 그처럼 걸어왔다면 정말 견디지 못했을 것으로 생각한다.

저자 임래청은 인생의 반환점을 돌아서 남들이 꿈을 접고 안정적인 삶을 추구할 때 즈음에 신학을 공부한 나의 친구이다. 내가 그를 만난 것은 고등학교 시절이었다. 당시에 불교학교인 해동고등학교서 만나 함께 공부하며 우정을 키웠다. 그는 당시에 불교에 심취해 있었지만, 예수를 믿으라고 권하는 나를 한 번도 힘들게 배척하거나 핀잔을 준 적이 없었다. 친구는 학교를 졸업하고 헤어질 때까지 기독교 신앙을 가지지 않았지만, 나의 신앙을 존중해 주었던 것으로 기억된다.

　그가 군 복무를 마치고 온 후에 기독교인이 되었다는 이야기를 듣고 집으로 찾아갔었다. 그때에 얼마나 감격했었는지 모른다. 그렇지만 그가 다니던 교회가 목사파, 장로파로 분열되는 일로 인하여 상처를 입고 다시 신앙을 잃어버렸다는 소식을 C 친구로부터 전해 들었다. 이후 30년 세월 동안 그에 대한 소식을 듣지 못하고 내 나이 50이 다 되기까지 다시 보지 못했었다.

　나는 결혼 후에 남아공으로 유학길에 올랐고 학업을 마친 후 한국에 귀국하여 서울성경신학대학원에서 전임교수로 재직하던 어느 날 그에게 걸려온 한 통의 전화를 받았다. 당시 지나온 세월을 생각하면 얼마나 반가웠는지 모른다. 그가 다시 신앙을 회복한 것이 반가웠고 신학을 공부한다는 사실에 놀랐다. 하지만 '그 나이에 어떻게 그 힘든 신학 공부를 감당할 수 있을까?'라는 의심과 걱정을 하면서 그를 위해 기도했다. 그는 속성으로 신학을 하지 않고 대학과 대학원 정규과정을 다 마칠 때까지 7년 동안 묵묵히 공부하는 모습을 지켜보면서 마음이 아프면서도 정말 기뻤다. 긴 시간의 신학 공부를 마치고 작년에 목사 임직을 받게 된다는 소식을 듣고 정말 감격하여 하나님께 감사의 기도를 드렸다.

　저자는 광야의 들판에서 피고 지는 꽃처럼 영혼의 아픔 속에서도 하나님을 그리워하고 하나님의 부르심을 어렴풋이 느끼면서 점점 더 깊이 그리고 또렷하게 느껴가는 과정을 고백하고 있다. 지금 힘든 인생을 살아가는 사람들이 꼭 한 번쯤 읽으면 삶에 대한 도전을 받고 새 힘을 얻게 될 것이다. 지금 이 순간에도 수많은 가정이 깨어지고 있는 안타까운 우리 사회에 그는 "그래도 세상은 아름답고 행복하다."라고 고백한다. 또한, 그가 걸어온 인생은 주님 없이는 결코 걸어올 수 없었던 길인 것을 깨닫고 기꺼이 그가 겪어야 했던 아픔들을 함께 나누며 좌절과 절망 속에서 피어난 아름다운 용기에 박수를 보내면서 이 책을 추천한다. 『절망의 가지에서 파랑새 날다』는 아픔과 좌절에 빠진 사람들에게 희망과 용기를 찾아주는 감동의 메시지를 담고 있다.

창 넘어 해운대백사장을 바라보며
송무현 / 성경신학대학원대학교 교수

◆

광야에 길을, 사막에 강이 흐르게 하시는 하나님(사 43:19)께서 메마른 가지 끝에 꽃이 피게 하셨습니다.

거룩한 뜻을 위해 하나님의 복병들이 일어나듯 (대하 20:22) 지치고 힘들었을 때 가까이 계신 하나님을 알게 하셨습니다.

죽은 몸과 같았던 사라의 몸에서 이삭이 태어나듯(창 21:6) 소식 접한 모든 사람들이 함께 웃을 간증 있게 하셨습니다.

슬픔의 베옷을 벗기고 기쁨으로 띠를 띠게 하신 하나님(시 30:11)께서 절망의 사람들에겐 희망을 전할 수 있게 하셨습니다.

자기 백성을 결코 버리지 아니하신 하나님(시 94:14)께서 주님이 원하시는 곳마다 하나님의 복음을 힘있게 전하게 하셨습니다.

여기까지 인도하신 에벤에셀의 하나님께서(삼상 7:12) 이제 복음 증거의 현장마다 여호와 닛시의 은총 주시기를 기도합니다.

예수님을 통해 함께하시는 임마누엘의 하나님(마 1:23)께서 이 책을 읽는 독자와 함께하사 저자처럼 새로운 인생 스토리가 시작되게 해주시길 축복합니다.

조성근/ 갈멜산 금식기도원 담임목사

◆

저자 임래청이 2014년 8월 회교국 파키스탄의 카라치에서 전도 부흥집회를 인도할 때 설교통역을 맡았습니다. 그가 부흥 전도집회에서 선포한 하나님의 말씀은 파키스탄의 교회 지도자들과 많은 국민들에게는 큰 영향을 미쳤습니다. 따라서 파키스탄의 국민들은 다시 그가 오기를 간절히 기도하고 있습니다. 그가 파키스탄에 방문해 준 것은 우리에게 큰 축복이었고, 그의 메시지는 많은 사람들에게 능력과 치유, 그리고 구원의 확신을 주었습니다. 그리고 통찰력 있는 복음의 간증은 많은 사람들에게 희망과 감동을 주었습니다.

또한, 그는 나의 학교인 탄도 잼 신드, 세인트 폴 고등학교에 와서 학생들에게도 뜨거운 열정을 가지고 예수님의 사랑을 전파하였습니다. 그의 가르침과 문화공연과 설교는 학생들에게 크나큰 축복이었습니다. 임래청 목사는 지금도 전 세계를 다니며 복음의 메시지를 전하고 있는 참된 복음 전도자입니다.

이 책은 그가 힘든 인생의 역경을 이겨내고, 많은 세계 사람들에게 희망의 메시지를 전하고 있는 감동의 실화입니다. 따라서 이 책을 읽은 독자들마다 그가 이야기하고 있는 희망의 축복을 진심으로 함께 누리기를 바랍니다. 나는 그가 회교국인 파키스탄 나의 조국에 다시 방문해 주기를 간절히 기도하고 있습니다.

Rev. Dr. Nazir Raja/ 파키스탄 신드 잼 탄도
세인트 폴 고등학교 설립자 이사장

올무의 인생

인생은 아프고 아름다운 것이다. 참 많이도 울었다. 어머니가 여관에서 밥이라도 해 먹어야 한다며 헌 밥통과 숟가락, 젓가락과 그릇 4개를 보자기에 싸 주셨다. 어머니의 눈에도, 나의 눈에서도 눈물이 흘렀다. 나는 애써 어머니로부터 고개를 돌리고 아내와 두 딸을 이끌고 총총걸음으로 집을 나섰다.

"우짜든지 용기를 내서 살아야 한데이!" 등 뒤에서 어머니의 울음 섞인 목소리가 들려왔다. 예민한 칼날이 내 심장을 찌르는 것 같았다. 아직도 햇볕과 하늘은 푸르고 청량한데 내 마음은 벌써 기나긴 겨울의 길목에서 서성인다. 세상이 두렵고 무서웠다. 엉엉 울고 싶어도 울 수가 없었다. 가족들 앞에서 눈물을 보이면 절망이라는 것을 스스로 배웠기에 울지 않았다. 그냥 웃음이 나왔다. 너무 기가막힌 일이 닥치면 눈물이 나오는 것이 아니라 웃음이 나온다는 것을 그때야 알았다.

"그래, 우리 조금만 참자, 아빠가 꼭 성공해서 좋은 집 사줄게!"

가족들은 아무 대답이 없었다. 아빠가 자기들을 위로하기 위해 그냥 하는 소리라고 생각했을 것이다. 삼성동 큰 대로변의 건물로 들러 섰다. 2층은 여관이었다. 못난 애비는 어린 딸들과 사랑하는 아내를 또 다시 그 좁고 어두컴컴한 방으로 밀어 넣었다. 벌써 3번째다. 칙칙한 방에서는 곰팡이 냄새가 진동을 하였다. 우린 그 냄새에 이미 익숙해 있었다. 한숨이 나왔다. 욕실로 들어가 수돗물을 틀어놓고 소리 없이 울고 또 울었다. 그것은 절망이었다. 절망의 끝자락에서 겨우 벗어났는데 이젠 절망이 아니라 저주로 다가오는 그림자가 있었다.

사업을 하다가 두 번씩 부도가 나고 영국 런던에서 돌아온 뒤 도망자가 되어버렸다. 아내와 두 딸은 날마다 온몸으로 그 무섭고 사나운 사채업자들과 싸우며 지옥과 같은 날들 속에서 살았다. 희망이 점점 나에게서 멀어졌고 날마다 술에 취하여 비틀거렸다.

죽음의 길목에서

세상에는 만물이 소생한다는 봄이 왔지만 내 얼굴은 피투성이가 되어 괴물처럼 되어있었다. 전날 밤 압구정동 술집에서 완전히 망가지도록 마셨다. 집에 돌아오는 길에 지하철 계단에서 굴러 이빨이 3개가 부러지고 얼굴은 피투성이가 되었다. 그 날 새벽 끔찍한 일이 치러질 예정이었고 아내에게 함께 죽자고 늘 얘기를 했는데 이에 동의를 하였다. 인생의 마지막 시간이 다가오고 있었다. 작은 방에서 고이 잠든 두 딸을 바라보았다. 부모를 잘못 만나 채 피어보지도 못하고 세상을 떠날 예쁜 딸들의 얼굴을 보고 있으니 서럽고 무서웠으며 미안했다. 저 세상에 가서 다시 태어나면 좋은 부모 만나고 부잣집에 태어나라고 중얼거렸다. 대형 수족관에서는 다양한 열대어들이 평화롭게 물속을 다니며 예쁜 몸짓을 치며 곧 다가올 주인의 죽음을 모르고 있었다.

새벽 4시경이었을까? 어스러진 내 인생을 뒤돌아보았다. 어디서부터 무엇이 잘못되었는지 알 수가 없었다. 아니, 알 필요도 없었다. 미친 짐승처럼 피투성이가 된 얼굴을 거울에 비추어보았다. 괴물이었다. 어서 이 괴물 같은 모습을 세상에서 없애버려야 한다고 중얼거렸다. 그러면서도 아이들이 깨어날까 봐 소리 없이 울부짖었다. 세상에 태어나서 그렇게 많이 눈물을 흘려본 적이 없었던 것 같았다. 불쌍한 어머니가 생각났다. 날이 밝으면 굳어버린 나의 육신과 며느리 그리고 예쁘디예쁜 손녀들의 시신을 붙잡고 통곡할 어머니를 생각하니 미안하고 불쌍했다. 형제들과 친척들의 모습이 스크린에 비치듯 하나둘 스쳐 지나갔다. 그러나 죽음만이 세상을 이기고 복수할 수 있는 유일한 방법이라고 확신하고 있었다. 괴물로 변해버린 초라한 모습 속으로 노란 보름달 빛이 창가로 들어왔다. 정신이 번쩍 들었다.

"살고 싶어요, 주님 내 인생 여기서 끝나는 것은 아니잖아요? 네 주님!"

15년 전 일이 생각났다. 새벽 기도 때 성령체험을 한 것이다. 보름달 크기의 노란 불덩이가 강대상 십자가에서 날아와 순식간에 가슴으로 들어왔다. 얼마나 뜨거웠던지 그 자리에서 팔딱팔딱 뛰며 통곡을 하고 죄에 대해 주님께 다 고백을 하고 용서를 빌었다. 그 뒤로 세상이 완전히 달라 보였는데 어찌하여 이렇게 방탕한 시간 속에서 죽음을 기다리는 인생이 되었는지 내 스스로가 너무 불쌍했다. 그런데 그 노란 보름달을 바라보는 순간 주님이 친히 찾아오셔서 나에게 말씀하셨던 일들이 생각났다.

"래청아~! 네가 아직 나를 볼 때가 아니니라."고 친히 나에게 찾아오셔서 말씀하셨던 주님이 생각났다.

"주님 이건 아니잖아요. 네? 제 인생 여기서 끝내려니 너무 억울해요."라고 중얼거렸다.

그때였다. 아내가 잠자리에서 일어나 아무 말 없이 무릎을 꿇고 두 손을 모으고 눈물을 흘리며 탄식하는 소리로

"하나님이 정말 계신다면 믿어볼게요, 살고 싶어요."라고 했다. 나는 잘못 들었다고 생각했다. 부처에게 기도했을 것이라고 생각했다. 아내는 세상에 태어나 처음으로 알지도 못하는 하나님께 기도하였던 것이다.

나는 미친 짐승처럼 소리 내어 훌쩍이며

"여보 우리 교회 가자? 그래야 살아." 아내는 고개를 끄떡였다. 나는 15년 동안 한 번도 찾아보지도 열어보지도 않은 나의 옛날 성경책을 찾았다. 성경을 가슴에 품고 잠든 아이들을 둔 채 아내와 집을 조용히 나서서 흐르는 눈물을 훔치며 어두운 새벽길을 정신없이 달렸다. 우리는 미친 사람처럼 죽음을 잠시 보류하고 무작정 십자가가 보이는 교회로 달렸다.

도망자가 되다

사업차 방문한 영국 런던에서 마지막 밤을 보내고 있었다. 그날 내가 발행했던 당좌수표가 부도가 나고 말았다. 부도 때문에 런던에서 국내로 들어와 수년 동안 도망자가 되었다. 1999년 11월 늦가을 어느 날 결국 신도림역에서 불심검문에 체포되어 서울구치소의 감옥에서 추운 긴 겨울을 보내야만 했다. 죽음의 지옥에서 살아나왔기에 감옥에서 수감생활을 하면서도 희망의 끈만은 놓지 않았다. 매일 오후 2시 죄수들과 운동장에 운동하러 나갈 때마다 높은 하늘을 날아가는 비행기를 쳐다보면서 언젠가는 이곳을 나가서 저 비행기를 타고 다시 영국으로 가리라는 희망을 가졌다. 그날을 생각하면서 육중한 옥문을 잡고 하루 3차례 규칙적으로 다니엘처럼 기도하였다.

1월 중순 첫 공판이 있던 날 아침 일찍, 죄수 11명과 함께 포승줄에 묶여 검찰청으로 이송되었다. 오후 늦게 12명 중 마지막으로 내가 재판장 앞에 섰다. 이미 11명은 모두 1~3년의 실형을 선고받은 상태였다. 이제 내가 마지막으로 재판장 앞에 선 것이다.

"임래청 씨, 고개를 드세요." 판사는 나를 냉정하고 차갑도록 쳐다보면서 명령했다. 그는 나의 공소 사실을 읽어 내려갔다. 그리고 침묵이 흐르는 법정에 다시 그의 음성이 들려왔다.

"왜 변호사를 선임하지 않았나요?"

"제가 잘못했기 때문입니다." 판사는 다시 고개를 들도록 했다. 그리고 짧게 물었다.

"사회에 나가면 열심히 살고 일해서 부도난 것 갚으세요?"

"네, 노력하겠습니다."

"임래청 씨에게 징역 1년에 집행유예 2년을 선고한다."

"꽝꽝꽝!"

판사는 최하 10개월은 감방에서 살아야 하는 나를 54일 만에 집으로 보내주었다. 육중한 철문이 열리고 세상 밖으로 나왔는데 출소하는 날 주일학교 부장이었던 시 집사님이 활짝 웃는 얼굴로 고생 많았다며 꼬옥 안아주었다. 이것은 기적이었다.

출소한 뒤 더욱 미친 듯 주님께 나가 기도하기 시작했다. 그랬다. 미쳐야 했다. 세상 사람들과 교인들도 왜 내가 기도와 예배에 미친 듯 열심인지 사연을 몰랐을 것이다. 아무것도 가진 것이 없었다. 오직 주님만이 나의 전부였다. 부도를 내고 떠나온 런던을 다시 가게 해 달라고 미친 사람처럼 매일 기도했다. 지금 생각해 보면 그것은 기도가 아니라 절규였다.

다행히도 두 딸은 조금도 환경에 흔들림 없이 잘 자라주었다. 그와중에 주일학교 봉사를 위해 아내와 함께 인형극을 배웠다. 하나님은 우리 가족을 인형극 공연으로 중국, 필리핀, 아프리카의 탄자니아와 킬리만자로의 아름다운 자연이 있는 케냐로 단기 선교를 보내주셨다.

"아빠, 정말 속이 시원해요!" 아프리카 탄자니아의 도도마 초원을 달리며 진주가 외쳤다. 아프리카의 최고봉인 킬리만자로 봉우리를 바라보며 달리던 차에서 내려 그동안 겪었던 세상의 모든 힘들었던 일을 토해내었다. 그러나 아내가 말라리아에 걸려 반죽음의 모습으로 국경을 넘어 케냐로 가서 나이로비의 깡께미 초등학교와 키베라 초등학교에서 약 1,500명의 어린이들에게 공연한 것은 내 인생에서 제일 아름다운 추억으로 남겨지게 되었다.

다시 런던에 보내 달라고 10여 년을 넘게 기도하던 어느 날 새벽 기도 때 주님께서 말씀하셨다.

"래청아 힘들지, 너는 나를 태우고 가는 나귀가 되렴."

"주님, 하필 왜 나귀입니까?"

"네가 만약 그냥 나귀로 살아간다면 세상 사람들과 주인에게 매일 그 무서운 채찍을 맞으며 평생을 짐만 나르고 살아야 하지만, 네가 나를 태우고 다니는 나귀가 된다면 온 세상을 다니며 나의 영광을 드러낼 것이니라."

나는 깜짝 놀라 아내에게 주님이 주신 말씀을 가지고 의논했다.

"당신이 잘못 들었겠죠, 주의 종이 되라는 말인데 끼니도 없는데 어떻게 공부하라고…."

그 뒤 1년 후 철야기도 때 주님께서 분명하게 다시 말씀하셨다.

그래도 순종하지 않았던 나에게 가을 부흥회 때 주의 종을 통하여 신학 공부를 하도록 확정하게 하셨다. 그 뒤 7년 동안 신학대학교와 대학원에서 공부하고 주의 종이 되었다. 주님이 그토록 원하던 일이었다.

회교국 파키스탄에서의 부흥전도집회

2014년 회교의 나라 파키스탄 카라치에서 진행된 3일간의 전도부흥회가 예정되어있었다. 그러나 그해 6월 8일 카라치 진나 국제공항에서 파키스탄 탈레반들의 총기 난사사건으로 28명이 죽고 26명이 부상을 당하는 참변이 일어났다. 온 세계가 놀란 사건이다. 카라치의 부흥전도집회를 준비하던 현지 목회자들도 내가 오지 않으리라고 생각했었다. 그러나 나는 약속한 날짜에 카라치공항에 도착하였고, 기관총으로 무장한 8명의 군인들이 경호하는 가운데 2일간 교회 지도자 세미나와 3일 동안 매일 약 1,500명이 모인 부흥전도집회를 무사히 마치게 되었다. 집회에 참석한 파키스탄 각 도시에서 온 현지인 교회지도자들이 놀라운 일이라며 다시 방문해 줄 것과 주요 도시를 순회하며 부흥전도집회를 해줄 것을 요청하였다. 나는 다시 부흥전도집회를 위하여 파키스탄 교회 지도자들과 현재 협의 중에 있다. 아프가니스탄과 국경이 맞닿은 파키스탄은 정말 위험한 나라이지만 그들을 주님의 마음으로 점점 사랑하고 있다.

"여보, 당신 꼭 파키스탄에 가야 해요? 난 정말 당신 보내기 싫어요." 아내가 묻는다.

"주님이 가라면 가야 하고, 와서 우리를 도우라고 하면 가야 하는 것이잖아요."

죽음에서 건지신 주님이 가라고 하시는데 가지 않을 수가 없다. 그곳이 어디든지 나는 '천국 야생화를 찾아서' 다시 길을 떠날 것이다.

2015년 1월 영국 암노스 선교회에서 메일이 왔다. 7월에 있을 얼라이즈(Arise) 전도행사에 참여해 달라는 요청이었다. 세계 각국에서 복음 전도자들이 와서 훈련을 받고 죽어가는 영국교회를 살리는 전도행사이다. 한 달간의 기도 시간을 가졌다.

'건너와서 우리를 도우라'(행16:9)는 성경 말씀이 내 마음에 파고들었다. 런던을 가기로 확정했다. 사실 2015년 여름은 쿠바와 도미니카로 갈 예정이었다. 그러나 21년 동안 가보고 싶었던 런던이었다. 내 아픈 과거를 간직하고 있는 런던에 간다는 것은 나에게 새로운 희망이며 아픔을 치유하는 과거로의 여행이었다. 하늘도 싱그러운 7월 초에 스페인의 마드리드와 스위스 취리히를 경유하여 런던 공항에 도착했다. 나는 흥분이 되어있었다. 어린아이처럼 아내에게 "여보, 하나님 정말 멋진 분이셔!" 하고 외쳤다. 공항 입국심사를 마치고 밖으로 나오니 우리 부부를 찾는 팻말을 들고 있는 키 큰 영국 신사가 보였다.

"헬로우, 나이스 미츄, 아임 래청 임."

큰소리로 외치고 손을 흔들었다. 눈에서 눈물이 핑 돌았다. 65세 된 영국교회 성도인 Jone이 우리 부부를 환영하며 반겼다. 우리를 태운 차는 40분 거리에 있는 선교회 본부로 달렸다. 아내의 손을 꼭 잡았다. 아내도 내 마음을 아는지 손에 힘을 주며 빙그레 미소를 지었다. 21년 동안 지나온 모진 인생의 악몽 같았던 그림들을 달리는 차창 밖으로 펼쳐지는 아름다운 풍경 속에 하나둘 던지며 하나님의 인도함에 내 마음은 춤을 추고 있었다. 사업 때문에 그토록 다시 가게 해 달라고 기도했던 기나긴 세월이었다. 그 날 눈물을 흘리며 런던 히드로 공항을 떠나올 때 21년 후 복음전도자가 되어 다시 오리라고는 상상을 하지 못했다.

그런데 하나님께서는 완전히 망가진 나를 재창조 하셔서 21년 후 복음전도자로 다시 영국 땅에 보내셨던 것이다. 드넓고 아름다운 푸른 초장에는 양 떼들이 거닐며 풀을 먹는 모습이 평화롭게 다가왔다. 우리의 런던 방문은 그렇게 시작되고 있었다.

인생은 아프다
그러나 인생의 아픔 속에는
아름다운 보석들로 가득하다

나는 친구들과 작별인사도 못 하고
다음날 어둠이 가시기 전 새벽 일찍 어머니를 따라
보따리 몇 개를 어린 형제들이 나누어 등에 메고
동네를 빠져나와 상계동 외가로 갔다.
그리고 외가에서 이틀을 머문 뒤 용산역에서
열차를 타고 밤새도록 달렸다.

Part 1

인생은
아프다

1
희망이 춤추다

올 무

육중한 문이 열리고 철창으로 가려진 호송버스가 건물 안으로 들어갔다. 손목에 수갑이 채워지고 포승줄에 묶인 채 차례대로 내렸다.

"빨리빨리…. 내렷! 동작 봐라."

간수가 큰소리로 죄수들에게 줄을 맞추라고 소리쳤다.

건물 안으로 들어간 우리는 약 70명 정도였다. 다른 호송버스를 타고 온 사람들과 함께 구치소 수감생활을 위해 간단한 절차를 밟았다. 회색빛 건물 안은 추웠다. 11월의 차가운 초겨울의 시작점이라 금방 어두워졌다. 우리가 도착한 시간은 오후 6시경이었다.

아침 일찍부터 강남 경찰서에서 검찰청으로 이송되었다. 검찰청 영치소에서 대기를 하면서 조사를 받았다. 서울의 각 경찰서에서 조사를 받고 실질검사에서 구속이 확정된 죄수들이 모이는 곳이다.

혹시나 도망자가 있을까 봐 감시가 심했다. 긴 복도에서 신체검사를 받았는데 수십 명씩 줄을 서서 옷을 벗었다.

"자! 지금부터 윗옷과 바지를 벗어서 자기 앞에 놓는다." 모두가 소리치는 간수를 쳐다보며 옷을 벗었다.

"지금부터 무릎을 굽히고 앉았다 일어난다. 실시!"

"실시…!"

시키는 대로 따라 했다. 몇 번을 그렇게 시키고 옷을 입도록 했다. 주머니에 있는 모든 것을 검사했다. 아무것도 들어있어서는 안 된다. 이러한 검사는 구치소로 가기 위한 사전 점검이라는 사실을 나중에야 알았다. 옷을 벗기고 알몸으로 일어났다가 앉았다 하는 것은 혹시 항문에 담배나 마약 등을 감추고 들어오는 사람들이 있기 때문이다.

신체검사가 끝나고 다시 수갑과 포승줄에 묶여서 대기실 복도에서 기다렸다. 오전에 수사를 받는 사람들이 부러웠다. 종일 자유롭지 못한 몸으로 저녁 늦은 시간까지 기다렸다. 몇 명이 남지 않았을 때 나의 이름을 불렀다.

"임래청!" 앙칼진 목소리가 들려왔다. 내가 검사 앞으로 다가가 의자에 앉는데 처음부터 반말이다.

"야, 임래청 왜 부도냈어? 고의적으로 부도냈지?"

"아닙니다. 사업을 하다가 잘될 줄 알고 무리하게 확장을 하다가 그만…"

"이놈 봐라, 날짜와 금액을 보니 고의적으로 발행하고 부도냈구만."

조사관은 1시간 가까이 내가 발행했던 당좌수표 번호를 대조하면서 고의적으로 부도를 냈는지, 정상적으로 사업하다가 부도가 났는지 조사를 해 나갔다. 설사 수표를 사채업자들에게 할인을 했다 해도, 그것을 말하면 유가증권 부정 사용법에 걸리기 때문에 끝까지 대금결제로 발행했다고 대답을 해야만 했다. 부도 수표의 금액은 당좌수표 9천5백만 원이었다.

이렇게 검찰청에서 조사를 받고 서울 구치소로 이감되었다. 몸은 이미 지쳐있었지만, 정신은 말짱했다. 구치소 간수들이 늦게 도착한 우리에게 단체로 샤워를 시켰다. 그리고 준비해둔 밥을 주었는데, 밥과 국이 너무 차가워 먹을 수가 없었다. 식사를 마치고 나니 푸른 제복을 배급했다. 내 몸에 맞지 않는 조금 큰 죄수복과 흰 고무신을 받아들고 인솔자의 구령에 따라 긴 복도를 지나갔다. 각 동마다 육중한 철문이 있었다. 고무신이 나에게 조금 커서 자꾸만 벗겨졌다. 그래도 벗겨지면 다시 발에다가 끼고 걸어야 했다. 육중한 문 앞에 도착했다. 두 줄로 따라온 약 70명의 죄수들이 좁은 감방에 두 반으로 나누어 입감되었다. 서울 구치소의 첫 밤이 지나고 있었다. 함께 온 죄수들이 밤새도록 자신들의 앞날에 대하여 이야기를 나누었는데, 어떤 사람은 이번이 두 번째라고 하였고, 이번이 세 번째라고 하면서 은근히 자신을 과시하는 사람도 있었다. 구치소의 생활에 대하여 자신들이 경험했던 일들과 앞으로 어떻게 재판이 이루어지며, 최대한 이곳을 빨리 나가는 방법에 대하여 정보를 나누며 밤을 지새웠다. 11월 중순의 얼음장 같은 감방은 올무의 시작이었다.

서울구치소 23동

부산서 의료기기 사업이 부도나고 가족들과 함께 서울에 온 지 3년 만에 서울구치소 감방에 와 있는 나 자신을 돌아보니 화가 치밀었다. 세상 밖에서 아내와 두 딸이 살아가야 할 것을 생각하니 눈물이 났다. 지금 이 순간 할 수 있는 것은 아무것도 없었다. 올무에 걸린 노루처럼 점점 쪼여오는 공포를 안고 구치소 생활에 들어갔다. 간수가 아침 식사를 가지고 왔지만 먹을 마음이 없었다. 전날 저녁을 먹지 못해서 배가 너무 고팠다. 그래서 살기 위해 억지로 배를 채웠지만, 너무나 맛이 없었다.

"선생님, 목사세요?"

누군가가 묻는다. 모두가 나를 쳐다보았다.

"아니요."라고 짧게 대답했다.

"여기 목사들도 꽤 들어옵니다. 기도하는 걸 보니 교회 다니시죠?"

"네!"

나의 대답은 건성이었다. 30대 중반으로 보이는 호리호리하고 멋지게 생긴 사람이,

27
인생은 아프다

"어…. 저도 교회를 다니다가 말았는데 반갑습니다. 밥 먹을 때는 기도하는 겁니다."

그리고는 밥을 먹다 말고 무릎을 끊고 기도를 했다. 나는 모르는 체하고 계속 밥을 먹었다.

멋지게 생긴 사람이 기도를 마치고

"저, 선생님, 우리가 여기서 보통 3일간은 함께 지낼 것인데, 앞으로 식사기도를 좀 해 주시죠." 하고 제안을 했다. 나는 대답 대신 웃어넘겼다. 그리고 왜 3일간 여기서 있어야 하는지 물었다.

"어떻게 이 좁은 방에서 30명 가까이가 3일간씩 머무는 것을 알고 있소?"

"아, 저 여기 이번이 세 번째입니다." 하면서 묻지도 않는 말들을 쏟아내었다.

"여기 있으면 내일부터 몇 명씩 불러낼 겁니다. 그리고 각 동으로 배치되어 재판을 받고 형이 확정될 때까지 그 방에서 생활합니다."

그는 계속 말을 이어갔다.

"운이 좋으면 좋은 사람들이 있는 방으로 가는데 잘못하면 엄청 두들겨 맞고 괴롭힘을 당합니다. 뭐 하늘에 맡겨야죠."

"아, 그리고 우리는 형이 확정된 것이 아니라서 구치소에 온 겁니다. 재판을 받고 형이 확정되면 교도소로 이감됩니다. 교도소는 여기보다 더 힘들죠. 죽지 못해 사는 거죠."

그는 내가 궁금한 것들을 줄줄이 이야기를 해주었다. 여기서 얼마 동안 지낼지 모른다. 짧게는 몇 개월, 길게는 수년을 여기서 보내야 한다는 사실에 마음이 답답했다.

하루가 저물었다. 눈을 감으니 멀리서 희미하게 아내가 보였다. 어머니도 보였다. 아무 말 없이 울고만 있는 아내와 어머니가 불쌍했다. 세상의 들판을 정신없이 달리다가 넘어져서 일어나지 못하고 올무에 걸려 울고 있는 나를 발견했다. 그렇게 넘어진 채로 울다가 잠이 들었다. 꿈을 꾸었다. 가족들과 잘 살아보려고 30년 정든 부산을 떠나오면서 큰돈 벌어 캐나다로 이민 가서 살자고 새끼손가락을 걸며 약속했는데, 이제 푸른 죄수복을 입고 차갑고 칙칙한 감방에 던져진 가련한 인생이 되어 울고 있었다. 바닥이 몹시 차가웠다. 깜짝 놀라 눈을 떠보니 죄수들의 코 고는 소리와 함께, 아련히 먼 곳에서 우리 가족을 태우고 달리는 열차의 소리가 희미하게 들려왔다. 고개를 드니 깜깜한 어둠 속에서 환한 불빛을 받으며 수의 번호 '2887'이라는 번호표가 내 왼쪽 가슴에 덩그렇게 달려있었다. 이제 내 이름 대신 '2887번'으로 불리게 되는 것이다.

목련꽃 울다

가족을 태운 새마을호 열차는 낙동강을 끼고 서울로 달렸다. 바다 향기가 내 마음속에 아련히 남아 있는 부산을 떠나는 것은 아픔이었다. 아내와 나는 달리는 열차의 차창에 스치는 풍경을 바라보면서 서로가 말이 없었다. 슬픔과 좌절, 서러움이 자꾸만 복받쳐 눈물이 났다. 아내도 말없이 흘러내리는 눈물을 감추려고 눈을 감았다. 햇볕은 따사로움으로 대지를 감싸고 있었다. 햇볕을 받은 들녘은 아지랑이를 피웠으며 들판에는 평화롭게 농부들이 씨를 뿌리며 희망을 노래하였다. 두 딸은 기차를 타고 서울로 간다는 사실에 즐거운지 조잘거리며 웃는다.

"여보, 서울 가면 잘될 거야. 사업도 잘되고 돈도 많이 벌어 캐나다로 가면 되잖아, 응?"

아내는 계속 먼 풍경만 바라보면서 말이 없었다. 결혼을 하고 직장생활을 하다가 사업에 뛰어들었지만, 경영부진으로 부도가 났다. 처가에서 사준 아파트는 다른 사람에게 전세를 내주고 그 전세금마저 사업에 이용했지만, 한 번 기울어지기 시작한 사업은 희망이 없었다. 월세로 살던 아파트에서 보증금이 너무 밀려 집 주인이 집을 비워 달라고 재촉을 했고, 몇 개월 후 결국 쫓겨나 여관으로 들어갔다. 여관 주인에게는, 이사를 하는데 우리가 들어갈 집에 사는 사람들이 이사할 집을 구하지 못해, 나갈 수 없다고 하여 보름 정도만 여관에서 생활해야 한다고 둘러댔다. 살림 짐들은 이삿짐센터에 보관하고 간단한 식기류와 두 딸의 책만 가지고 여관으로 들어갔다.

큰딸이 초등학교 1학년, 작은딸이 유치원생이었다. 여관 생활을 하다가 방학을 하면 울산에 있는 처가댁으로 가서 방학 내내 생활을 하였다. 장모님과 처남들은 방학 기간이라 아이들이 외가가 좋아서 지내는 것으로만 알았다. 아이들이 넓은 외가를 좋아했던 것도 사실이다. 처가 집은 꽤 큰 집이라 우리가 오랫동안 생활하는 데 불편함이 없었다.

기울어진 회사를 일으켜 보려고 여기저기서 사업자금을 빌려서 순간순간 넘겨보았지만, 결국 부도가 났다. 이제는 부산의 여관비도 많이 밀려 더 이상 부산에서는 어떻게 살아갈 방법이 없었다. 1년 가까이 여관을 전전하면서 점점 지쳐갔다. 나는 할 수 없이 부산을 떠나 서울로 가기로 마음을 정했다. 그나마 남아있는 의료기기를 처분하여 서울로 가서 다시 시작해 보자고 아내와 의논을 하였다. 처음에 아내는 절대 부산을 떠나지 않겠다고 하였다. 내가 매일 술에 취하여 집에 들어오면 싸움이 잦아졌다. 아내도 괴로운 날들이 지속되면서 엉엉 우는 날이 많아졌다. 친구들과 처남들에게 돈을 빌리지 않은 사람이 없으니 더욱 좌절감이 깊어져만 갔다. 광안리 해변을 매일 걸으면서 그냥 파도소리와 함께 세상을 떠나고 싶은 마음이 요동을 쳤다. 세상을 살아갈 용기가 나지 않았다. 점점 부부 싸움이 잦아졌다.

"그래, 죽으면 되잖아. 바보 같은 인생, 바닷물에 빠져 죽어버릴 거야!"

하고 여관을 나서서 어두운 백사장을 미친 듯 달려 방파제에 올라가 엉엉 울었다. 파도소리가 부서졌다. 어디서 왔다가 어디로 가는 배들인지 불빛을 반짝이면서 멀어져갔다. 내 손에는 소주병이 쥐어져 있었지만, 이미 빈 병이 되었다. 새벽이 오기 전 바보처럼 죽지 못하고 힘없이 백사장을 터벅터벅 비틀거리며 걸으며, 혹시나 아는

31
인생은 아프다

사람들이 지나갈세라 다시 여관으로 돌아왔다. 아내도 더 이상 부산에서 살고 싶지 않다고 하였다. 부잣집 딸이 친척들에게 말도 못하는 고생을 하면서 살아간다는 것이 더 괴로웠던 것이다. 사무실을 정리하기로 했다. 의료기기는 아는 사업자들에게 연락하여 남아있는 물건을 넘겨주고 삼백만 원을 받았다. 그동안 서울을 오가면서 처제가 사는 부평에서 집을 보았다. 우선 집값이 싸서 그곳에 집을 계약하였다. 아무것도 모르는 처제는 형부가 근처로 이사를 온다고 하니 무척 기뻐했다. 절망의 길목에서 다시 한 번 용기를 내어 살아보기로 하였다. 이제 그 지긋지긋한 여관 생활을 하지 않는다는 것이 기뻤다. 아내도 부평에 가면 우리가 살 수 있는 집이 있다는 것에 만족하였다. 미지의 세계로 가는 길은 이렇게 어쩔 수 없이 진행되고 있었다.

우리가 부산을 떠날 때 하늘나라로 간 처형의 아들인 조카 춘덕이와 막내처남이 역으로 배웅나왔다. 나와 아내는 눈물을 감추고 활짝 웃은 얼굴로

"처남 고마워, 서울 가서 누나랑 잘 살게."

"자형하고 누나, 건강하고 잘 사이소. 돈은 있다가도 없고, 없다가도 있는 겁니더. 건강만 하면 좋은 날이 옵니더."

막내처남이 활짝 웃으며 악수를 청했다. 웃는 얼굴에는 섭섭함이 확연하게 나타났다.

"누나…, 잘 살아라. 마 살다 보면 좋은 일도 있을 끼다. 울산에

자주 오고…."

"그래, 잘 살게. 꼭 성공해서 부산 다시 올 끼다."

내가 대신 대답했다.

30년 동안 정들었던 부산의 모습을 간직하고 떨어지지 않는 발걸음을 옮기며 열차에 올랐다. 부산을 떠난다는 것은 쉬운 일이 아니었지만, 내가 선택할 수 있는 것은 유일한 길이었다. 그래서 두 달 전 부평에 작은 집을 월세로 계약하고 부산을 떠나온 것이다. 30년 이상 살아온 부산을 떠난다는 것은 큰 슬픔이었다.

하나뿐인 처형이 작은아들 군대에 면회 다녀오던 중 천안 고속도로에서 교통사고로 하늘나라로 가버렸다. 겨울 함박눈이 펑펑 내리던 새벽, 사랑하는 사람들과 작별 인사도 못 하고 그렇게 떠났던 것이다. 아내는 아들 두 명을 두고 떠난 언니를 대신해서 큰 조카가 결혼할 때까지 함께 살았던 것이다. 그래서 조카를 두고 떠나는 아내와 나의 마음도 착잡했다.

"아빠 우리 서울 가면 돈 많이 버는 거지?"

작은딸이 방긋 웃으며 묻는다.

"또 장난감도 많이 사주고…."

큰딸도 덩달아 신이 났다.

"그럼, 우리 예쁜 딸들, 좋은 학교에 가고 돈 많이 벌어서 캐나다로 가서 살 거란다."

"와! 신 난다, 우리 그럼 캐나다로 가는 거야?"

"응…. 이 세상에서 제일 멋지고 아름다운 나라로 갈 거야."

우리는 이렇게 희망을 이야기하며 서울로 향하였다.

열차는 대구와 대전을 지나 서울을 향해 달렸다. 부산에서 출발한 지 4시간여 만에 한강철교를 건너고 있었다. 저 멀리 왼쪽으로 황금빛을 발하는 63빌딩이 눈에 들어왔다. 진주가

"와! 진짜 높다. 아빠 이 세상에서 제일 높은 집이야?"

작은딸이 눈을 크게 뜨고 묻는다.

"응, 그래. 우리나라에서 제일 높은 빌딩이란다."

두 딸은 신이 났다. 서울 와서 산다는 것이 신 나는 모양이다. 아내의 눈에서 다시 눈물이 흘렀다. 그래, 얼마나 두려울까? 나는 초등학교 6학년 때 서울에서 부산으로 이사를 갔다가 이제 다시 서울로 왔지만, 아내는 울산과 부산에서만 생활하다가 처음으로 외지에 나온 것이다. 앞으로 불확실한 세상을 살아갈 일들을 생각하면 두려울 것이다. 먼 창가를 바라보고 있는 아내의 손을 꼭 잡아주며

"잘살 거야! 미안해." 하며 눈물을 닦아주었다. 형제와 친척, 친구들과도 멀어져 버린 아름다운 항구 도시 부산을 떠나온 것은 아픔이었다. 나는 초등학교 6학년 봄, 서울에서 부산으로 이사를 했다. 그 코흘리개 소년이 40년 전 아버지를 찾아 부산으로 이사를 하였던 것처럼 이제 가족을 이끌고 연어가 회귀한 것처럼 다시 돌아온 것이다.

바닷가 소년의 꿈

1968년 4월 중순 초등학교 6학년 때, 우리 가족은 서울에서 부산으로 이사를 했다. 어느 날 새벽 일찍 어둠이 가시기도 전에 동네 친구들과 작별인사도 못 하고 보따리 몇 개를 어린 형제들과 나누어 등에 메고 어머니를 따라 나섰다. 옥수동 동네를 빠져나와 상계동 외가로 갔다. 그리고 외가에서 이틀을 머문 뒤, 용산역에서 부산으로 가는 열차를 타고 밤새도록 달렸다. 외가에 간 이유는 어머니가 외할아버지와 외할머니, 그리고 외삼촌들과 이모들에게 인사를 하기 위해서 갔던 것이다. 용산역을 출발한 완행열차는 경부선의 모든 역에 다 정차를 하였고, 밤새도록 달리던 열차는 아침 7시가 조금 넘어서 부산진역에 도착했다. 초라한 부산의 풍경이 내 눈앞에 펼쳐졌다. 부산은 코흘리개인 내가 서울내기라고 놀림을 받으면서 성장했던 곳이다.

참으로 꿈이 많았다. 수영은 하지 못했지만 달리기를 잘하였으며, 바다가 좋았다. 부산 건국중학교에 다닐 때도 달리기를 잘하여 오전 수업을 마치고 나면 언제나 부산 공설운동장에 가서 다른 학생들과 트랙을 달리며 연습을 하였다. 달리기는 늘 전교에서 1등이었다. 그런 나에게 담임선생님과 체육 선생님이 고등학교는 달리기 특기생으로 뽑혀 고등학교에 가면 된다고 하였다. 학교는 매주 월요일마다 운동장에서 예배를 드렸다. 기독교 학교라서 불교 집안에서 자란 나로서는 무척 생소하고 낯선 일들이었다. 목사님들이 오셔서 성경을 읽고 설교를 하면 전부 거짓말이라고 생각을 했다.

내게는 유난히 나의 얼굴을 많이 닮은 3살짜리 동생이 있었다. 가족이 부산에 이사 올 때 6형제였으나, 어머니는 부산에서 막냇동생을 낳으셨다. 이름은 중현이다. 중현이가 3살 때쯤 잘 먹지도 못하고 자꾸만 입으로 먹은 음식을 토하였다. 병원에 다니면서 약을 먹었지만 아픈 것은 차도가 없었다. 가족들이 저녁을 먹고 난 후 어머니는 우는 동생을 안고 함께 울고 계셨다. 밤 12시 가까이 되어서 동생을 안고 우시는 어머니의 목소리가 떨리면서 점점 커졌다.

"중현아, 다음 세상에 태어나면 좋은 집에 태어나거래이, 불쌍한 내 새끼."

나는 직감적으로 동생이 죽는구나 하는 생각이 들었다. 그리고 왜 동생이 죽는 것일까, 의문이 들었다. 동생의 죽음 앞에서 무력하게 울고만 있는 어머니가 이해되지 않았다. 빨리 병원이라도 가야 하는데 품에 안고만 계셨다. 어머니는 중현이의 다리를 주무르며 우셨다. 나를 닮은 동생은 세상에 나온 지 3년 정도 살다가 엄마 품에 안겨서 가족들과 영원한 이별을 하였다. 어머니는 숨이 끊어진 어린 자식을 안고 통곡을 하셨다. 나도, 형제들도 죽어서도 눈을 감지 못한 동생을 바라보고 눈물을 흘렸다. 동네 사람들이 하나둘 모였다. 많은 사람들이 웅성거리며 어린 아들이 죽은 어머니를 위로해 주었지만, 죽은 동생은 눈을 감지 못하였다. 아버지는 이 사실도 모르고 새벽 2시경 술에 취해서 오셨다. 죽은 아들을 보신 아버지는 술 냄새가 나는 입술로 동생의 얼굴을 비비며

"아빠가 잘못했다."라고 하면서 엉엉 우셨다. 그리고 눈을 뜨고 있

는 동생의 눈을 손으로 쓰다듬어 주니 그제야 중현이는 눈을 감았다. 나는 이 신비로운 동생의 죽음을 보고 어른이 되어도 그 현상에 대하여 많은 의문을 가지게 되었다. 동네 사람들이 "아빠가 보고 싶어서 죽어서도 죽을 감지 못하고 있는데 왜 빨리 안 오시나!" 하며 한마디씩 했다.

아버지는 식어버린 어린 육신을 담을 관을 목공소에 주문하셨다. 나는 동생의 죽음으로 이틀 동안 학교에 가지 않았다. 찬바람이 부는 늦가을 밤, 어머니가 나에게 동생의 관을 찾아오라고 하였다. 목공소에서 세 살짜리 아이가 들어갈 관을 찾아 어두운 골목길을 걸어 나오는데 너무 무서웠다. 가로등도 없는 골목길을 정신없이 땀을 흘리며 관을 가지고 집으로 달려왔다. 동네 사람들이 어린아이가 죽었으니 화장하든지, 아니면 산에 그냥 묻고 돌무덤을 만들어 주면 된다고 했지만, 불쌍하게 죽은 아이를 두 번 죽일 수 없다며 아버지는 관을 만드신 것이다. 이렇게 동생은 세상에서 제일 예쁜 옷을 입고서 아무 말 없이 우리 곁을 훌쩍 떠나버렸다. 나는 바닷가로 나갔다. 동생을 떠나보낸 바닷가는 아무 일 없다는 듯 갈매기들이 여전히 날아오르고 화물선들이 뱃고동을 울리며 분주히 오고 갔다. 내 인생에서 제일 큰 첫 번째 슬픔이었다.

고등학교는 영도에 있는 해동고등학교에 진학하였다. 허리를 다쳐서 달리기를 더 이상 하지 못하였지만, 책 읽기와 그림 그리기를 좋아했다. 세계 장·단편 문학 전집과 플라톤, 아리스토텔레스의 철학, 인문, 자연 등 여러 책을 많이 읽었다. 특히, 불교재단 학교였기에 일주일에 한 번씩 강단에 모여 예불을 드렸다. 주로 스님들이 예불을 인도하였는데, 그때부터 동생의 죽음과 인생에 대한 의문들이 점점 커져갔다. 삶은 무엇인가라고 스스로 물어보기 시작했다. 어머니는 열성적 불교 신자는 아니었지만, 토속종교와 불교를 믿었다. 아침에 일어나시면 늘 부엌 부뚜막에 조앙물(작은 잔에 물을 채워 놓은 것)을 떠 놓고 두 손바닥을 비비며 가족들을 위해 아버지를 위해 부엌 신에게 빌었다. 나는 늘 그러한 어머니의 행위를 보면서 인간의 삶과 죽음은 세상의 모든 신이 지배한다고 믿었다.

"비나이다, 비나이다!"로 시작된 기도를 매일 새벽마다 정성껏 드렸다. 나도 성장을 하면서 자연히 불교에 심취하였고, 아침마다 불경 소리에 잠을 깨었다. 죄와 사망의 문제를 해결하려고 몸부림치던 시기였다. 어린 동생의 죽음을 보아서인지 인생의 허무와 죽음 후에 다가가는 세상에 대하여 막연한 동경을 가지게 되었다. 많은 종교, 철학, 문학책을 읽으면서 그 해답을 찾으려고 노력했다. 그래서 고등학교 시절부터 『반야심경』을 외우며 부처님의 생애에 대한 막연한 동경심을 가지게 되었다. 그러면서 동생의 죽음, 가난과 질병에서 허덕이는 인생의 문제들을 스스로 풀어보고 해답을 찾으려고 더욱 불교에 심취하였다. 부처가 깨달은 그 깨달음만 찾는다면 인생의 문제를 해결할 것만 같았다. 나의 젊은 시절은 이렇게 보이지 않는 진리를 찾아 비틀거리며 지나가고 있었다. 어느덧 성년이 되어 결혼하고, 가장이 되어서도 계속 인생의 해답을 찾기 위해 많은 방황을 하였다.

회 상

아내를 처음 만난 곳은 을숙도이다. 을숙도의 갈대밭은 철새도래지로 유명한 곳이었다. 나는 부산에서 꽤 유명한 브라운 제화 영업부에 입사하여 직장생활을 하였다. 퇴근하고 집에 돌아올 때 조방 앞으로 지나가기 때문에 자주 아내를 불러내었다. 휴대폰이 없던 시절이라 집으로 전화하면 언니가 받든지 조카가 받아 아내를 바꿔주었다. 조방 앞은 번화가라 호프집에서 짧은 시간을 가지고 사랑을 키워갔다.

우리는 만난 지 1년 후 결혼을 하기로 마음을 정했지만, 나의 아버지는 공무원이었는데, 당장은 결혼하기 힘들다고 반대를 하셨다. 반대는 아내의 집에서도 마찬가지였다. 특히, 언니가 너무 완강하게 반대를 하였다. 의사, 약사, 대기업에 다니는 사람들에게 중매가 들어오고 있어서 더욱 반대가 심하였다. 울산의 처가에서는 결혼에 대해 진지하게 의논을 한다는 소식이 들려왔다. 아내로부터 연락이 왔다. 자신과 나에 대하여 집안에서 사주를 봤는데 너무 좋지 않게 나와서 강력히 반대하고 있다는 것이다. 나는 어머니께 그 이야기를 하였다.

"아이고! 아들을 7명이나 낳아서 둘째 아들 태어난 시가 6시인지, 9시인지 가물가물한 기라. 그라모 9시라고 하몬 데제."

아내의 집안에서 나의 태어난 시가 6시로 알고 사주를 보았던 것이다. 나는 아내와 조방 앞 다방에서 다시 만났다.

"지은아, 니, 나하고 꼭 결혼할 끼제?"

"하모. 와 그라노? 니랑 결혼할 끼다. 그런데 너무 반대가 심해서…."

"그럼 잘 들어라. 울산 집에 가서 우리 어무이가 아들 7명을 낳다 보니 시를 잘못 말했다고 하고, 내 시가 6시가 아니고, 9시라고 해라, 알겠제?"

"그러다가 잘못되면 우짤라고?"

"잘못될 것이 뭐 있노? 어차피 반대하고 있는데 다시 얘기해봐라. 알았제?"

우리는 이미 사랑을 넘어 하나가 되었다. 아내는 바로 울산에 연락하여 집안 식구들에게 나의 태어난 시가 6시가 아니고, 9시라고 이야기를 하였다.

아내로부터 일주일 후 연락이 왔다. 시누이들 눈치를 보니 자기랑 나의 시를 여러 유명하다는 점쟁이들에게 물어보니 괜찮다는 것이다. 이렇게 하여 직장도 별로이고, 대학도 나오지 못한 나에게 시집을 보낸다는 것은 못마땅했지만, 1983년 7월 3일, 우리는 결혼을 하게 되었다. 결혼을 하고 나니 그렇게 반대를 하던 언니가 너무나 잘해주었고, 결혼 3년 만에 작은 아파트도 사주셨다. 처가는 전통이 있는 집안으로, 시골이지만 처남들과 언니가 꽤 부자였다. 결혼 3년 만에 집을 장만한 나는 친구들에게 부러움의 대상이었다.

직장 생활을 잘하던 시기에, 아는 사람들의 추천으로 의료기기 회사로 옮겨 의료기기 영업을 하였다. 종합병원에 정형외과, 신경외과 기기를 판매하는 회사였는데, 영업을 잘해서 실적이 좋았다. 실적이 좋다 보니 서울 의료기기 사장들로부터 사업을 해보는 것이 어떠냐는 제의가 들어왔다. 나는 3년 6개월 다니던 직장을 그만두고 사업을 시작했다. 그러나 사업은 제대로 되질 않았다. 사업 1년도 못되어 가계수표 발행했던 것이 부도가 나고 말았다. 그 일 때문에 나와 아내는 자정이 다 되어서 처형과 처남들에게 호출을 당하여 울산으로 끌려갔다. 밤새도록 3천만 원의 가계수표 부도난 것을 가지고 어떻게 처리해야 하는지 의논을 하였다.

"임 서방, 다시는 사업을 하지 않는다면 부도난 것 처리해줄게. 어떡할래?"

큰 처남이 묻는다.

"…."

나는 대답을 못 했다. 다시는 직장 생활을 하고 싶지가 않았던 것이다. 조금만 도와주면 친구들처럼 사업해서 돈 많이 벌 수 있다는 생각뿐이었다. 일단 수습을 하는 것이 문제였다. 그래서 다시는 사업을 하지 않고 직장생활을 하는 조건으로 처형과 처남들이 부도난 수표를 다 회수하고 처리해 주었다. 부도난 수표를 다 회수하고 나니, 서울에서는 더욱 신용이 좋은 사업자로 소문이 나서 계속 사업을 하도록 도와준다는 업체들로부터 연락이 왔다. 한 번 사업을 맛본 나로서는 직장생활을 하기가 힘들었다. 그래서 조금씩 사업을 다시 해 나갔다. 부산과 서울을 오가며 서울 본사의 영업도 도와주었고, 부산에서는 내 사업도 해 나갔다. 사업이 잘되어나가는 것 같았다. 서울과 부산을 주 3일씩 비행기와 새마을호를 타고 오가면서 사업에 전념하였고, 향후 점점 큰 사업가로 성장해 나가리라는 꿈에 부풀어 있었다.

법정에 선 아내

나는 술을 무척 좋아했다. 직장에서 일과를 마치고 나서 언제나 선술집 또는 포장마차에서 시작된 술은 2차 3차가 기본이었다. 그래서 새벽이 되어서야 비틀거리는 몸으로 집에 귀가하는 일이 잦았다. 할아버지가 술을 많이 마셨고, 아버지가 술을 매일 먹고 들어오셨기에, 나도 술을 잘 먹는 것은 타고난 체질이었다. 보통사람들은 특별한 날에 술을 마시지만, 나는 술을 먹지 않는 날이 특별한 날이었다. 친구를 만나도, 사업 때문에 손님을 만나도 술로 시작하여 술로 끝났다.

하필이면 그날따라 바람이 세차게 불고 눈발이 날렸다. 광안리 집에서부터 대신동 법원까지 가려면 버스로 약 40분 정도 걸리는 거리다. 아내가 오전 일찍 법원에 출두하는 날이었다. 아내와 함께 집을 나서는데 눈발이 휘날렸다. 부산은 한겨울에도 눈을 볼 수가 없다. 그런데 11월 초 아침부터 찬바람이 몰아치며 눈발이 날렸다. 내가 저지른 일 때문에 아내가 법정에 가는 것이다. 사업을 한답시고 매일 술집을 찾았던 결과였다. 사람을 사귀고 사업을 잘하려면 단골 술집은 하나쯤 있어야 했다. 그래서 서울에서 오는 손님이든지, 또한 사업에 관련된 사람들을 만나게 되면 으레 서면 로터리에 있는 단골 술집으로 갔다. 지금 생각하면 내 정신이 아니었고 정신 나간 일이었지만, 당시에는 합리화된 일상이었다. 매달 술값으로 나가는 돈이 상상을 초월했다. 외상 술값이 약 8백만 원 정도였다. 단골 술집에서 사장이 술값을 지불할 것을 요구했지만, 사업이 기울어져 가는 입장이라 몇 달을 지불할 수 없었다. 결국, 술집에서 사장은 목에 칼을 들이대면서

"죽을래, 갚을래?"

하며 협박이 잦아졌다. 내 주머니에 돈이 있을 때는

"사장님, 우리 사장님 오셨습니까!"

하였던 술집 주인이나 종업원들이 서서히 나를 괴롭히는 폭력배들로 변하였다. 나는 목에 칼이 들어오는 것을 감당 못 하여 언제까지 갚을 수 있는지 각서를 써 주었다. 매일 그들로부터 협박을 당하였기에 몸을 피할 수밖에 없었다. 그러던 어느 날 법원으로부터 출두 명령서가 날아왔다. 나는 아내에게

"여보, 만약 내가 가면 그들이 법정에서 나오는 나를 납치할 수도 있으니 당신이 대신 가서 약식 재판을 받고 오면 안 돼?" 하면서 의논을 하였다.

의논이라기보다 아내에게 억지로 법정에 서도록 한 것이다. 아내는 할 수 없이 못난 남편이 혹시 납치나 테러를 당할까 봐 자신이 가겠다고 하였다. 아내와 함께 집을 나서서 버스를 타고 서대신동 법원으로 갔다. 눈발을 날리며 찬바람이 몰아치는 날씨라 사람들의 걸음도 빨랐다. 아내가 차에서 내려 법정으로 들어서는 것을 비

겁하게도 멀리서 숨어 지켜볼 수밖에 없었다. 그리고 법정에서 멀리 떨어진 건물의 담벼락에 몸을 숨기고 폭력배들이 혹시나 아내를 잡고 납치라도 하면 어쩌나 하고, 아내가 법정에서 나오기만을 초조하게 기다리며 한시도 눈을 떼지 못했다. 약 2시간이 지났을 때 아내가 나오는 것이 보였다. 그러나 아내에게 달려갈 수 없었다. 아내와 눈짓으로 확인만 하고 버스 정류장에서도 서로 모른 체하고 버스를 기다렸다. 폭력배들이 아내를 따라올 수도 있기 때문이었다. 이렇게 조심을 하면서 아내와 함께 타고 집으로 돌아왔다. 아내는 판사가 왜 남편이 안 왔는지 물었으며, 아내인 것을 확인하고 언제까지 갚으라고 판결을 내렸다는 것이다. 또한, 고소인 술집에서도 여사장과 모르는 남자가 왔는데, 남편은 왜 오지 않았는지 물어보더라는 것이다. 만약 남편이 이른 시일에 갚지 않으면 법보다도 자신들이 법대로 처리할 것이라고 협박을 했다는 것이다. 그 뒤에도 그들은 우리 집에 간간이 찾아왔다. 비록 술값을 갚지는 못하였지만, 아내가 잘 대처한 덕에 부산을 떠나면서 그들의 손에서 완전히 벗어날 수 있었다.

2
덫

부평 야곡

우리 가족이 새마을호 열차를 타고 부산역을 떠나 4시간 15분 만에 서울역에 도착한 시간은 오후 2시 경이었다. 수많은 사람이 붐비는 서울역에서 다시 전철을 타고 낯선 땅 부평으로 갔다. 개나리가 노란색으로 아름다운 자태를 드러내고 목련도 활짝 피어나고 있었다. 약 한 달 전, 효성동에 방이 3개인 빌라를 월세로 미리 구해놓았는데, 새로 살집에 들어서니 아내와 두 딸이 좋아했다. 부산에서 여관생활을 하다가 올라온 터라 무척 좋아했다. 큰딸 진수는 전학을 하였고, 진주는 유치원에 들어갔다. 두 딸이 부산 사투리를 많이 사용하니 친구들이 놀리기도 하고, 재미있다고 하면서 더 좋아했다. 딸들은 매일 서울말을 배운다고 서울말 흉내를 냈다. 그럴 때마다 우리 가족은 한바탕 웃음이 터지고 부평의 생활도 안정이 되어갔다.

일거리는 없었지만 매일 서울로 나와서 하루를 보내었다. 그동안

인생은 아프다

사업을 하면서 친분이 있는 사람들을 만나서 사업을 다시 해보려고 했지만, 한 번 사업에 실패한 사람을 누구 하나 선뜻 도와주지 않았다. 아내는 동네 아주머니들이 하는 부업 일거리를 가져와 집에서 작업을 하였다. 부평은 공단들이 많아 부업 일감이 많은 곳이었다. 머리핀, 포크, 바지 실밥 따기, 액세서리 등 일감을 받아 열심히 작업을 했다. 부업을 온종일 열심히 하면 3천 원 정도 벌 수 있었다. 한 달이면 적은 돈이 모여 10만 원 정도 목돈이 되었다. 적은 돈이었지만 우리 가족이 생활하는 데 많은 도움이 되었다. 그러나 부업으로는 우리 가족이 정상적으로 살아갈 수가 없었다.

나도 집에 머무는 시간에는 아내의 부업을 도와 부업으로 받은 수당이 조금은 더 보탬이 되었다. 그러나 매달 20만 원씩 나가는 집세는 큰 부담이 되었고, 월세가 점점 밀리기 시작했다. 집 주인은 계약한 지 1년이 다 갈 무렵부터는 집을 비워달라고 짜증을 내기 일쑤였다.

집에는 늘 양초가 있었다. 전기료가 몇 달씩 밀리면 결국 단전이 되어서 양초를 준비해 놓은 것이다. 철없는 딸들은 촛불을 켜고 자는 밤이면 즐거워했다.

"아빠, 또 전기 끊겼어? 아빠 그림자놀이 하면 진짜 재밌다 아이가?"

하면서 나를 위로해주었다. 두 딸은 그림자 손가락으로 토끼, 새, 거북이 등 여러 동물을 만들며 놀다가 잠이 들곤 하였다. 우리는 전기가 들어오지 않으면 생활이 많이 불편했지만, 그 생활에 점점 익숙해져 갔다. 고통의 파도는 큰 입을 벌리고 조용히, 말없이, 서서히 다가오고 있었다.

신기루를 좇아서

사업을 재기하는 것이 급선무였다. 우선 여의도에 보증금 없는 공동사무실을 계약하고 사업자 신고를 하였다. 공동 사무실은 전화와 팩스, 그리고 전화받아주는 비서까지 사용할 수 있어서 좋았다. 그동안 부산에서 의료기기 영업을 하면서 수집했던 정보자료들을 정리했다. 또한, 프랑스, 영국, 독일 등 문화원을 찾아다니며 그 나라의 의료기기 생산업체들을 수집했다. 수집한 의료기기 생산업체에 메일이 없던 시절이라, 팩스로 나의 회사를 소개하고 의료기기 수입에 대한 자료들을 요청했다. 각 나라의 문화원을 찾아가면 의료기기 외 자신의 나라에서 생산하는 업체들의 연락처와 생산품목 등을 알 수 있었고, 팩스로 신청해도 제품 카탈로그와 수출 가격표를 보내주었다. 영어는 몰랐지만, 의료기기 영업을 하면서 인체에 대한 의학 지식과 제품의 일반적 영어들을 대략 알았기에 자료 수집과 각 나라에서 보내주는 카탈로그 수집에는 별문제가 없었다.

유럽의 많은 생산업체 중에서도 영국에서 의료기기를 생산하는 N 회사와 연결이 되어 샘플 제작에 들어갔다. 사업은 별 진전이 없었지만, 제품에 대한 샘플만 완전하게 만들어도 전국의 대리점에서 선불로 계약을 할 수 있어서 샘플 작업에 매달렸다. 샘플 작업에도 약간의 돈이 필요했기 때문에 샘플 값 3백만 원을 구하여 영국으로 송금하고 약 6개월을 기다렸다.

디자인을 배운 적은 없었지만, 제품의 모양을 디자인했다. 한국 의사들이 원하는 디자인이 나오도록 제품의 크기, 넓이, 모양 등을 자세히 그려서 영국 회사에 보내었다. 영국에 많은 FAX가 오고 가면서 샘플 작업이 진행되었다. 정주영 회장이 울산의 갯벌 사진 한 장을 손에 쥐고 배를 수주하러 다녔고, 그리스 거물 해운업자 리바노스를 만나 26만 톤짜리 배 두 척을 주문받아냈듯이, 나도 아무것도 없는 상태에서 제품의 샘플만 성공적으로 만들어진다면 사업을 크게 다시 시작할 수 있다는 사실을 굳게 믿고 있었다.

6개월 후, 의뢰했던 샘플 제품 3개가 왔다, 한 개에 백만 원이 들어간 것이다. 내 생각이 정확히 맞았다. 부산에서 사업 실패를 하고 부평으로 무작정 올라와 1년이 지난 후였다. 모든 것이 순조로웠다. 각 지방에서 샘플을 보더니 제품이 한국에 수입되면 대리점을 할 것이라고 연락이 오면서 나를 만나기 위해 지방 사장들이 서울로 올라왔다. 치열한 경쟁시대에 제품 하나만 잘 잡아도 사업이 성공할 것이라고 생각했다. 새로운 제품에 서로 눈독을 들이기 시작했다. 부산, 대구, 대전 등에서 올라온 사장들이 샘플을 가지고 내려가 자신들이 거래하는 병원을 방문하고 의사들을 만나 이런 제품이 한국에 들어오면 어떻겠냐고, 시장 조사에 들어갔다. 각 지방의 종합병원에서 의사들의 반응이 아주 좋았다. 특히, 세계에서 두 번째로 생산된 제품이라는 사실을 의사들이 알게 되었다. 매년 국내외에서 학문적 세미나인 학회를 열기 때문에 최신 제품들에 많은 관심이 있으며, 최신 제품에 대하여 잘 알고 있었다. 제품이 대량 생산되어 수입만 된다면 병원에서 많이 사용될 것이라는 사실을 알게 된 사업자들이 대리점 계약을 하자고 연락이 왔다. 그동안 고생한 일들을 생각하면 꿈만 같았다. 앞으로 다가올 부와 명예가 내 앞에 펼쳐졌다. 내 인생에서 성공이라는 환희의 깃발이 펄럭이며 다가오고 있었다. 사무실도 단독으로 사용하는 10평짜리로 옮겼다.

본격적으로 제품 생산에 들어가야 했다. 그러나 문제가 있었다. 한국에 들어온 제품은 샘플 3개뿐이었다. 제품을 생산하려면 많은 돈이 필요했다. 최소한 5백 개 정도의 물량을 만들어야 하는데 제품 생산값 약 6천만 원이 필요했다. 단돈 10만 원도 빌리기 힘든 세상에 어디서 큰돈을 구한다는 말인가? 앞이 캄캄했다. 거래하는 역삼동의 K 은행의 담당 과장을 만나 사정이야기를 하고 대출을 부탁했다. 집도 빚에 넘어가고, 아무것도 없는 나에게 돈을 대출해줄 리가 만무했다.

"저 과장님, 이번 제품만 들어오면 큰돈이 지방에서 들어오니 도와주세요."

"도와주고 싶어도 재산이나 적금 든 통장이라도 있으면 어떻게 해보겠는데, 사정은 알겠지만 도울 방법이 없는데 어쩌나…?"

"저, 과장님 다른 방법이 없습니까?"

오후 퇴근 후 은행 과장과 소주잔을 비우며 말했다. 과장도 술기가 올랐다. 모든 사업은 술자리에서 진행된다고 하지 않았던가!

"임 사장, 답답하게 돈이 없으면 신용장을 열면 되잖아."

"네, 신용장을요?"

"그래, 신용장···. 이 사람 답답하네. 신용장을 열라구."

"신용도 없는 놈이 무슨 신용장을요?"

"아니, 제품을 수입한다는 사람이 신용장도 모른단 말야?"

과장의 목소리가 점점 커졌다.

"쉬!"

입에다가 둘째 손가락을 대었다.

"내가 은행 돈은 대출해줄 수 없지만, 신용장 여는 방법과 수입 방법에 대해 알려주지."

과장은 수입하는 데 L/C와 T/T 두 가지 방법이 있다는 것을 가르쳐 주었다. T/T는 현금으로 결제하는 것이고 L/C는 자기의 돈이 없어도 무역회사가 보증을 서서 은행에 수입하는 것이 L/C open이라고 하였다. 신용장을 무역회사에서 열어주면 신용장은 영국 은행에 전달되고, 영국회사는 내가 보낸 신용장으로 영국 은행에서 대출을 받아 제품을 만들 수 있는 것이다. 그리고 제품을 한국에 먼저 보내면 세관에서 통관 직전 대금을 지불하면 되는데, 문제는 신용이 있는 회사는 무역회사가 수입대금에서 수수료만 받고 통관을 해주는 것이기 때문에 잘만 하면 돈 없이도 제품 생산에 들어갈 수 있었다.

다음 주에 의료기기만 전문적으로 수입을 해주는 무역회사에 대해 정보를 입수하고 찾아갔다. 일이 순조로웠다. 총수입금액에 2% 정도만 계약금으로 결재하면 된다는 것이다. 모든 서류 작업을 무역회사에서 해주었다. 약 6천만 원 상당의 신용장을 열고 판매가로는 5억 원어치 제품 생산에 들어갔다. 하늘이 나를 돕고 있었다. 6천만 원의 제품이 들어오면 판매가로 5억이 되는 것이다. 내 인생의 모든 것을 제품 생산에 걸었다. 제품이 잘 만들어지고 있었다. 6개월 후 영국으로부터 연락이 왔다. 제품을 다 생산했다는 것이다. 이제 제품 확인 작업만 하면 사업은 고속도로를 달리는 승용차와 같았다.

런던의 덫

통역과 무역을 담당하는 사람과 대리점을 할 대표 한 사람을 대동하고 영국으로 날아갔다. 6천만 원의 제품 자금을 만드는 방법은 간단했다. 지방 대리점을 할 대표를 한 사람 대동하고 영국에 가서 물건을 확인시키면 되는 것이다. 여기저기서 돈을 빌려 영국행 항공권 3장을 준비했다. 처음 타보는 국제선 비행기는 대만과 싱가포르를 경유해 런던으로 힘차게 날아올랐다. 부산에서 부도를 내고 서울로 가족들을 이끌어 무작정 올라온 지 1년 6개월 만이다. 나는 스스로 대견했다. 통역관과 대리점 대표, 나의 얼굴은 행복으로 가득 찼다. 통역관은 통역 때문에, 지방 대표는 제품이 정말로 만들어졌는지 확인을 하러 가는 것이라 공짜로 영국까지 다녀오는 행운을 잡았으니 기뻤을 것이다.

그렇지만 1년 6개월 동안 피를 말리는 시간을 보냈다는 사실을 그들은 알 리가 없었다. 비행기 안에서 바라보는 밤하늘의 풍경은 어둠 속에서도 아름다움을 발하고 있었다. 은하수가 보석처럼 반짝이며 흐르고 있었으며, 간간이 저 아래의 땅에서 불빛들이 보석처럼 반짝였다. 모두가 눈을 감고 밤새도록 날아가는 비행기 안에서 잠을 잘 자는데 나는 잠이 오지 않았다. 김포공항을 출발한 비행기는 대만을 경유하여 싱가포르로 갔다. 그리고 2시간 후 싱가포르를 출발, 런던으로 날아갔다. 밤새도록 날아간 비행기는 새벽 3시 30경 런던 히드로 공항에 도착했다.

"헬로우, 미스터 림?"

키가 크고 조금 뚱뚱한 영국 신사가 활짝 웃으며 손을 흔든다. 영국 회사는 런던에서 도버 쪽으로 약 2시간 거리에 있었다. 우리를 태운 승용차는 공항을 빠져나와 어두운 고속도로를 달렸다. 온통 안개가 자욱하였다. 1시간 정도 달리니 어둠이 점점 물러가고 영국의 아름다운 풍경이 그 자태를 천천히 드러내고 있었다. 안개로 인하여 풍경을 잘 볼 수는 없었지만, 영국 신사들은 언제나 우산을 들고 다니는 그림을 본 기억이 났다. 간간이 빗줄기가 차창을 때리며 우리를 환영하였다. 푸른 들판에서 양들이 평화롭게 모여 여유롭게 풀을 먹고 있었다. 아련한 기억 속에서 어린 시절 달력의 유럽풍경을 바라보며 동경했던 날들이 하나둘 잠에서 깨어 피어났다. 그래! 꿈이 현실이 되어 내 앞에서 춤추며 다가왔다. 행복하고 위험한 런던의 질주는 그렇게 시작되었다.

런던 히드로 공항에서 출발한 지 약 3시간 후, 우리를 태운 승용차는 도버 해협의 회사에 도착하였다. 제품은 잘 만들어져 있었으며 검품을 기다리고 있었다. 나는 제품을 하나하나 검품하고, 종일 회사에서 에이전트와 특허 문제 등을 의논하였다. 서울서 함께 온 K 통역관과 영국회사 대표가 의견의 일치를 보지 못하여 런던에서 한국 사람이 왔다. 나중에 안 일이지만 특허권과 세계 모든 나라의 판권을 나에게 모두 준다는 내용이 민감한 부분이라, 정확한 통역을 위해 런던에서 회사를 운영하는 한국인 대표를 특별히 하루 비용 150파운드 주고 통역으로 부른 것이다.

모든 일정이 잘 되었고 4일간의 런던 방문을 마치고 서울로 돌아왔다. 제품에 대한 소식은 전국적으로 퍼져 나갔다. 지방에서 서로 대리점을 계약하자고 연락이 왔으며, 부산을 시작으로 전국적으로 대리점 계약에 들어갔다. 1억이라는 큰돈이 계약금으로 들어왔다. 이제 제품만 들어오면 전국적으로 제품을 파는 것은 문제가 없었다. 내 통장에는 매일 전국적으로 돈이 들어오기 시작했으며, 늘 지방에서 올라온 손님 만나기에 바빴다.

의료기기 중에서도 정형외과와 신경외과 수술 기구는 응급환자들을 위한 제품들이라 무관세로 통관절차가 간단했다. 보사부에 수입면장 서류만 제출하면 물건을 통관해 주었던 것이다. 그런데 3일 전 수입 관련법이 개정되어 통관 심사는 당산동 화학시험검사소에서 주관하기 때문에 그곳으로 가서 수입절차를 받도록 하였다. 2~3일이면 처리되는 줄 알고 한국 화학시험검사소로 갔다. 필요한 서류를 제출하니 담당자는 의료기기 수입 건에 대한 이관을 며칠 전 통보를 받았다며 다음 주에 다시 한 번 와 달라는 것이다. 나는 제품의 샘플과 영국에서 받은 서류를 제출하고 돌아왔다. 다음 주 다시 그곳을 방문하니 담당자가

"저 죄송하지만, 저희 부서로 이관된 지 얼마 되지 않아서 우리도 어떻게 검사를 해야 하는지 모릅니다. 검사에 필요한 몇 가지를 좀 더 보충 준비해서 와 주세요."

나는 영국으로 급하게 연락하여 시험검사에 필요한 서류들을 받았다. 서류라는 것이 금방 되는 것이 아니고, 영국 공장에서도 그 나라의 검사필증을 거쳐 서류를 팩스로 보내주든지 국제 우편으로 발송해 주었기에 많은 시일이 소요되었다. 그 서류를 가지고 영국대사관에 가서 참사관에게 영국에서 온 서류가 진짜라는 확인 도장을 받아 제출해야 했다. 일주일에 2~3일은 화학시험검사소를 오가며 시간을 다 보냈다.

1주일이면 나올 줄 알았던 수입허가증이 1년이 지나도 나오지 않았다. 대리점을 개설하자고 계약을 했던 지방 사업자들이 물건을 빨리 수입하라고 요구를 해왔다. 그러나 그들도 수입허가가 바뀐 것을 알고 있었기에 기다리는 수밖에 없었다. 시간이 점점 지나고 도저히 수입허가가 나올 기미가 보이지 않으니, 이제는 계약금을 돌려 달라고 하였다. 그러나 계약금으로 받은 돈은 제품값으로 나

갔고, 사무실 운영비와 생활비로 다 나간 상태라서 돌려줄 수도 없었다. 그동안 아무것도 못 하고 그 일에만 매달려 날마다 무역회사, 수입과 수출에 관한 무역공부를 하였다. 기약 없는 시간들이 흘러갔다.

　일단 6천만 원의 제품값을 재료비 명목으로 지불했기 때문에 그 값에 대한 물건이라도 들어와야 했다. 그런데 정식 수입을 하려면 아직 불가능하기 때문에 직접 영국에 가서 들고 들어오는 방향으로 생각을 해 나갔다. 마냥 수입허가가 나오도록 기다릴 순 없었다. 의료기기는 부피는 작으나 단가는 고액이었기에, 직접 가지고 오는 것이 사태 해결의 열쇠라고 생각했다. 나는 통역관을 대동하고 영국으로 다시 날아갔다. 영국회사에서는 내가 갑자기 방문한 것에 대하여 많은 염려를 하였지만, 제품 수입에 대한 해결책을 가져온 줄 알고 반가워했다. 그동안 제품을 생산하고도 정식으로 수출하지 못하고 시간을 보내니, 영국 회사로서도 경영하는 데 많은 지장이 있었다면서 빠른 시일에 한국에서 수입하도록 부탁을 했다.
　"저, 내가 제품을 직접 가지고 가겠습니다."
　영국 사장이 난색을 표였다. 무역 거래상 그럴 수 없다는 것이다. 종일 협상을 했지만, 결론이 나지 않았다. 호텔로 돌아와 잠을 이룰 수가 없었다. 정식으로 수입하려면 제품에 대한 금액을 무역회사를 통하여, 절차를 밟아 송금하고 수입을 해야만 했기에 다른 방법이 없었다. 2일간 런던에 머물며 해결책을 모색했다.

성수대교 무너지던 날

저녁에 객실에서 TV를 보고 있는데 긴급 뉴스가 나왔다.

"긴급 뉴스를 전합니다. 한국에서 한강 다리가 무너져 현재 많은 사람들이 사망했다고 합니다." 1994년 10월 21일 아침, 출근시간대에 한강을 건너던 시내버스가 다리 상판이 내려앉아서 한 강에 빠졌는데 현재 구조 중이라는 뉴스였다. 많은 학생이 학교로 가기 위해 시내버스에 올랐다. 그런데 시내버스가 성수대교를 지나는 순간 다리가 내려앉은 것이다. 영국 BBC방송은 계속 속보로 방송을 내보내고 있었다. 나는 하이드 파크로 갔다. 드넓은 공원을 거닐며 아름다운 영국에 아내와 꼭 한 번 오리라고 다짐을 했다. 오후에 다시 영국 회사로 들어갔다. 그리고 결제한 금액에 대하여 제품을 직접 가져가겠다고 했다. 몇 시간을 줄다리기한 뒤 회사로부터 제품을 가져가도 좋다는 답변을 받았다. 영국 사장은 한국에서 큰 사고가 났는데 위로한다고 하면서 우리의 사업 관계는 잘 되었으면 좋겠다고 했다. 나는 제품의 모든 포장지를 뜯도록 했다. 제품을 중고와 샘플로 보이기 위해서였다. 라면 박스 상자 크기로 두 개 분량이었다. 통역관 가방에도, 나의 가방에도 많은 양의 제품을 넣었다. 나머지는 박스 두 개로 제품을 포장하였다. 제품 포장지를 다 뜯은 상태라 세관에서 문제가 생겨도 샘플로 처리하면 되도록 하였다.

다음 날 오전에 영국 회사에서 연결해준 택배회사 직원이 호텔로 왔다. 통역관은 택배회사 직원을 통하여 우리가 타고 가는 비행기에 꼭 제품을 싣도록 하였다. 그것이 잘못이었다. 통역으로 따라온 사람도 어떻게 한국으로 물건을 가져가야 하는지에 대하여 자세하게 몰랐다. 통역을 잘못했던 것이다. 영국 회사는 우리가 정식으로 택배 회사를 통해 제품을 가져갈 것을 원했고, 통역관은 우리가 직접 가져갈 수 있다는 것에 합의했다. 그러나 나는 직접 제품을 화물칸에 싣고 간다는 전제로 제품을 받아왔다. 영국 택배 직원이 제품을 가져가는 것을 확인하고 히드로 공항으로 나갔다. 우리는 독일 프랑크푸르트를 경유하여 김포공항으로 날아왔다. 그런데 화물을 찾는 곳에서 아무리 기다려도 제품이 나오지 않았다. 황당했다. 혹시나 주인을 찾지 못하고 분실된 것을 보관하고 있을지도 모르는 일이라, 분실물센터에 가서 확인해도 제품 박스는 없었다. 마음이 답답했다. 몇백도 아니고, 판매가로 수천만 원어치의 제품이 사라진 것이다. 공항 바로 옆 세관에 찾아갔다. 영국 회사의 영수증을 보여주면서 제품을 확인했지만, 그런 물건은 들어온 일이 없다고 했다. 통역관은 무엇이 잘못되었는지 알 수 없다고 했다. 일단 공항에서 서울 시내로 나왔다. 통역으로 따라갔던 사람이 자기도 왜 일이 이렇게 되었는지 모르겠다고 했다. 나는 그에게 영국 택배 회사에 전화를 걸도록 했다. 다행히 영수증에 회사 전화번호가 있었다.

"헬로우…."

전화가 연결되었다. 다행히 런던에서 아침에 호텔로 직원을 보냈던 담당자와 연결이 되었다. 확인한 결과 우리가 타고 온 비행기에 화물을 보내려고 했는데 시간이 늦어서 내일 한국으로 가는 비행기 편으로 보낸다고 하였다. 황당했다. 통역관은 택배회사를 통해 우리가 타고 오는 비행기에 제품을 싣고 오면 바로 찾는 줄 알았던 것이다. 영국 직원은 내일 한국으로 가는 비행기 편으로 물건을 보내겠다고 했다. 나는 제품을 발송하지 못하도록 했다. 만약 제품이 밀수로 걸리면 많은 세금을 물어야 했기 때문이다. 그리고 3일 후 다시 런던으로 날아갔다. 히드로 공항에서 택배 회사 담당자를 만나 제품을 인수받아서 오후에 서울로 돌아왔다. 이렇게 두 번을 영국에 갔다 오는 데 항공료 6백만 원만 날려버린 것이다. 세관 직원이 박스를 열어보도록 했다. 박스를 열어서 보여주고 병원에서 사용할 기구들인데 샘플을 가져오는 중이라고 했다. 직원은 샘플 제품이 너무 많다고 하면서도, 다음에는 이렇게 가지고 오면 세금을 물도록 한다면서 통과시켜 주었다. 가지고 온 제품은 다음 날 계약금을 받은 대리점에 순차적으로 보내고 정리했다.

절 망

한 해를 그런대로 잘 버티었다. 직접 가져온 제품을 지방에 내려보낸 것이 잘 팔렸다. 그러나 지방에서는 제품을 완전히 수입하면 제품값을 지불하겠다고 해서 점점 더 힘들어졌다. 매서운 겨울의 한복판에 내몰린 가족들은 부평 생활도 지쳐갔다. 부평에 올라온 그 해 두 번째 찾아오는 겨울은 유난히 추웠고, 눈도 많이 내렸다. 제품 수입허가가 나오지 않아 아내가 액세서리 부업으로 번 돈은 밀린 집세를 내면 생활비는 한 푼도 없었다. 하루하루를 버티며 살아간다는 현실이 악몽처럼 느껴졌다. 집 주인이 당장 집을 비워달라고 수시로 전화가 왔다. 구정을 며칠 앞두고 또 많은 눈이 내리기 시작했다. 전기까지 단전되어 방안은 냉기로 가득했다. 부산에서는 거의 볼 수 없는 눈이 내렸다. 아이들은 처음 보는 눈이라 무척 좋아했지만, 보일러 기름과 가스가 떨어져 집안은 온통 얼음 냉동고와 같았다. 서울서 사업을 다시 재기하는 데 필요한 자금을 마련하기 위해 지인들을 만나보았지만 쉬운 일이 아니었다. 부산의 우리 집을 두고 이렇게 고생한다는 것이 믿어지지 않았다. 절망이 서서히 다가오고 있었지만, 그 절망의 신음을 가족들에게 할 수는 없었다.

'여보, 미안해. 조금만 참자. 곧 사업이 잘될 거야.'라고 위로하며 밤을 보내곤 하였다. 그해 겨울을 악몽이었다. 그 악몽은 죽음의 그림자를 드리우며 나를 유혹했지만, 개나리가 피어나는 따뜻한 봄이 오는 소리에 그 악몽도 물러갔다.

아내는 일요일만 되면 불교 신자인 처제가 다니는 절에 가서 함께 예불을 드리곤 하였다. 나도 절에 따라는 가지만 밥만 먹고 왔다. 아내는 언제나 빨간색으로 알지도 못하는 글자인지 그림인지, 그려진 부적을 만들어 와서 액자에 넣어 방문 앞에 걸어 두었다. 작은 것은 내 지갑 속에 넣고 다니도록 하였다. 나는 그것이 싫어서 술만 취하면 그 부적들을 집어 던져버리고 찢어버렸다. 아내는 그런 나를 향하여

"그러니까 부처님이 도와주지 않아서 사업이 안 되잖아!"

하고 소리치며 울었다. 그럴 때마다 나는 더욱 큰 소리로

"그래! 부처가 나를 죽여도 할 수 없지 뭐!"

하고 집을 뛰쳐나와 밤새도록 술을 퍼마시고 새벽에 집에 들어가곤 했다. 청년 때 교회에 다니며 들었던 찬송가 테이프를 틀어놓고 술에 취하여 울면서 찬송을 따라 불렀다. 이런 나를 아내와 두 딸은 내가 사업이 잘되지 않아서 술주정뱅이가 되어간다고 생각을 했다. 나는 군대에 입대하기 전까지는 부처를 믿었다. 부처 목걸이, 부처의 형상이 그려진 반지를 끼고 다니며 늘 반야심경을 외우며 살았다. 그러던 내가 군대에 가서 인생이 완전히 바뀌는 사건을 겪었다. 인간의 말로는 표현할 수 없는 사건을 만난 이후로는 부처에서 멀어지게 되었다. 따라서 내가 술에 취하여 몸을 가누지 못할 때에도 찬송을 들으며 잠이 들곤 하였다.

결혼하기 전 부산에 살 때도 교회는 나가지 않았지만, 청년 시절 밤새도록 친구들과 나이트클럽에서 놀다가 새벽 4시가 되어 나오는 일이 종종 있었다. 친구들과 헤어지고 걸어서 집으로 가다가 가끔은 십자가가 보이는 교회로 갔다. 그리고 문이 열려 있으면 조용히 들어가 강대상으로 들어가는 통로에 무릎을 꿇고 한참 울다가

"하나님, 제가 정말 나쁜 놈입니다. 저는 불교를 믿고 부처를 믿는데, 당신은 믿어지지가 않아요. 죄송합니다. 술을 많이 먹어서…"

그리고는 5시 예배 시간이 되어 사람들이 하나둘 문을 열고 들

어오면 미안해서 바로 나와 집으로 가곤 하였다. 술만 먹으면 왜 그렇게 교회로 찾아갔는지 지금 생각해도 이해가 되지 않는다. 또한, 교회는 다니지 않았지만, 성경책을 두 번 읽었다. 창세기부터 요한계시록까지 너무 재미있게 4일 만에 읽었다. 한 편의 완벽한 소설이었다. 누군가 나를 전도하려고 준 성경책인데, 세상에서 사람들이 제일 많이 읽히는 책이 성경이라는 사실을 알고 난 뒤, 무슨 내용이 있는지 궁금해서 읽었던 것이다. 소설책보다, 아니 그 어떤 책보다 재미있고 감동이 있었다. 내용은 모두가 저자가 허구로 쓴 것이기 때문에 더욱 재미있다고 생각을 했다. 그 뒤 1년 후 다시 한 번 읽었다. 당시 다미선교회에서 휴거 때문에 사회에 많은 문제를 일으키고 있었던 때였다. 그런데 성경에 휴거라는 말은 없었고, 나도 관심을 가지고 천군 천사가 오는 것을 생중계라도 보아야겠다고 기다렸던 시기였다. 나에게도 종교의 씨앗은 늘 마음속에 심어져 있었던 것이다. 그러나 기대하면서 기다렸던 휴거는 일어나지 않고, 나를 실망시키고 말았다.

천사와의 만남

1997년 1월 겨울 어느 날 새벽 6시경, 작은딸이 잠에서 일어나 "아빠, 엄마!" 하고 깨웠다. 깜짝 놀라. "새벽부터 웬 난리야? 더 자야지. 무서운 꿈이라도 꿨니?" 아내가 물었다.

"엄마 아빠, 나 조금 전 천사를 만났단 말야!"

진주가 흥분해서 뚱딴지같은 말을 하였다. 나는 진주에게 자세히 말해보라고 했다.

"응, 근데 꿈에 창문으로 밖을 보고 있는데 천사가 하늘에서 내려왔어. 그래서 우리 가족이 모두 창문으로 천사를 보고 있는데, 천사가 나를 부르며 오라고 손짓을 하여 천사에게 다가갔지. 천사가 나에게 무슨 말인지 이야기를 했던 말이……."

"무슨 말을 했는데…?" 내가 물었다.

"몰라. 기억이 안 나."

아내가 호기심 어린 표정으로 "천사가 어떻게 생겼던데?" 하고 물었다.

"응…, 그림에 나오는 것과 똑같아서 흰옷을 입었고, 날개가 두 개 있었고."

나는 아내에게 말했다.

"하나님이 우리 가족에게 교회 나가라고 천사를 보낸 것 같아."

아내는 유치원에 다니는 아이가 꿈을 꾼 것 가지고 별소리 다 한다고 무시를 해버렸다.

"천사가 무슨 말을 했는지 정말 생각이 안 나?"

나는 답답해서 다시 물었다.

"나에게 계속 이야기했단 말이야…. 그리고 내려왔던 하늘로, 우리 가족들이 보고 있는데 다시 올라갔다니까!"

딸이 더 답답해했다. 나는 마음속으로 하나님께 무척 미안했다. 그리고 하나님이 나와 우리 가족을 애타게 기다리고 계신다는 생각에 사로잡혀, 늘 길에 다니다가도 교회의 십자가만 보면 마음이 아팠다. 아내의 불신앙 때문에 천사의 미소와 부처의 미소 사이에서 방황하며 여전히 술에 빠져 살았다. 이 일이 있고 나서는 더욱 부부싸움이 잦아졌다. 난 술만 먹고 들어오면 안방 문 위에 걸려있는 붉은 글씨를 찢어버렸다.

"그래, 재수 없어서 사업 망해도 좋아. 난 교회 갈 거야!"
하고 내가 더 큰 소리로 고함을 치면서 한바탕 전쟁이 일어났다. 이렇게 술만 먹고 들어오면 한바탕 소동이 일어나고 잠을 잘 때는 찬송가를 틀어놓고 잤다. 가족들이 보기에는 미친 아빠처럼….

가끔 옆에 사는 처제를 만나도 힘든 기색은 내지 않았다. 쌀이 떨어져 밥을 해 먹지 못해도, 서울에 사는 어머니가 주신 쌀과 라면을 가지고 와서 끼니마다 먹으며 버티는 날들이 많아졌다. 그래도 벌여놓은 사업을 정상적으로 운영하려고 서울을 오가며 기회를 엿보고 있었다.

춥고 매서웠던 겨울은 무사히 보냈지만, 개나리와 목련이 다 피어나기도 전에 가족들을 이끌고 집을 나와야 했다. 주인이 3월에 계약이 끝나는 달이라 재계약을 해줄 수 없다고 집을 비워 달라는 것이다. 급히 서울에 있는 막냇동생을 불러 의논해 보았지만 방법이 없었다.

"형님, 이왕 이렇게 된 것 서울로 나오이소. 개포동에 가면 주공아파트가 있는데 좀 오래되었지만, 아이들 교육 환경도 좋고 월세도 많습니더."

"집값도 없는데 어떻게 아파트에 들어갈 수 있나?"

내가 물었다.

"그렇다고 부평에 계속 있을 수도 없으니 차라리 어무이랑 동생들이 있는 서울로 일단 나오이소. 여관 생활을 하더라도 일단 서울로 갑시다."

다른 방법이 없었다. 이삿짐센터에 연락하여 이사 날짜를 잡았다. 그리고 서울로 이사를 하는데, 우리가 들어갈 서울의 집에 사는 사람들이 집을 아직 구하지 못하여 보름 정도만 짐을 보관해 달라고 했다. 다행히 이삿짐센터에서 좋다고 하여 3월 초 토요일 급히 이사 아닌 이사를 하게 되었다. 오전 일찍 이사할 차가 왔다. 아내에게 아이들을 잠시 보도록 하고 이삿짐 차와 함께 살림살이가 보관될 창고로 따라갔다. 이삿짐 보관 장소는 2층이라 사다리차로 옮겼다. 부산에서는 지하 창고에 수년을 보관했다가 겨우 찾은 가재도구들을 다시 창고로 옮긴다는 것은 크나큰 고통이었다. 심장이 땅에 떨어져 버릴 것 같았다. 동생이 담배를 물고 긴 한숨을 쉬며 먼 하늘을 쳐다보면서

"형님요, 울지 마이소, 마음 굳게 먹고 살면 좋은 날이 올 낍니다."

"래경아, 형 미칠 것 같다. 차라리 죽어버릴까?"

"형님이 죽으면 불쌍한 형수는, 조카들은 어찌 살라고 그라는교?"

"그래도 형이 너무 힘들다. 이제 지쳤어. 살 마음이 없구나."

나는 두려웠다. 가족들과 서울로 나가면 오늘 당장 그 지긋지긋한 여관으로 들어가야 하기 때문이다.

절망 속에서 살아남는 것은 인간의 본능이다
그래서 아플수록 인생은 익어간다

어머니가 여관에서 밥이라도 해 먹어야 한다며
헌 밥통과 숟가락 젓가락을 보자기에 싸서 나에게 주셨다.
어머니의 눈에도 나의 눈에서도 눈물이 흘렀다.
나는 애써 어머니로부터 고개를 돌리고
아내와 두 딸을 이끌고 총총걸음으로 여관을 향했다.
"우짜든지 용기를 내서 살아야 한데이!"
등 뒤에서 어머니의 울음섞인 목소리가 들려왔다.
예민한 칼날이 내 심장을 찌르는 것 같았다.

Part 2

희망과
절망의
벤치에서

3
처음부터 잘못된 길

새로운 길 새로운 늪

가족을 이끌고 서울역으로 나왔다. 2년 전 부산에서 큰 희망을 품고 서울역에 도착했는데 이 년 만에 노숙자로 전락하고 있었다. 막막했다. 두 딸은 엄마 아빠가 곁에 있는 것만으로 든든했던지 깔깔거리며 놀았다. 저녁이 되면 당장 갈 곳이 없어서 걱정이었다. 먼저 서울역 안으로 들어가 김밥을 사서 아이들에게 주었다. 차마 목에 넘어가지 않았고, 아내에게 주었지만 목이 메여 먹지를 못했다. 대우빌딩 근처에서 시간을 보내다가 날이 어두워져 전철을 타고 동생이 말하는 역삼동으로 갔다. 어둠이 더 깊어지기 전에 아무 여관이라도 들어가야 했다. 그런데 역삼동은 사무실 밀집 지역이라 여관도 많이 없지만, 있어도 방이 없었다. 아마 가족들이 장기 투숙하는 것을 싫어해서 방이 없다고 하였을 것이다. 한 여관에 들어가하루만 지낼 것이라고 하니 선뜻 방을 내어주었다. 오늘은 여기서 자고, 내일 장기로 투숙할 여관을 찾아보아야 했다. 다음 날, 장기로 투숙할 수 있는 여관을 찾아서 들어갔다. 먼저 두 딸의 학교 전학이 문제였다. 그래서 며칠 전 개포동에 있는 한 소개소에서 빈집이 있다는 이야기를 듣고 10만 원을 주고 가계약을 했다. 우리 가족이 이사를 온다는 것은 거짓말이었다. 1주일 안에 보증금을 마련한다는 것은 꿈이었다. 그래서 10만 원으로 가계약을 하고 주소를 받아서 전입신고를 했다. 두 딸의 전학 때문이었다. 월요일 아이들을 데리고 개포동 학교로 가서 전학을 시켰다. 이사하면서도 하루도 결석을 시키지 않으려고 월요일 바로 전학을 시켰다. 두 딸을 매일 아침에 버스를 타고 학교에 데려다 주었다. 그리고 수업을 마치고 나오면 학교 앞 근처 놀이터에서 기다리고 있다가 데려오곤 하였다. 큰딸이 수업을 조금 늦게 마치면 작은딸과 놀이터에서 시간을 보내었다. 행여나 내가 조금이라도 늦으면 아이들이 불안해하고 학교 정문 앞에서 두리번거리며 못난 아빠 엄마를 찾곤 하였다. 그러다가 아빠가 보이면 활짝 웃으며 얼마나 빨리 달려오는지 모른다.

"아빠, 있잖아. 친구들이 자꾸만 몇 동에 이사 왔는지 물어본단 말이야."

작은딸이 숨을 몰아쉬며 말했다.

"음…, 이사 온 지 얼마 되지 않아서 잘 몰라, 그러면 되잖아."

"알았어. 근데 우리 언제 아파트로 들어가?"

나는 대답을 못 하고 웃으면서

"아마 다음 달에는 돈 생기니까 들어갈 거야. 집은 계약했는데 보증금이 없어서 못 들어가고 있으니 조금만 참자."

혹시나 딸들의 친구들을 만날까 봐 조심스럽게 역삼동으로 돌아와 여관으로 들어왔다. 매일 밥은 김밥이나 컵라면으로 해결하였다. 서울로 나온 지 약 한 달 후, 삼성동에 사시는 어머니가 헌 밥통을 주셔서 여관에서 주인 몰래 밥을 해 먹을 수 있었다. 그러나 반찬은 해 먹지 못해서 시장 반찬 가게에서 사다가 먹었다. 아내의 얼굴은 점점 말라갔다. 먹지도 못하고 여관생활을 몇 개월 하고 나니 꼴이 말이 아니었다.

3월에 개학을 한 아이들이 7월 방학이 되자마자 바로 울산 외갓집으로 달려갔다. 외가에서는 서울에서 딸과 손녀들이 오니 반갑게 맞이해 주었다.

"진수, 진주야, 외할머니가 물으면 개포동 아파트에 산다고 해야 해. 만약 여관에 있다고 하면 다시는 외갓집에 못 가. 알았지?"

이렇게 딸들에게 교육을 해서 외가에 보내면 아이들은 눈치가 있어서 절대 이야기를 하지 않고 즐겁게 방학을 보내었다. 덥고 습한 여름 방학을 보낸 아이들이 아내랑 다시 서울로 올라와 여관생활이 들어갔다.

나는 다시 겨울 방학이 오기만을 기다렸다. 사업은 더 이상 진척이 없었다. 가을이 가고, 춥고 삭막한 겨울이 매몰차게 지나가고 있었다. 아이들은 다시 시골에 내려가 있었지만, 개학 날짜가 되면 다시 올라와 여관으로 들어가야 하는 처지다 보니, 끝이 보이지 않는 하루하루 생활이 지옥처럼 느껴지기 시작했다. 방학이 끝나고 가족들이 서울로 올라오면 여관으로 들어가야 한다는 생각에 오늘이라도 죽고 싶다는 생각이 자주 일어났다. 그나마 희망을 버리지 않고 작업을 했던 수입허가는 여전히 보류 중이었다.

거울 속 서울

　겨울방학을 마치고 봄이 되어 딸들이 다시 서울로 왔다. 방학 동안에 다른 여관으로 옮겼고, 여전히 아침에는 내가 학교까지 데려다 주든지, 아내가 동행하든지 하고 오후에도 학교로 가서 놀이터에 기다렸다가 여관으로 들어왔다. 그나마 평일에는 학교에 갔다가 오후에 들어오면 되는데, 일요일은 종일 여관에 있으려면 주인 눈치가 보였다. 그래서 아이들을 데리고 무작정 집 아닌 집을 나서서 서울 시내 공원 등지로 나갔다가 오후 늦게 해가 지고 어두워지면 들어왔다. 그렇게 하는 것이 두 딸에게도 좋았다. 여관에서는 말소리도 조심해야 했다. 옆방에 사람이 투숙하면 목소리가 다 들렸기 때문에 정상적인 목소리로는 이야기할 수가 없어서 그것이 아이들에게는 스트레스였다. 그래서 공원이라도 나가면 마음껏 이야기하고 큰소리를 질러도 괜찮아서 종일 신 나게 놀았다.

　또다시 여관비가 많이 밀려 있던 여관에서 나와야 할 처지가 되었다. 가족을 데리고 양재공원에서 온종일 보냈다. 해가 나뭇가지 사이로 기울며 하루를 접고 있었다. 벤치에 앉아 멍한 정신으로 먼 하늘을 우러러보았다. 두 딸과 아내는 약 20M 전방에서 땅에 그림을 그리며 놀고 있었다. 아이들과 몇 시간을 공원에 놀며 지냈지만,

저녁이 되니 많은 걱정에 사로잡혀 버렸다. 벤치에 앉은 채 고개를 숙이고 긴 한숨을 쉬었다. 내 두 다리 사이에 있는 개미들이 정신 없이 구멍으로 들어가고 나오는 것이 보였다. 해가 지기 시작하니 개미들이 어디선가 구멍을 찾아 몰려와 들어갔다. 서러워서 혼자 중얼거렸다.

"미물인 개미들도 해가 지면 들어갈 집이 있는데, 나는 들어갈 집이 없구나."

아주 긴 한숨이 나왔다. 정신을 차리고 다시 가족들을 이끌고 어디론가 가야만 했다. 가족들을 데리고 다시 역삼동 쪽으로 갔다. 그리고 24시 편의점에서 김밥과 컵라면을 사서 먹고 한 여관에 찾아 들어갔다.

"아빠, 우리 살던 여관으로 안 가고 또 옮기는 거야?" 큰딸이 물었다.

"응, 거긴 우리가 너무 오래 지내서 주인이 이제 다른 곳으로 옮기라고 해서…."

그러나 아이들은 이미 여관비가 밀려 나온 곳을 알고 있었다. 아침에 여관을 나올 때 책가방과 소지품들을 다 싸서 나왔기 때문이다. 아내와 아이들이 내가 여관비가 없는 줄 알고 걱정을 했지만, 사장에게 주민등록증과 명함을 맡기고 잘 이야기해서 나가는 날 숙박비를 주기로 하고 투숙하였다. 언제 끝날 줄 모르는 새로운 여관 생활이 이렇게 계속되었다. 지금 생각하면 상상하기 힘든 일들이었다. 어서 보증금이라도 마련해서 작은 서민 아파트라도 들어가는 것이 급선무였다.

하루에 숙박비가 3만 원씩이라 감당하기가 너무 힘들었다. 매일 숙박비를 마련하려고 형제들과 아는 의료기 상사를 찾아다니며 몇 만 원씩 구했다. 그러나 그것도 한계가 왔다. 몸은 점점 지쳐가고 여관비는 자꾸만 점점 더 쌓여갔다. 어떻게 하든지 여관에서 버티고 살아야 했고, 다시 방학이 되도록 기다렸다. 방학이 되면 가족들이 다시 울산 외가로 가면 되었기에 일단 버티었다. 7월, 드디어 방학이 되어 두 딸과 아내는 울산 집으로 내려보냈다. 딸들에게는 말을 조심할 것과 절대 여관 생활을 하고 있다는 말을 하면 안 된다고 다시 교육을 철저히 했다.

가을이 되어 외가에서 돌아온 아이들과 다시 여관생활에 들어갔다. 그러나 이제는 더 이상 여관 생활도 할 수 없는 상태가 되었고, 길거리에서 보내야만 했다. 나는 어쩔 수 없이 삼성동에 사는 공무원인 동생 집으로 들어갔다. 동생은 경찰관이었으며, 방이 3개인 집에서 살고 있었다. 연로하신 아버님과 어머니가 함께 살고 계셨기에 체면은 뒤로하고 동생 집에 무작정 들어간 것이다. 매일 여관비만 몇만 원씩 있어야 했기 때문에 동생에게 잠깐만 있기로 하고 가족들을 이끌고 들어가게 되었다. 동생과 제수씨는 불편하였지만, 우리가 불쌍해서 들어오는 것을 결국 허락하였다. 일단 먹고 자는 것은 해결되었지만, 사업은 제자리였다. 한국화학검사소에서는 1년이 지나도 수입허가서를 발행해 주지 않았다. 계속 기다려 달라는 대답뿐이었다. 빌라인 동생 집에 함께 사는 것도 하루 이틀 지나면서 적응이 되어갔지만 불편함은 여전했다. 먹는 것도 눈치가 보이기 시작했다. 그러나 아이들이 여관에서 자는 것보다는 비록 동생 집이지만, 우선 안전하여 좋았다. 두 딸도 작은아버지 집이라 눈치를 많이 보았다. 늘 말도 조심하고 항상 어른들의 눈치를 봐야만 했다.

겨울방학이 되어 다시 가족들은 울산으로 내려갔다. 그러나 특별히 사업 진전도 없이 겨울을 또 보냈다. 그래도 다행인 것은 언제나 따뜻한 잠자리가 있는 것과 먹을 것이 있다는 것이 제일 행복했다. 그렇지만 우리 가족들이 눈치를 보면서 하루하루를 살아가는 것은 고역이었다.

겨울이 지나고 봄이 지날 무렵 어느 날, 동생이 개포동 9단지에 아파트를 분양받아 들어가게 되었다고 좋아했다. 나도 무척이나 기뻤다. 좁은 집에서 더 큰 아파트로 옮긴다고 하니 내 마음도 좋았다. 우리 가족들 때문에 불편한 생활을 했던 동생에게는 기쁨이었다. 공무원아파트는 신청한다고 다 들어가는 것이 아니고, 부모님 부양과 여러 가지 조사를 하여 순서대로 입주를 시키는 것이다. 그런데 동생이 신청한 지 약 2년 만에 입주대상자로 선정되어 많은 돈을 들이지 않고 큰 집으로 이사를 하게 된 것이다. 그런데 이사 날짜가 다가오면서 어머니와 동생의 눈치가 좀 이상했다. 이사 며칠을 앞두고 동생과 제수씨가 이야기를 좀 하자고 하였다. 우리 부부는 동생의 이야기를 들었다.

"저 형님요, 형수랑 미안하지만, 이사를 함께 못 갈 것 같습니다.

그러니 다른 곳에 나가 살집을 알아보도록 하이소."

나는 앞이 캄캄했다.

"함께 가고 싶어도 공무원 아파트는 입주자 외 다른 사람이 함께 사는 줄 알면 입주하는 데 문제가 될 수도 있어서…."제수씨가 말했다.

"우짤 끼고? 힘들어도 방 하나 알아보거라." 어머니가 한마디 하셨다.

나는 아내와 아무 말도 못 하고

"알았다. 형님 걱정 말고 이사 잘해라."

"형수요, 함께 못 가서 미안합니더." 동생이 말했다.

아내는 "그동안 덕분에 잘 지냈는데 우리 걱정 마이소."라고 말하고 자리에서 일어났다. 우리 부부는 큰방을 나와 우리가 쓰고 있는 작은 방으로 왔다. 그리고 방문을 닫고 멍하니 벽만 바라보았다. 다음 날, 집 근처에 여관을 알아두었고, 여관으로 들어갈 준비를 하였다.

여관에 둥지를 틀다

아침이 밝았다. 나는 아내와 두 딸을 데리고 현관문을 나섰다. 동생과 제수씨는 아침에 출근하였기에 차라리 우리가 떠나는 것을 보지 못하여 내 마음이 편했다. 어머니의 눈가에는 눈물이 맺혔다. 다 큰 아들이 한 가정도 책임지지 못하고 다시 정처 없이 밥솥 하

나만 들고 길을 떠나는 나에게

"우짜노? 힘들지만 조금만 참고 살아라."

어머니가 여관에서 밥이라도 해먹어야 한다며 헌 밥통과 숟가락, 젓가락을 보자기에 싸서 나에게 주셨다. 어머니의 눈에도, 나의 눈에서도 눈물이 흘렀다. 나는 애써 어머니로부터 고개를 돌리고, 아내와 두 딸을 이끌고 총총걸음으로 여관을 향했다.

"우짜든지 용기를 내서 살아야 한데이!"

등 뒤에서 어머니의 울음 섞인 목소리가 들려왔다. 예민한 칼날이 내 심장을 찌르는 것 같았다. 싱그러운 햇살이 늦봄의 진한 향기를 토하고 있었다. 아직도 햇볕과 하늘은 청량한데 내 마음은 기나긴 겨울의 길목에서 서성인다. 세상이 두렵고 무서웠다. 이제 울고 싶어도 울 수가 없었다. 가족들 앞에서 눈물을 보이면 절망이라는 것을 스스로 배웠기에 울지 않았다. 나는 웃었다. 기가 막히면 눈물이 나오는 것이 아니고, 웃음이 나온다는 것을 그때야 알았다.

"그래, 우리 조금만 참자. 아빠가 꼭 성공해서 좋은 집 사줄게!"

가족들은 아무 대답이 없었다. 아빠가 자기들을 위로하기 위해 그냥 하는 소리라고 생각했을 것이다. 삼성동 큰 대로변의 건물로 들어섰다. 2층은 여관이었다. 못난 애비는 어린 딸들과 사랑하는 아내를 다시 그 좁고 어두컴컴한 방으로 밀어 넣었다. 곰팡냄새가 진동을 하며 우리를 반겼다. 우리는 그 냄새에 이미 익숙해 있었다. 한숨이 터졌다. 욕실로 들어간 아내가 나오지 않았다. 차마 딸들 앞에서 울지 못하고, 화장실에서 문을 닫고 소리 없이 울고 있었다.

"여보, 정말 미안해! 정말 나도 미칠 것만 같아. 우리 조금만 참고 힘내자, 응?"

나도 참고 참았던 울음이 터지고 말았다. 딸들이 울음소리를 들을까 봐 수돗물을 틀었다. 내 인생에서 그토록 많이 울어본 적은 기억에 없었다. 벌써 여관 생활이 네 번째였다. 그것은 절망이었다. 이런 절망 속에서 겨우 벗어났는데, 이젠 절망이 아니라 저주로 다가오는 그림자가 있었다.

그러나 누구에게도 원망하지 않았다. 제일 괴로운 일은 두 딸을 학교에 데려다 주고 학교 수업을 마칠 때쯤 학교 근처의 놀이터에서 딸들을 만나 여관으로 가든지 사무실로 데려왔다. 여관으로 돌아오면 아이들에게, 어떤 사람이라도 절대 문을 열어주면 안 된다고 교육을 하고 일을 보러 나가곤 하였다. 여관에는 사실 정상적이지 않는 사람들이 매일 들어왔다가 나가고, 장기 투숙자들도 있었다. 우리 부부는 매일 여관생활에 적응해 나가며 어떤 일이 있어도 가족들이 가난 때문에 서로 헤어지는 일이 없도록 다짐을 하였다. 여관생활을 하면서 인생의 막장이라고 할 수 있는 노숙자 가족이 되지 않으려고 발버둥을 치면서 길고 어두운 인생의 터널을 지나고 있었다.

삼성동 여관에서도 여러 달을 보내게 되었다. 한 건물인데, 2층 계단을 오르면 왼쪽은 여관이었으며, 오른쪽은 바로 교회였다. 나는 종종 주일과 수요일, 그리고 금요일 밤이 되면 찬송소리가 우리 여관방 벽을 타고 울려오는 소리를 들어야 했다. 그러나 그 소리는 나에게 예전에 들었던 아름다운 소리가 아니었다. 그냥 내 귓전을 때리는 음악 소리일 뿐이었다. 예전에 다니며 불렀던 그런 찬송 소리로 들려왔으면 아마도 그때 하나님의 전으로 달려가 모든 무거운 짐을 내려놓고 고백했을 것이다.

"하나님, 용서해주시고 저를 살려주세요…."

그러나 나는 아무 느낌도 없었다. 오직 이 땅에서 살기 위한 몸부림만이 매일매일 이루어졌을 뿐이다. 어머니와 형제들이 바로 10분 거리에서 살고 있었지만, 그들도 우리를 더 이상 도울 수가 없었다. 약 9개월은 동생 집에 살았지만, 부모님을 모시고 있었기 때문에 우리까지 함께 지내기가 무척이나 힘들었을 것이다.

저승사자의 손짓

아내와 나는 조그만 사무실에서 희망의 끈을 놓지 않았다. 여관생활을 하면서도 3평도 채 안 되는 사무실 공간에서 희망으로 버티었다. 아내는 매일 매일 죽음을 생각했다고, 훗날 고백을 하였다. 우리는 점점 지쳐갔다. 아내는 친정에 이렇게 어렵게 살고 있다는 사실을 알리지 못했다. 친정 오빠들과 장인 장모가 알면 아마 임서방은 죽을 것이라고 말했다. 아내는 자주 사무실 건물 옥상으로 올라갔다. 그냥 사무실만 종일 있다 보면 답답했을 것이다. 건물 옥

상에 올라가서 한참을 있다가 내려오곤 하였다. 어떨 때는 눈에 눈물이 고여 있는 상태였다. 나는

"여보, 힘들지? 조금만 참아. 영국 제품 들어오면 잘될 것이고 큰 돈이 들어올 거야."라고 위로하곤 하였다. 아내는 자주 자살을 생각하고 있었다. 이렇게 어린 딸들을 데리고 거지처럼 사느니, 차라리 옥상에서 아래로 뛰어내리면 아무 고통도 없는 나라로 갈 것이라는 생각을 자주 하였던 모양이다. 아내는 극심한 정신적 스트레스 속에서도 늘 어린 딸들을 불쌍히 생각했다. 옥상에서 길바닥으로 뛰어내리면 자신의 고통은 끝나지만, 어린 딸들이 엄마를 찾으며 평생을 얼마나 큰 고통 속에서 살아갈까, 생각하며 자살을 포기하고 사무실로 내려오곤 하였다. 나는 그런 사실도 모른 채 의료기기 수입만 잘되고 의료보험 적용 금액만 나오면 인생 역전을 할 것이라고 큰소리치며 밤마다 술에 취해서 비틀거렸다.

죽음의 그림자가 늘 우리 부부 사이를 오가며 유혹하였다, 나도 많이 지쳐서 화가 나면 밤새도록 술을 마시며 세상을 원망하였다. 계절이 몇 번 바뀌면서 완전한 상실감에 빠져 우리는 죽음을 향해 달려갔다. 아내와 나는 죽음을 의논하기 시작했다. 아내도 눈물만 흘리고 함께 죽자고 했다. 우리 부부만 죽으면 두 딸은 평생 고아로 슬픔 속에서 살아갈 것이니 함께 죽는 것이 더 좋으리라 생각을 했다. 나는 밤마다 어린 딸들이 예쁜 모습으로 자는 것을 바라보면서 이 세상에 태어날 때 엄마 아빠를 잘못 만나 고생만 하다가 부모랑 함께 죽어야 할 운명에 대하여 미안하다고 수없이 마음속으로 위로

했다.

아니면 나 혼자라도 달리는 고급 승용차에 뛰어들어 죽으면 된다
는 생각을 할 때가 점점 많아졌다. 내가 죽고 몇억 보상금이라도 받
으면 아내와 두 딸은 이 어려운 고생을 하지 않고 잘 살 것이라고
생각했다. 매일 죽음에 대한 생각뿐이었다.

이제는 아내와 집에서 어떻게 죽을 것인지 의논하기에 이르렀다.
아내의 얼굴은 핏기가 없었다. 이미 죽음에 이른 사람이었다. 세상
이 원망스럽고 형제들과 친척들이 한없이 미워졌다. 그래서 더 우리
를 향해 손가락질하는 모든 사람들에게 보라는 듯 죽고 싶었다. 시
시각각 다가오는 죽음의 그림자가 있었지만, 다행히 겨울방학이 되
어 울산 처가로 보냈다.

보금자리의 신기루

유난히 추운 겨울이 깊어가고 있었다. 아내와 두 딸은 방학이라
다시 울산 외가에 가서 지냈다. 따라서 혼자 여관생활을 하면서 하
루하루를 버티며 살아갈 수밖에 없었다. 또 하나의 걱정은 방학이
끝나고 두 딸이 올라오면 다시 여관에서 지내야 한다는 생각에 마
음이 아팠다. 방학이 끝나기 전 월세방이라도 준비를 해야 하는데
방법이 없었다. 그러나 죽으라는 법은 없었다. 지방의 아는 의료기
기 사장과 연락이 되었다. 나의 모든 사정을 이야기할 수 없지만,
영국의 물건이 수입되면 대리점을 하는 조건으로 약간의 계약금을

받았다. 제품이 한국에 들어만 오면 판매는 보장되었기에 그는 어렵게 지내는 나에게 선뜻 계약금을 주었다. 5백만 원의 계약금으로 개포동 4단지에 13평의 월세를 얻었다. 마음이 날아갈 듯 기뻤다. 처갓집에 가있는 아내에게 전화를 했다.

"여보 우리 집 계약을 했어. 4단지에…"

아내는 알았다고 대답만 했다. 아마 친정식구들이 옆에 있는 듯했다.

"여보, 아이들에게 기쁜 소식을 꼭 전해줘, 서울 오면 이제 우리 집에서 살 수 있다고, 알았지?"

나는 흥분이 되었다. 빈 아파트였다. 13평이지만 그렇게 넓을 수가 없었다. 밤새도록 혼자서 집 방들을 쓸고 닦았다. 눈물이 났다. 아무도 없는 방에 혼자 누워서 울다가 잠이 들었다.

방학이 끝나고 아이들과 아내가 서울로 왔다.

"아빠! 이 집 정말 우리 집이야?" 아이들이 활짝 웃으면서 아파트로 들어왔다.

"응 우리 집이야. 그동안 여관생활 한다고 고생 많았어, 우리 새끼들…"

아이들을 꼬옥 안아주었다. 그런데 아이들이 울었다. 그 울음소리에 눈을 떠보니 꿈이었다. 꿈이 이상했다. 아이들이 기뻐서 우는 것이라 생각했다.

오전 일찍 부평에 있는 이삿짐센터에 연락을 했다. 곰팡이 냄새가 나는 가구며 가재도구들을 하나둘 정리를 했다. 아이들 책상도 예쁘게 다시 정리하고, 아이들이 방학이 끝나고 집에 오면 무척 기뻐할 생각을 하면서 종일 정리하였다. 부산에서 키웠던 대형 열대어 수족관도 청소하고 물을 담았다. 내일 열대어도 사다가 다시 키우고 싶었다. 행복했다. 이제 가족들만 오면 된다. 수년 만에 맛보는 행복이었다.

희망이 밀려왔다. 그러나 그 행복은 신기루에 불과했다. 집에 들어온 지 약 3개월 후 법원에서 사람들이 왔다. 그리고 얼마 되지 않은 살림살이에 빨간딱지를 붙였다. 가전제품은 옛날 것이라 금액이 나가지 않아서 경매도 할 수 없다. 이런 사실을 잘 알고 있는 아내는
"이 제품들 버리기도 힘든데 제발 다 가져 가버리세요."
하고 외쳤다. 그들에게는 소용이 없고 돈이 되지 않는 물건들이지만 우리 가족들에게는 소중한 물건이다. 언제 빨간딱지를 제거하고 살날이 올 것인지 몰랐다. 이사를 한다면 법원에 신고를 해야 한다. 짐을 어디로 옮기는지 신고하지 않고 이사를 하면 구속이 될 수도 있다.

그동안 거주지 주소가 없어서 사채업자들과 빚을 받을 사람들이 추적을 하지 못했는데 집에 이사를 하고 나니 바로 추적에 나섰던 것이다.

영국에서 부도를 내다

여전히 수입허가 작업은 진전이 없었다. 1주일에 한 번 정도 한국

화학시험검사소에 찾아간다든지 연락을 해보면 담당자로부터 기다려 달라는 말뿐이었다. 영국에서는 나머지 제품을 속히 수입하도록 독촉 Fax가 연신 날아왔다. 7천만 원 정도가 더 있어야만 제품을 수입해 올 수 있었다. 지방에서는 아무리 제품이 좋아도 이젠 선금은 줄 수 없다고 하고 만약 제품이 수입되어 내 사무실에 도착하면 얼마든지 제품값을 치르고 대리점을 하겠다고 했다.

나는 역삼동에 있는 K 은행 거래처 과장을 찾아가 당좌수표 발행에 대하여 의논을 했다. 처음에는 실적과 통장에 평균 잔액이 모자라 절대 불가능하다고 했다. 그러나 부산에서 한 번 수표를 발행했던 경험이 있는 나로서는 포기할 수 없었다. 다른 사람의 도움으로 통장에 평균 잔고를 만들었다. 물론 이 작업도 돈을 주고 하는 것이다. 한 달 후 당좌수표가 내 손에 들어왔다. 급한 대로 수표를 강남의 단골 유흥업소와 강남의 큰손으로부터 수표를 발행하고 현금을 만들어 사무실비와 생활비로 사용했다. 그런데 한 번 발행한 수표가 지급 날짜가 되어 돌아오기 시작을 하는데 은행에 그 돈을 넣기 위해 다시 수표를 발행하기 시작했다. 수표는 사업 자금과 제품을 수입하는 데 사용하지 못했다. 처음에는 오백만 원씩 발행하다가 금액이 점점 늘어갔다. 그러나 영국에서 만들어진 제품이 수입허가가 나서 국내에 들어오기만 하면 몇억을 만드는 일을 아무것도 아니기에 수표를 발행하고 생활을 해 나갔다. 단 수입이 없어서 수표의 발행 금액이 수천만 원으로 올라갔다. 강남에서는 이미 나의 수표가 통용되지 않았다. 다시 말하면 수표가 곧 부도날 것이라는 사실을 사채업자들은 감지하고 있었던 것이다. 다행히 수표를 소지하고 있는 사채업자는 마음이 좋은 사람이었다. 그는 나의 사업이 잘되어 자신의 사채업도 덕분에 잘 되기를 원했다. 강남에서 다른 사채업을 하는 사람에게 수표 활인(현금으로 만드는 것)을 부탁하면 그들은 이미 내가 몇 장을 얼마의 금액을 발행했는지 알고 있었다. 을지로의 큰 손은 아직 나의 수표 발행을 모르고 있었다. 나는 을지로의 큰 손을 만나 활인을 부탁했다. 그는 처음이자 마지막으로 큰돈을 활인해 주었다. 그 돈으로 돌아오는 수표를 다시 결재하였다. 이제 내가 발행한 수표는 천만 단위씩 돌아왔다. 사업에 유용하게 사용해야 했던 수표가 제품을 수입하기도 전에 부도가 날 지경이었다.

이렇게 하루하루를 힘겹게 보내고 있을 무렵 반가운 소식이 왔다. 1년 6개월이 지날 무렵 한국시험검사소로부터 연락이 온 것이다.

"대표님, 오늘 모든 시험검사가 끝나고 수입허가증이 나왔으니 수령해 가십시오."

꿈같은 일이었다. 공업고등학교를 나온 것도 아닌데 영국에서 물건을 만들어 수입한다고 하니 믿어지지가 않았다. 이제 모든 일들이 해결되리라 생각을 했다. 나와 아내는 그동안 고생했던 일들을 회상하며 기쁨의 술잔으로 밤을 보내었다.

며칠 후 마포에 있는 의료보험공단으로 달려갔다. 이제 제품을 수입하면 제품을 병원에 팔기 위하여 의료보험 금액을 책정받아야 했다. 수입허가증과 관련 서류를 가지고 17층 담당 부서로 갔지만, 담당자가 부서가 바뀌었다며 5층에 이관된 부서로 가면 된다고 하였다. 나는 5층 이관된 부서로 찾아가 담당자에게 서류를 제출하였다.

"선생님, 우리 부서로 이관된 지 얼마 되지 않아 시간이 좀 걸립니다. 서류 접수하시고 다음 주에 오세요."

1년 6개월을 기다렸는데 1주일 기다리는 것은 아무것도 아니었다. 다음 주를 기약하며 즐거운 마음으로 기다렸다. 그런데 의료보험공단에서는 더 필요한 서류들이 있다며 계속 서류를 요구하였다. 수입허가서를 받는데 1년 6개월 피 말리는 시간을 보내며 고생한 일들이 생각이 났다. 1주일만 지나면 의료보험이 책정되어 서류가 통과될 것이라고 생각했는데, 한 달 되고 두 달이 가도 의료보험이 책정되지 않았다. 이 과정을 거치면서 사무실과 생활비 등을 충당할 길이 없었고 발행했던 당좌수표는 은행으로 수시로 돌아왔다. 수표가 부도나면 모든 것이 끝장이고 물거품이 되기에 수표가 돌아오는 하루 전날은 거의 잠을 자지 못했다. 영국에서 물건만 들어오면 이제 다 해결되리라는 현실은 환상이 되어 깊은 늪에 빠져들고 있었다. 지금까지 아팠던 추억들은 시작에 불과했다. 내 인생은 스스로 감당하기 힘든 구렁텅이 속으로 빠져들고 있었다. 인생은 아픔이었다.

나는 다시 영국으로 가서 제품 수입에 대하여 의논을 해야만 하는 상황에 놓였다. 즉 이왕 만들어 놓은 제품을 100% 외상으로 물건을 보내줄 것을 요구하기 위해서였다. 캐나다에서 사업을 하고 있는 친구에게 연락해서 영국으로 오게 하였다. 친구도 자기 일처럼 영국으로 날아왔다. 영국 회사에 들어가 3일간 의논을 했지만, 물건을 외상으로 줄 수 없다고 했다. 그랬다. 무엇을 믿고 나에게 외상으로 주겠는가. 그러나 영국 회사에서 물건을 외상으로 줄 수만 있다면 다 해결될 것인데 그 일을 이루지 못하고 친구는 캐나다로 돌아갔다. 나는 하루 더 런던에 남아서 시간을 보냈다. 답답했다. 친구가 떠난 후 나는 하이드 파크로 나갔다. 넓고 아름다운 공원에서 온종일 산책을 하며 보냈다. 오늘 당좌수표가 칠백만 원 돌아오는 날이었다. 파크 근처의 숙소로 돌아온 나는 사채업자 B 씨에게 국제 전화를 걸었다. 내일 당장 돌아오는 수표를 어떻게 하겠느냐고 물었다. 자기는 이제 더 이상 수표를 대신 결재해 줄 수 없다고 했다. 방법이 없었다. 7백만 원이 부도나면 총 발행한 9천5백만 원이 부도가 나는 것이다. 앞이 캄캄했다. 그러나 희망은 남아 있었다. 부도가 난다고 해서 영국 제품이 나에게서 날아가는 것은 아니었다. 여전히 영국제품은 내 것이고 돈만 있으면 수입을 해서 사업을 하면 되는 것이었다. 수표를 계속 비싼 이자를 주고 임시방편으로 부도를 피해 갈 수는 있지만 언젠가는 더 큰 금액으로 불어나 터지는 것은 시간문제였다. 나는 B 씨에게 3시간 후 다시 통화하기로 약속하고 숙소를 나와 카페로 갔다. 모두가 나를 쳐다보았다. 동양인이 영국 사람들만 들어와 술을 마시는 곳에 들어와 앉으니 다 쳐다보았다. 맥주를 한없이 마셨다. 괴로웠다. 친구라도 옆에 있었으면 덜 괴로웠을 것이다. 아니 위로의 말이라도 들으면 조금 위안이 되었을 것이다.

부산에서 부도를 내고 간신이 신용을 회복하여 수표를 발행했는데 다시 부도를 낼 수밖에 없다는 현실이 내 앞에 펼쳐졌다.

"그래, 아직 기회는 있어." 취기가 오른 나는 중얼거리며 숙소로 돌아왔다. 그리고 다시 한국으로 전화기 다이얼을 돌렸다.

"사장님, 우리 여기서 끝내요. 내일 귀국하면 바로 사무실로 갈게요."

"알았어, 임 사장, 귀국하는 데로 사무실로 오라구."

그리고 은행에 전화를 했다.

"여보세요, 당좌계 좀 부탁합니다." 당좌계 담당자가 전화를 받았다.

"사장님, 오늘 수표 돌아온 것 아시죠? 6시까지는 기다릴 수 있지만 아니면 부도 처리됩니다."

"네, 압니다. 저…, 지금 여기 런던인데 내일 귀국해서 찾아뵙겠습니다. 부도 처리 부탁합니다."

"네엣…? 부도라고요?" 다급한 목소리가 울렸다.

"네, 부도 처리하시고 내일 귀국하면 찾아뵙겠습니다." 전화 수화기를 내려놓았다. 담담했다. 당좌수표를 받은 지 7개월 만이었다.

다음 날 히드로 공항으로 나가 서울로 가는 비행기에 올랐다. 눈물이 났다. 아무리 참으려고 해도 흐르는 눈물을 참을 수가 없었다. 비행기는 나의 슬픈 사연을 아는지 모르는지 큰 굉음을 내며 하늘 높이 이륙하였다.

당신은 국제사기범

나의 당좌수표가 부도났다는 사실을 아는 사람은 몇 명 되지 않았다. 우리 가족과 수표를 가지고 있는 사채업자들 은행의 당좌계 직원이었다. 모든 일은 비밀에 부치고 태연하게 아무 일 없는 사람처럼 행동했다. 의료기기 업자들에게 부도 사실이 알려지면 모든 것이 수포로 돌아가는 것이다. 영국의 제품은 수입하지 못한 상태에서 세월만 갔다. 그 와중에 내가 의뢰하던 수입업체마저 부도가 나 버렸다. 그나마 걸어두었던 700만 원의 수입 보증금마저 날아가 버린 상태가 되었다. 영국에서는 다 만들어 놓은 제품을 속히 수입할 것을 요구해 왔다. 긴 세월 동안 세계에서 두 번째로 생산된 제품의 샘플이 이미 국내에 들어와 좋은 반응을 보이고 서로 대리점을 하려고 했던 물건이라 많은 업체들이 지켜보고 있었다. 그러나 국내에 수입되는 것이 불발로 끝날 가능성에 대하여 수입업체들이 아쉬워했다. 의료보험 공단에서 연락이 왔다. 드디어 의료보험책정이 되었다는 것이다. 판매가 143만 원으로 책정이 된 것이다. 서류를 신청한 지 1년 7개월 만이었다. 그러나 이미 나는 모든 것을 잃어버린 상태였다. 여기저기서 자금을 빌리려고 했지만, 이제는 3년 5개월 동안 제품을 수입도 못 하고 있는 나를 믿지 못하였다. 제품은 믿었지만 나의 경영을 믿지 못한 것이었다.

제품에 대한 소문을 듣고 있던 여러 업체에서 제품에 투자를 하겠다고 제의가 들어왔다. M 제약회사와 S 제약회사, 그리고 광주에 있는 G 회사 의료제품 사업부에서 만나자고 했다. 이렇게 3업체의 영업 상무 이사들과 직접 만나 협의에 들어갔지만, 3곳 모두 자신들의 회사에 경영권을 넘겨주는 조건으로 돈을 투자해 주고 제품을 수입해 주겠다는 것이다. 즉 특허권과 수입권을 넘기라는 것이었다. 결국, 협의가 잘 되어 모든 것을 포기하고 넘기려고 하면 아내가 울면서 죽었으면 죽지 절대 그럴 수는 없다고 했다.

"여보 우리 욕심부리지 말고 넘기자. 응?"

"나, 죽으면 죽었지 절대 그렇게는 못해! 당신 생각해 보라고요, 아이들과 거지처럼 수년 동안 여관생활 하면서까지 고생하며 만든 것인데 그것을 넘기라고요? 차라리 나 죽어버릴 거예요."

그랬다. 그 수많은 수모와 어린 자식들과 여관방을 전전하며 개발한 것인데 넘길 수 없다는 것이다. 협상할 때는 다 포기하고 평범하게 살아가리라고 결심하지만, 집에 돌아와 생각하면 오기가 생겼다. 결국, 내 제품에 대하여 인정을 받는 것으로 만족하고 최대한 사업자금을 알아보고 버텨 나갔다.

이제 의료기기 업자들로부터 나의 존재도 서서히 사라지기 시작했다. 그동안 대리점을 하겠다고 했던 사람들도 다른 제품들을 판매하면서 내 제품에 관해 관심을 가지지도 않았다. 의료기기 분야도 신제품들이 수많이 쏟아져 나오는 상황에서 나도 스스로 포기하기에 이르렀다. 이제 내가 성공하고자 했던 일들이 신기루에 불과

하다는 것을 느끼게 되면서 외로운 하루하루를 술로 보내며 방황하기 시작했다. 형제들, 친척들이 원망스럽고 세상이 원망스러웠다. 혼자서 이 큰일을 해결해 나가는데 한계가 있었지만 포기할 수 없었다. 모진 추운 겨울이 시작되면서 무역을 도와주던 사람도, 영국에 다녀왔던 사람들도 모두 떠나버리고 나 홀로 남아 그 허상의 꿈을 버리지 못하고 겨울을 숨 가쁘게 넘기고 있었다.

영국 회사에서는 최후의 통첩이 왔다. 생산한 신제품을 한국으로 발송했지만, 내가 부도가 나고 무역회사에 자금을 결제하지 않으니, 인천세관에 보관되어 있던 제품을 다시 영국으로 반송해 버리는 사태가 일어났다. 영국 회사에서는 난리가 났다. 영국 은행에서는 내가 무역회사를 통하여 한국은행으로부터 신용장을 개설해서 보냈기 때문에 영국회사에 재료값을 대출해 주었는데 제품을 반송했으니 난리가 나버린 것이다. 영국 회사 사장 아들로부터 연락이 왔다.

"당신은 다시는 영국 공항에 들어오지 못할 것이다. 당신을 영국 정부에 국제사기범으로 고발하여 입국 거절 명단에 올려놓겠다."는 통보였다. 졸지에 나는 국제경제 사기범으로 전락해 버렸다. 이것이 영국 회사와 마지막 연락이 되고 말았다.

도망자

사실 런던에서 도착하자마자 도망자가 되어버렸다. 이때쯤 형사들도 아침저녁으로 집에 찾아왔다. 사채업자들도 수시로 찾아와 우리 가족을 괴롭혔다. 나는 새벽에 나갔다가 새벽에 잠시 들어오곤 하였다. 작은 사무실은 다른 곳으로 옮기고 다른 사람 이름으로 계약을 했다. 모든 사람들로부터 추적을 피하기 위해서였다. 당좌수표는 무조건 형사입건이라 잡히면 구속이라서 도망자로 살아갈 수밖에 없었다. 어떤 사채업자들은 아이들 학교로 찾아가 아빠의 소식을 물었다. 신용카드사에서도 찾아 나섰다. 제3금융권에서 대출받은 곳에서도 찾아왔다. 총체적으로 나를 찾아 나선 것이다. 난 그들이 찾아오는 것이 무서웠다. 아내도 이젠 악만 남아서 그들이 찾아오면 되레 큰소리치면서

"그 인간 나도 찾고 있으니 잡으면 나에게 데려와 달라고요, 이혼해야 하니…."

그러면 더 이상 찾지 않고 딱하다는 표정으로 돌아갔다.

수입이 없다 보니 월세도 매달 밀리기 시작했다. 보증금을 걸었지만 몇 개월만 밀리면 금방 보증금을 까먹어 버린다. 주인으로부터 압박을 들어왔고 집을 비워 달라고 했다. 그래도 집을 비워주지 않으니 소개소에서 직접 나와 집을 비워달라고 부탁 아닌 부탁을 했다. 나는 조금만 잡아주면 영국에서 물건이 들어와 정상적인 장사를 할 수 있다고 사정을 했다. 어느 날 저녁에 소개소에서 급히 사

무실로 와 달라는 연락이 왔다.

"집을 비워달라고 주인이 계속 재촉하는데 어떻게 할 거요?"

"…"

나는 방법이 없어서 아무 대답도 못 했다. 소개소 소장이 한가지 제안을 했다. 만약 이사 가기가 곤란하면 일수라도 내어 집세를 지불하고 몇 개월만 더 버티면 어떻겠냐는 것이다. 지금 당장 죽게 생겼는데 무슨 짓을 하지 못하겠는가. 나는 그 제의에 동의하고 일수꾼을 알아보았다. 다행히 신문과 아파트 우편함에 일수로 돈을 빌려주는 사람들이 많았다.

"저…, 사업을 하는 사람인데 5백 정도 일수를 쓰고 싶은데 괜찮겠습니까?" 전화로 상담을 했다. 담당자가 1시간 후에 만나자고 했다. 1시간 후, 담당자가 아파트로 찾아왔다. 나는 그 사채업자에게 사정 이야기를 하고 돈의 사용 목적을 말했다. 그는 5백에 대하여 보증금을 자신들의 이름으로 하고 나에게 3백50만 원을 밀린 집값으로 소개소에 지불하였다. 다행이었다.

나는 매일 하루에 4만 5천 원씩 갚아야 했다. 어떤 때는 3일에 한 번씩 1주일에 한 번씩 매일 갚아야 할 돈을 갚았다. 참으로 신기했다. 100일 동안 갚아야 하는 돈을 밀리지 않고 다 갚았다. 일수를 해준 회사의 담당자에게 연락이 왔다.

만약 100일째 되는 날 다 갚지 못하고 연장이 된다면 계약자 앞으로 되어있는 5백만 원에 대한 보증금을 받아 간다는 것이다.

너무나 황당했다. 그런데 100일 동안 무사히 일수를 다 갚았다. 그래서 사채업자로부터 계약서를 받아서 집주인과 재계약을 하려고 했다. 그런데 일수, 즉 대부 사장은 늘 지방에 출장 중이라고 하면서 계약서를 돌려주지 않았다. 난 매일 사무실에 찾아가 사정을 했다. 잘못하면 보증금 5백만 원을 날려버릴 상황이었다. 100일이 지나고 10여 일이 더 지난 어느 날 담당자가 만나자고 하였다. 그는 나에게 말했다.

"사장님, 다시는 일수 쓰지 마세요. 사장님은 운이 좋은 편입니다. 보통 일수를 급하게 사용하는데 일수를 제날짜에 갚지 못하면 이자 돈을 다시 일수로 대출하는 형식으로 해서 결국 원금보다 수백 배의 돈을 갚아야 하는 상항이 됩니다."

"이렇게 갚고 계약서를 돌려주는 일은 드문 일입니다."

그는 계약서를 돌려주면서 부동산에서 다시 계약서를 나의 명의로 해 주었다. 가족들 때문에 어쩔 수 없이 일수를 사용해 보았지만, 어떻게 그 돈을 100일 동안 다 갚았는지 지금도 알 수 없었다. 매일 돈을 벌 수 있는 일들이 나에게 주어졌던 것이다. 이것은 보이지 않은 작은 기적이었다. 그러나 마지막 보루였던 사무실은 결국 월세가 너무 밀려 의료기기 샘플들과 사무실 비품들을 그대로 둔 채 연락을 하지 않았다. 소개소에서 사무실 집기들을 창고에 보관시켜 두었으니 밀린 사무실비를 계산하고 찾아가라고 연락이 왔다. 나는 그 뒤 수백만 원 밀린 임대료 때문에 정들었던 비품들을 찾지 못하고 버려야 했다.

4
이건 아니잖아요?

그냥 죽을 순 없잖아요

세상에는 만물이 소생한다는 봄이 왔지만 그 날 새벽 내 얼굴은 피투성이가 되어 괴물처럼 되어있었다. 전날 밤 압구정동 술집에서 영국 제품 해결을 위해 의료기 업자를 만났지만 신통한 대답을 듣지 못해서 완전히 망가지도록 마셨다. 다른 사람들은 잊어버릴지라도 나는 잊을 수가 없었다. 설사 영국 공항에서 체포되는 한이 있더라도 돈만 준비되면 다시 영국에 연락을 하고 갈 것이라고 다짐을 했다. 내 존재는 사람들로부터 철저히 잊혀져갔다. 비틀거리는 몸으로 집에 돌아오는 길에 압구정 지하철역 계단에서 굴러 이빨이 3개가 부러지고 얼굴은 피투성이가 되었다. 이제 곧 끔찍한 일이 치러질 예정이었다. 아내에게 늘 함께 죽자고 얘기를 했는데 오래전 동의를 하였다.

인생의 마지막 시간이 다가오고 있었다. 작은 방에서 고이 잠든 두 딸을 바라보았다. 부모를 잘못 만나서 채 피어보지도 못하고 세상을 떠날 예쁜 딸들의 얼굴을 보고 있으니 서럽고 무서웠으며 미안했다. 저 세상에 가서 다시 태어나면 좋은 부모 만나고 부잣집에 태어나라고 중얼거렸다. 대형 수족관에서는 다양한 열대어들이 평화롭게 물속에서 예쁜 몸짓으로 꼬리 치며 몰려다녔지만 곧 다가올 주인의 죽음을 모르고 있었다. 부산서 잘 살아보려고 꿈을 안고 서울로 올라왔지만 이제 희망이 다 사라져 버렸다. 영국에 오고 갔던 일과 잘 살아보려고 발버둥을 치며 긴 시간 동안 희망이라는 것을 잡고 얼마나 버티어왔던가. 아내는 얼마 전부터

"청아, 이렇게 살아서 뭘 해? 이제 버틸 힘이 없어. 우리 이제 끝내고 고통도 없고 시기와 질투, 그리고 아무 걱정도 없는 나라로 가자. 응?"

"그래, 미안해 나도 지쳤어. 이렇게 살아갈 바에는 당신 말처럼 고통도 없는 세상으로 가자."

바로 오늘이 그 날이라는 것을 아내와 나는 알고 있었다. 눈물이 하염없이 흘렀다. 나의 정신은 만신창이가 되어 어쩔 수 없는 상태에 빠져들고 말았다. 지나온 날들이 아쉽기도 하고 원망스럽고 후회스럽기도 하였다. 15년 동안 나를 위해 살아왔던 날들이 괴로웠다.

새벽 4시경이었을까? 으스러진 내 인생을 뒤돌아보았다. 어디서부터 무엇이 잘못되었는지 알 수가 없었다. 아니, 알 필요도 없었다. 미친 짐승처럼 피투성이가 된 얼굴을 거울에 비추어보았다. 괴물이었다. 어서 이 괴물 같은 모습을 세상에서 없애버려야 한다고 중얼거렸다. 그러면서도 아이들이 깨어날까 봐 소리 없이 울부짖었

다. 세상에 태어나서 그렇게 많이 눈물을 흘려본 적은 없었던 것 같았다. 불쌍한 나의 어머니가 생각났다. 날이 밝으면 굳어버린 나의 육신과 며느리, 예쁜 손녀의 차가운 몸뚱이를 붙들고 통곡을 할 어머니를 생각하니 미안하고 불쌍했다. 형제들과 친척들의 모습이 스크린에 비치듯 하나둘 스쳐 지나가면서 어린 시절의 친구들이 생각났다. 봄이면 친구들이랑 남산에 올라가 진달래를 따먹고 총싸움을 하며 깔깔거리던 일들과 한강에서 피라미 몇 마리를 잡고 좋아했던 아름다운 시간들이 아련히 떠올랐다. 비록 세상에서 실패하고 그들과 이별의 인사도 못 하고 영영 떠날 것을 생각하니 서러웠다. 그러나 죽음만이 세상을 이기고 복수할 수 있는 유일한 방법이라고 확신하고 있었다. 고개를 들고 긴 한숨을 토했다. 그때였다. 내 초라한 모습 속으로 노란 보름달 빛이 창가로 들어왔다. 정신이 번쩍 들었다.

"주님, 살고 싶어요, 내 인생 여기서 끝나는 것은 아니잖아요? 네 주님!"

15년 전 일이 생각났다. 새벽 기도 때 성령님이 친히 내게 찾아오셨다. 보름달 크기의 노란 불덩이가 강대상 십자가에서 날아와 수식 간에 가슴으로 들어왔다. 얼마나 뜨거웠던지 그 자리에서 팔딱팔딱 뛰며 통곡을 하고 죄에 대해 주님께 다 고백을 하고 용서를 빌었다. 그 뒤로 세상이 완전히 달라 보였는데 어찌하여 이렇게 방탕한 시간 속에서 죽음을 기다리는 인생이 되었는지 내 스스로가 너무 불쌍했다. 그런데 그 노란 보름달을 보는 순간 15년 전 성령으로 찾아보셨던 주님이 생각났다.

"주님 이건 아니잖아요. 네? 제 인생 여기서 끝내려니 너무 억울해요."라고 중얼거렸다.

그때였다. 아내가 잠자리에서 일어나 아무 말 없이 무릎을 꿇고 두 손을 모았다. 그리고 눈물을 흘리며 탄식하는 소리로

"하나님이 정말 계신다면 믿어볼게요, 살고 싶어요."라고 했다. 나는 잘못 들었다고 생각했다. 부처에게 기도했다고 생각했다. 아내는 세상에 태어나 처음으로 알지도 못하는 하나님께 기도하였던 것이다.

"하나님, 만약 정말로 하나님이 계신다면 살려주세요, 그러면 교회라는 곳에 나가 하나님 믿고 예수님 믿을게요."

"청아! 우리 정말 죽는 거야? 나 살고 싶어, 하나님이 정말 계시면 교회 나가고 하나님 믿을게."

정신이 바짝 들었다. 나는 미친 듯 소리 내어 울면서

"여보 그래, 우리 교회 가자? 그래야 살아." 아내는 고개를 끄덕였다. 나는 15년 동안 한 번도 찾아보지도 열어보지도 않았던 나의 옛날 성경책을 찾았다. 그리고 성경을 가슴에 품고 아내랑 무작정 집을 나섰다. 아내랑 흐르는 눈물을 훔치며 어두운 새벽길을 정신 없이 달렸다. 우리는 미친 사람처럼 죽음을 잠시 보류하고 무작정 십자가가 보이는 교회로 향하였다. 멀리 십자가 불빛이 보였다. 우리가 도착한 교회는 개포동 남서울중앙교회였다.

탕자가 돌아오다

1998년 3월 둘째 주일 오전 11시 가족을 이끌고 교회에 들어섰다. 교회를 떠난 지 딱 15년 만이다. 서먹한 모습으로 우리 가족은 맨 뒷자리에 앉아 예배를 드렸다. 나는 교회를 다년 본 적이 있어서 예배 분위기를 알았지만, 아내와 두 딸은 처음이라 어색해했다. 이리저리 눈치를 보며 예배를 드렸다. 뜨거운 눈물이 양쪽 볼을 타고 흘렀다. 목이 메어 찬양을 부를 수 없었다. 예배 시간 내내 눈물만 났다. 아내도 눈물만 흘리고 있었다. 우리 가족은 이렇게 한 시간가량 어색한 예배를 드렸지만, 등록은 하지 않고 집으로 돌아왔다. 다음 주일 다시 예배에 참석했다. 세 번째 주일 예배를 드리고 나서야 등록을 했다. 한 가족이 스스로 찾아와 등록을 하니 교구담당 집사님이 무척 반가워하면서 담임 목사님께 안내를 하였다. 내 얼굴을 아직 엉망이었다. 술과 담배에 찌든 것은 불과하고 앞니가 3개 부려져 있었기 때문에 웃을 수도 없는 모습이었다. 담임 목사님을 만나 기도를 받고 등록을 하였다. 아내는 다행히 교회예배에 거부감 없이 잘 적응해 나갔으며 교구와 구역이 편성되었다. 믿음이 좋은 구역장과 교구장, 모든 교회 성도들의 관심 속에 주일 예배와 수요예배 금요철야 또한 매일 새벽예배에 참석하여 기도를 드렸다.

성경의 어떤 부분을 설교해도 하나님께서 나에게 하는 말씀이었다. 그래서 1년 정도는 예배 시간 내내 눈물로 드렸다. 나와 아내는 성전 맨 앞자리에 앉아 예배를 드렸다. 맨 앞자리에서 예배드리기 위해 언제나 누구보다도 일찍 도착하여 예배를 준비하였다. 등록을 하고 몇 개월 후부터는 안내하는 성도들이 특별한 일이 없는 한 맨 앞자리를 항상 비워두고 우리 부부가 앉도록 배려를 해 주었다. 진수와 진주는 중등부와 초등부와 주일학교에 편입되었다.

등록한 후부터는 새벽기도에 열심히 참여했다. 새벽에 주님 앞에 나가 기도를 하면 15년 동안 방황했던 일들이 생각나 너무나 괴로웠다. 아무리 기도를 해도 끝없이 죄가 나를 괴롭혔다. 한 시간이고 두 시간이고 무릎을 끊고 내 몸이 지쳐 기운이 다 빠질 때까지 기도하였다. 기도라기보다 울부짖음 그 자체였다.

주님은 언제부터인지 다시 나에게 찾아오셔서 위로해주셨다. 나의 더러운 옷을 갈아 입히시고 안아주시고 추한 내 마음을 매일 씻어주셨다. 주님께 너무나 미안하고 죄송했다. 그래도 나를 다시 안아주시고 잘 돌아왔다고 등을 토닥거려주시는 주님의 손길이 따스했다.

15년 만에 돌아온 탕자의 외침은 새벽마다 계속되었다. 성전에 나가 그냥 무릎을 끊고 앉아있는 것이 기도였다. 주님께 얼마나 마음을 아프게 했는지 뒤돌아보았다. 미칠 것만 같았다. 지나온 시간들이 너무 후회스러웠다.

"주님, 죄송해요. 이 더러운 죄인을 다시 찾아주시고 교회로 불러주시니 너무 감사하고 죄송해요."

우리 가정은 점점 안정되어갔다. 그러나 너무 가난한 생활이라 늘 마음은 편하지 않았다. 매주 주일 헌금을 준비하는 것이 기도의 제

목이었다. 우리 가족이 매주 필요한 금액은 각 천 원씩 모두 4천 원이 필요했다. 월요일부터 토요일까지 새벽마다

"주님, 돌아오는 주일 헌금이 없습니다. 헌금 없이 어떻게 교회에 나와요? 헌금 바구니가 내 앞에 오면 단돈 천 원이라도 드려야 하는데요."

라고 기도를 하였다, 그 덕분인지 10년 동안 딱 두 번 헌금이 없어서 그냥 예배를 드렸던 기억이 난다.

"하나님, 누구는 돈이 많아 많은 물질을 당신께 드리지만 저는 드릴 것이 없습니다. 저는 물질을 드리지 못하는 대신 제일 먼저 새벽에 교회에 도착해서 기도하고 제일 늦게까지 기도하도록 하겠습니다."

하고 서원 아닌 서원을 하고 그 일들을 해 나갔다. 그래서 새벽에 일찍 일어나 교회로 향하였다. 언제나 교회 문이 새벽 4시에 열리고 4시 10분 정도에 도착하였다. 강대상 앞에 나가 무릎을 꿇었다. 그리고 5시 예배 후 다시 강대상 앞에서 무릎을 꿇고 마지막 성도가 기도를 마치고 나가는 것을 느낄 때까지 기도하였다. 이렇게 언제나 3시간 정도는 기도했다. 주님께 하루의 시간 중에 십일조를 드리는 마음으로 매일 성전에 나아갔다. 형제도 친구도 나를 버리고 관심을 두지 않았지만, 교회에 가면 나를 위로해 주는 성도들과 목사님이 계셨다. 울고 싶으면 교회로 달려갔다. 그리고 강대상 앞에서 몇 시간이고 울었다. 주님은 나에게 그만 울어도 된다고 말씀하시지 않았다. 사람들은 나에게 그만 울라고 말하였지만, 주님은

그런 말씀을 한 번도 말씀하시지 않았다. 나의 피난처는 주님의 품이었다. 너무 피곤하고 잠이 오면 기도하다가 잠들 때도 잦았다. 그러나 성령님과 함께한다는 믿음으로 저린 다리를 풀면서 그 시간들을 채워나갔다. 그러다 보니

"임 선생은 기도 많이 하고 성령이 충만한 사람이야." 하고 성도들이 격려해 주었다.

내가 성령이 충만해서 기도하기보다는 매일 먹고 사는 문제와 영국에서 아직도 들어오지 못한 제품 때문에 하나님께 나가 기도했을 뿐이다. 매일 기도하면서 확신했던 것은 20년 전 만났던 주님만 다시 만난다면 모든 문제가 해결되리라고 믿고 있었다.

교회에 등록하고 몇 개월 후 우리 집에서 구역 예배를 드렸다. 11평의 작은 아파트였지만 구역장과 구역 성도들이 심방을 오면서 구역 예배를 드렸다. 우리 집에서 최초로 찬송이 울려 퍼지고 예배가 드려졌다. 그날 밤 아내는 지금까지 점쟁이 또는 보살들에게 받았던 부적들을 찾아서 화장실에서 한 장씩 불에 태웠다. 한 번 받았던 부적은 인생의 삶에 많은 영향을 미친다고 믿었기 때문에 해마다 받아두었던 것을 버리지 못하고 따로 봉투에 보관해 두었는데 10장이 넘었다.

"나 이제 당신 말처럼 절에 안 가고 하나님만 믿을 거예요." 부적을 태우면서 아내는 눈물을 흘렸다.

"여보, 왜 울어요?"

"나도 모르겠어요, 그냥 눈물이 나네요."

아내는 눈물을 흘리면서 자신이 그렇게도 소중하게 여기고 간직했던 부적을 한 장 두 장 태우며 샤머니즘과의 결별을 선언했다.

주님과의 첫 만남

나는 강원도 인제 원통에 있는 12사단 군 의무대에서 군 복무를 하였다. 군 생활을 하면서 상사로부터 자주 복음을 듣게 되었다. 그러나 불교를 신봉했던 나로서는 하나님이 세상을 만드신 일과 예수님이 나의 죄 때문에 대신 죽었다는 일들이 거짓말이라고 생각했다. 그래서 한 번도 군에서 예배에 참석해 본 적이 없다. 초등학교 6학년 때 친구를 따라서 영도 제일교회에 갔는데 큰 실망을 했다. 주일학교 어린이가 태종대에서 물에 빠져 죽었다는 목사님의 이야기를 듣고 충격을 받았던 기억이 난다. 하나님이 계신다면 어떻게 어린이가 물에 빠져 죽도록 그냥 둘 수가 있으며 나쁜 하나님이라고 생각을 했다. 이것이 교회 처음이자 마지막이었다. 친구가 다음 주일에도 교회 가자고 했지만 나는 "아이가 물에 빠져 죽도록 그냥 둔 하나님은 나쁜 하나님이야!" 하고 교회는 영영 따라가지 않았다.

제대를 3개월 앞둔 어느 주일 날 사역을 가야 할 일이 있었다. 그런데 병사들과 삽을 들고 부대 밖으로 나가서 종일 일하는 것이 싫었다. 교회 갈 군인들은 연병장에 도착한 교회 버스에 올라탔다. 그리고 삽을 들고 일하려 갈 사람들은 따로 모였다. 나는 아무 생각도 없이 일하기가 싫어서 교회 버스에 올라탄 것이다. 군부대에서 사단 교회까지는 약 10거리였지만 몇 부대를 거쳐 갔기에 시간이 좀 소요되었다.

"임 병장님도 교회 가시게요? 불교잖아요?"

"임마! 오늘 고참님이 삽자루 들고 일하러 가기 싫단다. 그냥 놔두어라." 다른 사병들이 나를 두고 놀렸다. 버스가 교회에 도착하여 사병들이 내려 교회 안으로 들어갔다. 나는 마지막으로 교회에 들어가 맨 뒷자리에 살며시 앉았다. 그런데 이상했다. 강대상에서 예수님이 나를 바라보고 있었다. 정말 예수님이 서 있었는지, 아니면 내가 잘못 본 것인지 알 수 없지만 흰 가운을 입고 있으신 분은 예수님으로 보였다. 예수님을 본 순간 나는 갑자기 수많은 죄를 지은 죄인이라는 사실을 알게 되었다. 갑자기 내 눈에서는 주체할 수 없는 눈물이 쏟아졌다. 아무리 눈물을 그치려 해도 예배시간 내내 눈물이 나왔다. 입었던 국방색 군복은 눈물로 얼룩졌다. 예수님이 서 계셨던 자리에서 목사님이 예수님은 누구이신지 설교를 하고 계셨다. 예수님, 그분이 누구이신지는 모르나 나 때문에 십자가에 위에서 돌아가셨다는 사실이 느껴졌다. 그래서 울고 또 울었다. 내 죄 때문에 돌아가신 그분이 불쌍했다. 이상한 일이었다. 예배를 마치고 부대로 돌아와 종일 멍한 상태로 보내었다. 그날 밤부터 잠자리에서 남몰래 눈물을 흘리며 잠이 들었다. 나조차 알 수 없는 공황 상태에 빠졌다. 주일이 기다려졌다. 다음 주일에도 교회에 갔지만 예수님은 계시지 않았다. 나는 매주 교회에 나가 예배를 드렸다. 약 2개월 정도 지났을까? 그 날 밤 내무반에서 그 거룩하신 주님을 만났다. 그분이 꿈에 나에게 찾아오셨다. 나는 꿈을 꾸었다. 넓고 끝없이 펼쳐진 대로에 예수님이 서 계셨다.

"예수님, 예수님을 내 눈으로 보아야 믿을 수 있습니다."

외치며 예수님을 찾아 나섰다. 예수님은 백옥 같은 새하얀 옷을 입으셨고 머리카락은 금빛과 은빛으로 빛을 발하시고 어깨 아래로 내려온 긴 머리를 하고 계셨다. 그 거룩한 분이 저 멀리서 나를 바라보고 계셨다. 예수님께 다가갔다. 그러나 예수님은 멀리 가 계셨다. 다시 예수님 가까이 다가가면 좀 더 멀리 가 계셨다. 내가 아무리 예수님 앞에 다가가도 예수님은 다시 멀리 가 계셨다. 나는 예수님을 꼭 만나야 한다고 중얼거리며 다시 예수님께 다가갔다. 그때였다.

그 거룩하신 분은 새하얀 옷을 나부끼시면서 나에게서 멀리 가시더니 어느 틈엔가 내 뒤로 오셨다.

"예수님, 내가 예수님의 얼굴을 봐야 믿겠습니다."
하면서 머리를 뒤로 돌렸다. 그때였다. 그분이 오른손으로 내 머리에 손을 얹으셨다. 그리고는 천둥소리 같기도 하고 시냇물 흐르는 소리 같기도 한 웅장하고 아름다운 소리로

"래청아~! 네가 아직 나를 볼 때가 아니니라." 말씀하셨다. 나는 머리를 돌릴 수가 없어서 그 순간

"그럼 예수님의 손이라도 만져봐야겠습니다."

외치며 머리에 얹으신 주님의 오른손을 나의 두 손으로 꽉 잡았다. 주님의 손은 부드러웠다. 그런데 어찌 된 일인지 순식간에 내 손에는 목탁과 목탁을 두드리는 나무가 손에 잡혀 있었다. 그 목탁

은 그렇게 클 수가 없었다. 내 머리보다 3배 정도는 큰 것이었다. 나는 그 목탁을 넓고 끝없는 길에 던지면서 큰소리로 외쳤다.

"예수님! 다시는 이방신을 믿지 않겠습니다."

그리고 길바닥에 앉아 엉엉 울었다. 큰 목탁은 저 멀리 통통 튕기면서 끝없이 펼쳐진 길로 가버렸다.

"주님, 다시는 이방신을 믿지 않겠습니다." 하고 계속 중얼거리며 한참을 울었다.

"임 병장님, 임 병장님" 하면서 누군가가 나를 흔들었다. 정신을 차리고 보니 잠자리에서 일어나 앉은 상태로 울고 있는 나를 발견하였다. 내무반을 지키고 있던 불침번이

"임 병장님, 왜 무슨 일이 있어요?"

하고 물었다. 자기가 불침번 교대를 하고 조금 지났는데 내가 자리에서 일어나 앉은 상태로 중얼거리다가 울면서 40분을 보냈다는 것이다. 그는 부대에 온 지 얼마 되지 않아서 최고 고참인 나를 무서워서 깨울 수 없었다고 했다. 시계를 보니 새벽 4시였다. 다시 자리에 누웠지만, 그 새벽에 잠을 이룰 수 없었다.

"래청아…, 아직 네가 나를 볼 때가 아니니라!"

그 거룩하신 분을 꿈에 만난 것은 큰 충격이었다. 나의 이름을 부르셨던 그 음성을 아직도 들리는 듯 잊을 수가 없다.

성소에서 성령이

1981년 4월 20일 제대를 하였다. 군에서 3년 동안 앞으로 성인으로 살아갈 것에 대해서 많은 경험을 하였다. 사회로 다시 나온 지 한 주가 지났을 때였다. 어머니가 오후에 미나리 김치를 담고 있었는데 아주머니 한 분이 찾아오셨다.

"아이고 이 잘생긴 총각은 또 누군교?"

"우리 둘째 아들입니더, 지난주 군대 갔다가 제대했다 아인교." 어머니가 김치를 버무리며 웃으며 대답했다.

"뭐라고예, 우짜면 이리도 아들만 줄줄이고, 그라모 이 아들이 몇 째인교?"

우리 집에 아들만 여섯 명이라 아주머니는 놀라는 눈치였다.

"야가 둘째다. 래청아 인사해라, 저기 교회 집사님이고 우리 집에 쌀 대주시는 분이다, 그리고 뭐 사찰 집사라고 그라드라."

어머니는 불교 신자이시며 우리나라 토속신앙을 믿는 분인데 쌀가게를 하는 분이 교회집사지만 친하게 지내고 계셨다. 아주머니는 계속 궁금한지 말을 이어갔다.

"이 집 총각 여섯이 다 잘 생겼는데 둘째 아들은 예쁘게 생겼네. 우짜면 이렇게 잘 생겼노."

나는 교회 집사라는 어머니의 말이 생각나서

"군대 있을 때 예수님을 만났습니더."

아주머니는 눈을 동그랗게 뜨고

"이 아들 뭐라까노? 뭐 예수님을 만났다고?"

"네…, 꿈에 예수님을 만났습니더."

"참말이가, 예수님을 보게? 우야노…, 이 아들 교회 나와야 한데이."

아주머니는 당장 자기 교회에 나오라고 했다.

"총각, 있제 이번 주 주일 저기 신평 터널 지나기 전 신평제일교회가 있는데 11시까지 오이라, 이 둘째 아들은 꼭 교회 나와야 한데이." 아주머니가 흥분되어 일방적으로 약속해 버렸다. 어머니가 듣고 계시다가 한 마디 던지신다.

"아이고, 난 모르겠데이. 하나님이 있는지 없는지. 래청이 니가 알아서 교회를 가든지 절에를 가든지 말든지 해라. 근데 둘째는 불심이 많이 세다."

나는 다가오는 주일날 아주머니와 약속을 하고 교회로 갔다. 아주머니는 사찰집사였고 아저씨가 쌀가게를 운영하고 있었다. 나는 사찰 집사님의 안내로 매주 교회에 나갔다. 그리고 청년부에도 나가 예배를 드리고 매일 새벽기도에도 참석하였다. 동생들이 불교 집안에서 어떻게 교회에 나갈 수 있느냐며 화를 내기도 하고 넷째 동생은 어느 날 술을 많이 먹고 와서 주먹으로 장롱의 문짝을 부스며 울면서 교회에 나가지 말라고 했다. 그러나 나는 교회 나가는 것이 좋아 매일 새벽 기도회에 참석하였고 주일마다 예배에 참석하면서 신앙인으로 점점 자라가고 있었다.

4월 봄부터 다니던 교회도 여름과 가을이 지나고 추운 겨울이 왔다. 첫 성탄의 기쁨이 무엇인지도 모르고 지나간 것 같았다. 매 주일 예배에 참석하고 새벽기도에도 적극적으로 참여하였지만 믿음이 무엇인지 몰랐다. 교회 다니면서도 입대하기 전까지는 불경을 외우며 마음을 깨끗하게 하고 부처를 닮아가려고 노력했던 내가 교회에 다닌다는 것이 어색하고 이상했다. 그러나 나 때문에 그분이 십자가에서 비참하게 죽었다는 사실이 예수님께는 미안하고 죄송스러웠다. 또 하나는 나의 죗값을 다 치러 주셨다는 사실에 충격을 받아서 어찌할 바를 몰랐다.

2월 초 어느 날이었다. 추위가 다가오는 봄을 시샘이라도 하는 듯 맹위를 떨쳤던 새벽이었다. 성전에 도착하니 아무도 없었다. 나 혼자만 있었는데 사찰 집사님과 둘이었다. 어떤 날은 4~5명 많을 때는 10명 정도의 성도들이 새벽에 예배를 드리곤 하였는데 그날은 쌀장수 집사님과 나뿐이었다. 나는 죄인임을 고백하고 군에서 숟가락이며 양말 등을 훔쳤던 모든 일들을 다시 떠올리면서 눈물을 흘렸다. 매일 용서해 달라고 하였다. 그때는 용서받았다는 신앙적 개념을 잘 몰랐으며 나에게 성경을 가르쳐 주는 사람도 없었다. 그래서 매일 용서를 빌며

"예수님, 죄송해요. 용서해 주세요, 제가 남의 물건을 도둑질했습니다."

하고 기도만 했다. 나라를 위해 가정을 위해서 교회를 위해서 기도한다는 것은 몰랐다. 오직 내 죄에 대하여 늘 회개하곤 하였다. 적어도 내가 초등학교 입학하기 전 지었던 죄까지도 기억이 날 때면

"예수님, 죄송해요. 용서해 주세요, 얼마나 많이 고통을 받으며 돌아가셨나요." 하고 속삭이며 눈물을 흘렸다.

그때였다. 강대상 위의 큰 십자가에서 순간적으로 보름달 크기의 노란 불덩어리가 날아와 내 가슴 속으로 들어와 버렸다. 눈 깜박할 사이에 일어난 일이었다. 갑자기 뜨거운 눈물이 났다. 내 가슴은 터질 것 같았다. 나는 처음으로 주체할 수 없이 큰 소리로

"예수님, 저는 죄인입니다, 저 죄를 용서해 주세요. 제가 도둑질을 한 놈입니다. 저 때문에 그토록 처참하게 돌아가셨다면서요." 큰 소리로 울며 소리쳤다.

장의자에서 일어선 채로 그 자리에서 팔딱팔딱 뛰며 얼마를 울었는지 모른다. 한참을 울며 주님께 고백을 하다가 내 뒤에서 기도하고 있던 집사님이 생각났다. 장의자 자리에 다시 앉았는데 너무 부끄러웠다. 한참 의자에 앉은 자세로 훌쩍이며 기도하고 있는데 내 뒤에 있던 쌀장수 사찰 집사님이 내 어깨를 치면서

"총각…! 세상에 성령 받았어, 성령!"

"네…? 성령이라뇨, 그게 뭔데요?"

나는 그때 처음으로 '성령의 존재'에 대해서 들었다. 그분은 나에게

"성령은 비둘기 같은 성령, 물 같은 성령, 불같은 성령이 있는데 총각은 불 성령 받은 것 같아. 성령은 하나님의 영이신데 하나님이 총각을 많이 사랑하신데이. 아이고 이게 무슨 일이고…."

그러나 나는 그분이 내 기도 소리를 들었고 내가 어떤 죄를 지었는지 주님께 고백할 때 다 들었다는 것이 부끄러웠다. 왜 그런 고

백을 했는지 어떤 힘에 의해 기도하고 죄를 자복했는지 알지 못하고 교회 문을 나섰다. 그런데 이상했다. 찬바람이 몰아지는 거리가 그렇게 아름다웠고 추운 새벽에 청소하는 청소부가 그토록 불쌍히 보여서 눈물이 났다. 바람 소리와 앙상한 나뭇가지도 길에 뒹구는 나뭇잎도 나뭇가지도 주님을 찬양하고 있는 것 같았다. 더 놀라운 것은 내 곁에 천사가 함께 있다는 느낌을 받았다. 그 후부터 매일 새벽 기도를 마치고 집에 돌아오면 다시 빈방에 들어가 문을 잠그고 찬양을 부르고 성경을 읽고 기도를 하였다. 어머니와 동생들은 내가 교회 나가더니 미쳐버렸다고 했다. 그러나 아랑곳하지 않고 주님을 향한 마음은 점점 더 뜨거워져 갔다.

그 뒤 교회는 두 패로 분열되었다. 나는 주일날 교회가 두 패로 나누어져 성전 안에서 싸우는 것을 목격한 후 새벽기도회와 주일에도 교회에 나가지 않는 날이 많아졌다. 결국, 교회는 완전히 두 패로 갈라졌고 둘로 나누어진 청년부에서 서로 함께 예배드리자고 연락이 왔지만, 점점 교회를 멀리했다. 교회를 거의 나가지 않을 무렵 당시 담임 목사님을 부전동에 있던 기독교 라디오방송 건물 커피숍에서 우연히 만났다. 커피를 마시던 목사님은 내 두 손을 잡고

"임 선생, 교회가 분열되는 것을 보여줘서 미안해요. 난 임 선생이 신학교에 가서 신학 공부를 하면 좋겠다고 생각해요."라고 말씀하셨다. 그 뒤 목사님을 어디서 사역하시는지 한 번도 만나본 적이 없다.

갈멜산 기도원에 오르다

3월 둘째 주일부터 신앙생활을 하면서 마음도 안정되어갔다. 영국의 제품은 영영 포기해 버려야 할 상황까지 왔지만 포기할 수는 없었다. 아니 다른 사업이라도 해야 했다. 그래도 지방에서는 가끔 나의 안부를 묻고 병원에 관련된 제품을 구해달라는 업자들도 있었다. 내가 부산에서 의료기기를 판매하다가 서울로 올라와 의료기기 수입 작업을 하였으니 지방에서도 언젠가는 내가 제품을 다시 만들어 큰 사업가로 일어설 것이라고 믿는 사람들도 있었다. 그들이 가끔 서울에 오면 만나 사업에 대한 정보들을 주면서 관계를 유지해 나갔다. 그래서 완전히 그 큰 꿈을 포기할 수 없었던 것이다.

뜨거운 여름이 지나고 명절인 추석이 다가왔다. 명절날 우리 가족은 몇 년 동안 갈 곳이 없었다. 부모님이 차로 10분 거리에 있었고 모두가 1시간 거리에 살았다. 추석 명절날 갈 곳도 없으니 차라리 기도원에 가면 아무도 없고 좋을 것 같았다. 또한, 주님이 우리 가정을 위로해 줄 것만 같았다. 모두 명절을 지내려 고향에 가기 때문에 텅 빈 기도원에 올라 3일간 마음껏 기도하면서 조용히 보내고 싶었다. 아내와 딸들에게 이번 추석은 갈멜산 기도원에 가면 어떻겠냐고 물었다. 두 딸은 실망하는 눈치지만 선택의 여지가 없었다. 딸들도 아빠가 사업을 하고 부도가 나서 사채업자들을 피해 다니고 친척들에게도 찾아갈 수 없다는 사실을 잘 알고 있었다. 갈멜산을 선택한 것은 첫째로 서울 가까이 있다는 것이다. 두 번째 담임 목사님이 매일 한 차례씩 추석 특별성회를 인도하시는 것이다.

추석 연휴 첫날 어머니께 명절날 찾아뵙지 못한다고 전화만 드리고 가족들을 이끌고 갈멜산 기도원으로 갔다. 안양으로 가는 거리는 텅 비어있었다. 가을바람이 너무나 상쾌했다. 아내는 기분이 좋지 않은지 말이 없었다. 그럴 것이다. 명절날 오고 갈 데가 없어서 기도원에 간다는 사실에 기가 막혔을 것이다.

갈멜산 기도원에 도착한 우리 가족은 모두 깜짝 놀랐다. 아무도 없을 줄 알았던 기도원에 수많은 사람들이 와서 큰 성전을 가득 메웠다. 우리 가족은 대성전 맨 뒷자리에서 예배를 드렸다. 눈물이 났다. 서러웠다. 여기에 온 사람들은 휴일이라 기도하러 왔지만, 우리 가족은 오갈 때 없어 온 것이 아닌가, 강대상에 강사 목사님이 올라왔다. 첫 마디가

"여러분, 오늘 여러분이 앉은 자리가 응답의 자리입니다."

"아멘!" 내가 생각해도 큰 목소리로 아멘이라고 대답을 했다. 그래, 이번에 기도원에 올라왔으니 하나님의 응답을 받고 갈 것이라고 다짐을 했다. 예배시간마다 우리 가족은 좁은 공간에 서로 붙어 기도하고 찬양하고 설교를 열심히 들었다. 야간에는 기도 토굴에 들어가 밤새워 기도하였다. 아내는 금식을 한다고 하였다. 나는 하루 금식을 하고 배가 고파서 포기해 버렸다. 금식을 포기하고 나서 두 딸과 아침 점심, 저녁을 꼬박 챙겨 먹었다. 아내는 실망한 눈빛으로 3일간 못 참느냐고 핀잔을 주었다.

집을 떠날 때도 약간 다투었다. 3일간 집을 떠나면서 담배를 3개나 줄줄이 피웠다. 그리고 담배와 라이터를 주머니에 넣었다. 이 광

경을 바라보던 두 딸이

"아빠 기도원에 가는데 창피하게 담배는 왜 가져 가는 거예요?"

"응, 혹시 담배 피우고 싶으면 저 산 깊이 들어가 피우려고."

"여보…!"

"그 담배 당장 버리세요, 남자가 3일도 못 참아서 어떻게 사업을 한다고 그래요."

나는 답답했다. 가져가도 절대 피우지 않을 것이라고 말했지만, 아내와 두 딸이 기도원을 가지 않겠다고 하였다. 나는 할 수 없이 3일간 피우지 못할 담배를 연달아 3개를 피우고 담배와 라이터를 두고 집을 나선 것이다.

명절 연휴 집회 마지막 날이었다. 우리 가족이 처음에 기도원에 올랐을 때는 사람들이 너무 많아 맨 뒷자리에 앉았지만, 하루 이틀 지나면서 사람들이 빠지고 이제 맨 앞자리에 앉게 되었다. 오후 3시 집회가 시작되었다. 우리 교회 담임목사님의 설교가 시작되었다. 설교 내내 우리 가족을 생각하니 눈물이 났다. 명절날 멀리 떠나있던 가족들과 친척들도 고향을 찾아갔는데 아무 곳도 갈 수 없는 처지가 한스러웠다. 특히나 어린 두 딸이 더 불쌍했다. 설교가 끝나고 기도가 시작되었다. 간절히 기도했다. 아니 몸부림이었다. 다시 이대로 집으로 돌아간다는 것이 괴로웠다. 설교하셨던 담임목사님께 나아가 기도를 부탁했다. 얼마나 기도했을까? 성령님이 임하였다. 내 입에서는 알 수 없는 방언이 터져 나왔다. 영으로 기도하기 시작하면서 강대상에서 덩실덩실 춤을 추었다. 두 딸이 아빠가 좋아서 방언으로 중얼거리며 춤추는 모습이 창피하여 성전을 나가 버렸다. 나는 성령님의 임재를 다시 경험하면서 지금까지 지내온 시간들을 회개했다. 눈물이 한없이 흘러내렸다. 군에서 만났던 그 주님을 다시 만나는 기분이었다. 부산 신평동 교회에서 추운 겨울날 새벽에 십자가에서 내 가슴으로 순식간에 들어왔던 성령님을 다시 만나는 기분이었다. 터질 것 같은 가슴을 안고 계속 춤을 추었다. 하늘로 날아갈 것 같은 몸이었다.

그렇게 그렇게 갈멜산 기도원의 추석은 지나갔다. 아빠를 따라 기도원에 올라왔던 두 딸은 나의 모습을 보고 너무 창피하다고 투덜거렸다. 3일간 무작정 올라왔던 기도원을 떠나 집으로 돌아왔다. 예배가 새로웠다. 모든 것을 주님께 드리고 싶은 마음이 샘솟아 올랐다.

집에 두고 갔던 담배와 재떨이를 버렸다. 다시는 피고 싶지 않았다. 기도원에서 돌아온 뒤 하루에 두 갑씩 피웠던 담배를 완전히 끊어버린 것이다. 아니 피우지 못하게 된 것이다. 기도원으로 갈 때 3개를 피운 것이 마지막이 될 줄은 꿈에도 생각하지 못한 일이었다.

5
천상의 노래

주님께 드릴 것이 없어요

1997년 교회 등록을 했던 그해 11월 추수감사 주일이 지나고 30일 나는 세례를 받았다. 세례를 받고 나니 교육국에서 유초등부 교사로 봉사할 것을 권면했다. 모범적으로 열심히 신앙생활을 하는 것을 눈여겨보았던 성도들과 교사들이 추천했던 것이었다.

교회교사의 역할에 대하여 알지도 못하면서 다음 해 1월 첫 주일부터 4명의 어린이들을 분반 받아 교사로 봉사하였다. 지금도 기억이 나는 현우, 선우, 문곤이, 우진이의 만남은 신앙생활에 새로운 활력이 되었다.

추운 겨울이 지나고 목련과 개나리 등이 피어나면서 아이들이 겨울 방학도 끝나고 학교로 등교를 하였다. 우리 부부는 설레는 마음으로 매주 토요일마다 학교 앞으로 전도를 나갔다. 전도라기보다 우리 반 아이들이 수업을 마치고 나올 때 만나는 것만으로 행복했다. 아내는 정문 나는 후문에서 아이들을 만나고 전도도 했다. 매주 토요일이 되면 깨끗한 정장 차림으로 학교 앞에 나갔다. 몇 개월이 지나고 나니 어린이 전도하는 방법도 다양하게 알게 되었다. 토요일 학교 앞에서 교회에 나오기로 약속한 많은 어린이들이 주일날은 한 명도 나오지 않을 때가 많았지만 실망하지 않았다. 다음 주 토요일에 다시 약속했던 아이들을 만나 왜 나오지 않았는지 물어보고 다시 약속하였다. 작은딸 친구들을 중심으로 전도를 많이 해나갔다. 토요일은 어린이 전도하는 날로 정하여 점심시간부터 해가 질 때까지 동내 놀이터 등을 다녔다. 학교 정문과 후문에서 만나지 못한 어린이들이 있었기 때문이다. 1년, 2년 전도를 하다 보니 어린이 전도에 나만의 전도방법들이 생겨났으며, 매주 많은 아이들과 예배를 드리며 성경을 가르치는 선생님이 되었다. 여름방학 겨울 방학을 빼고 7년을 학교 앞에 나가 전도를 하였다.

매주 한 영혼을 주님께 데려오리라는 마음으로 아이들에게 편지도 쓰고, 떡볶이를 파는 포장마차에서 만나기도 하고 집은 작았지만, 집으로 초청하기도 했다. 이렇게 교회에 나오지 않은 부모님들도 아이들이 교회 나오는 것을 반대하지 않도록 늘 신경을 써서 가르치고 관리하였더니 아이들도 선생님을 좋아하고 스스로 친구들을 전도해 왔다. 우리 반 아이들이 많아지면서 아내와 풍선아트와 인형극도 배웠다. 사업과 먹고사는데 보냈던 시간들을 아이들을 전도하고 관리하는데 대부분 시간을 보냈다. 하나님께 드릴 것이 없었다. 그래서 매주 어린이들이라도 전도를 해서 하나님을 기쁘게 해 드리고 싶었다. 그러나 나는 여전히 교사이면서도 도망자의 신분으로 늘 조심을 하며 살았다.

죄의 사슬에서

나의 어머니는 평생을 미신을 믿으며 사셨다. 그러나 외할아버지
는 교회 장로님이셨다. 부산에서 방학이 시작되면 서울에 올라와
외갓집에 가서 며칠을 보내고 외삼촌과 이모 집에 들려 지내다 보
면 방학이 금방 지나갔다. 부산서 올라온 손자에게 외할아버지는
늘 하시는 말씀이

"용월이 니 어미가 교회 나가 예수를 믿어야 하는데." 하셨다. 나
의 어머니 이름은 '용월'이다. 외할아버지는 부산에 있는 제일 큰딸
이 교회 나가기를 늘 기도하셨던 모양이다. 외할아버지는 장로이시
고 외할머니는 권사님이셨다. 삼촌과 이모들이 모두 10명이었는데
모두가 기독교인들이었다. 외할아버지는 부자였는데 집을 팔아 교
회를 두 개나 지어서 하나님께 드린 분이셨다. 넷째 삼촌은 현재 미
국에서 현지인 백인교회 담임 목회자로 사역하시고 이제는 은퇴하
셨다. 여름 방학 때 외갓집에 가면 외할아버지가 나를 데리고 외할
아버지의 부모님 산소에 데려가 벌초를 하시고 무릎을 꿇고 기도하
시기를

"주님, 사랑하는 손자가 부산서 올라왔습니다. 큰딸이 아직 교회
에 나가지도 않고 주님을 믿지 않는데 이제 구원시켜 주시기 바랍
니다."

하고 기도하셨다. 그리고 불교에 푹 빠져 지내는 나에게

"너도 어서 교회 나가야 한다."고 늘 말씀하셨다. 그러나 나의 어머니는 외할아버지가 천국에 가신 뒤로도 교회에 나가지 않으셨다. 언제나 신년이 되면 한 해의 신수를 보셨고 일일이 큰아들은 물 조심 하고, 둘째는 4, 6월에 조심하고 하시면서 6형제의 운수를 전부 가르쳐 주셨다. 나는 그런 어머니를 전도해야만 했다. 어머니는 언제나 약속을 해 놓고도 주일만 되면 다른 일들이 생겨 교회에 나오지 않으셨다. 내가 살아오면서 어머니가 고생하시는 것을 보아 왔기에 죽어서 지옥에 가신다면 너무나 억울할 것 같았다. 그래서 반강제적으로 주일 날 교회에 나오도록 약속을 했지만, 번번이 실패하였다. 이제 마지막이라고 약속을 하고 주일 아침 어머니께 전화를 걸어서 "어머니, 내일 11시 30분까지 교회로 앞으로 나오시는 거죠?"

어머니는 "둘째야 다음 주에 꼭 갈꾸마, 일이 생겨서 오늘은 정말 못간데이."

나는 화가 났다. 몇 개월 지났다.

"어머니가 지옥 가든지 말든지 이제 상관하지 않을 것이고 죽는 날까지 보지 맙시다." 하고는 전화를 끊어 버렸다. 조금 후 어머니에게 전화가 왔다.

"그래 알았다, 교회 잠시 들려서 참석하고 일볼게. 화내지 마라."

마귀는 매주 어머니를 교회 못 나가도록 이런저런 일들을 만들었던 것이다. 어머니가 옷을 깨끗하게 차려입고 드디어 교회 앞으로 나타나셨다. 다 잡은 물고기를 잘못하면 놓친다는 심정으로 어머니

에게 다가갔다.

"평생 죽을 때까지 보지 않으려고 했는데 어서 오이소." 웃으며 어머니를 반겼다.

어머니를 모시고 3층 본당으로 들어가 맨 앞자리에 앉게 하시고 혹시나 도망가지 않을까 생각을 해서 나와 며느리가 양쪽을 지키고 의자 맨 중앙에서 예배드리도록 했다. 이제 도망가고 싶어도 도망갈 수 없는 몸이 되신 어머니는 태어나서서 처음 와보는 교회 분위기가 이상했던지 이리저리 눈치를 살피셨다. 입례찬송이 시작되고 목사님과 예배의원들이 들어오는 광경을 보시더니 고개를 숙이셨다. 그리고 예배가 끝날 때까지 눈물을 흘리셨다. 나는 그 눈물의 의미를 알고 있었다. 손수건을 어머니 손에 쥐여주었다. 며느리도 울고 나도 눈물로 예배를 드렸다. 이렇게 시작된 어머니의 신앙생활은 1년 후 세례도 받으셨다. 어느 주일 날 예배를 마치고 어머니가 하시는 말씀이 외할아버지가 보고 싶으셨는지

"둘째야, 절간보다 확실히 교회가 좋다. 외할아버지가 살아계시면 많이 좋아 할낀데…"

"그래요. 외할아버지보다 주님이 더 좋아하시고 계십니다." 내가 웃으며 교회를 나섰다. 어머니를 전도한 이 기쁜 마음을 주님도 외할아버지도 아실 것이다.

축농증과 관절염을 치료의 빛으로

신앙생활을 모범적으로 하였지만 남들에게 말 못할 고질병 두 가지가 있었다. 하나는 중학교 때부터 괴롭혔던 독한 축농증이었다. 그리고 결혼을 하고 나서 발병한 류머티스성 관절염이었다. 축농증은 만성이었고 늘 많은 휴지를 가지고 다녀야 했다. 사람들을 만나면 하나같이 코감기가 걸렸느냐고 물어볼 정도였다. 많은 약을 사용해 보았지만 치료되지 않았다. 관절염도 부산에서 유명한 한의원 약을 처갓집에서 지어주어서 먹어봤지만 역시 치료되지 않았다. 제일 좋은 약은 많은 술을 먹고 자면 그나마 통증을 이길 수 있었다. 매일 두 딸이 다리와 무릎을 두드려야 하는 상황에 이르렀다.

교회 등록을 하고 성경을 일독 마치던 주일 새벽이었다. 유난히도 손목과 무릎이 아팠다. 주일 새벽 예배는 거의 대부분 앞에서 두 번째 줄에서 드렸다. 이유는 설교를 마치고 부교역자들이 대부분 강단에서 내려와 맨 앞자리에 앉아 기도하기 때문이었다. 갑자기 이 아픈 것을 치료해 달라고 기도하고 싶었다.

"주님, 너무 아픕니다. 치료해 주세요."

그런데 세미한 음성이 들어왔다.

"네가 진심으로 낫고자 하느냐?"

"네 주님, 정말 너무 아픕니다. 치료받고 싶습니다." 그때였다.

"네가 낫고자 한다면 장의자에서 내려와 내 앞에서 무릎을 꿇도록 하여라."

나는 너무나 황당했다. 순간적으로 망설이면서 강대상 앞으로 나가 무릎을 꿇어야 한다는 마음과 창피하게도 나가기를 어디 나가느냐 많은 성도들이 보는 앞에서 창피하지도 않니? 라고 하는 마음이 교차하였다. 마음은 나가고 싶은데 창피했다. 그때 다시,

"네가 낫고자 한다면 어서 나와서 무릎을 꿇지 못하겠느냐?"

그 순간, 주님이 지금 내 앞을 지나가고 나시면 언제 다시 오실지 모를 것 같은 생각이 들었다. 더 이상 버틸 힘이 없었다. 온몸이 쑤셔왔다. 그리고 어떤 힘에 의해 숨을 쉴 수가 없는 고통이 왔다. 순간 장의자에서 내려와 기어서 강대상 앞에까지 나아갔다. 갑자기 눈물이 터지면서 회개의 기도가 나왔다. 바보처럼 엉엉 울면서 지난 15년 동안 주님을 떠나 방탕한 세상을 살아온 것에 대하여 큰소리로 다 고백을 하고 용서를 빌었다. 아마 그날 주일 새벽 기도회에 참석한 성도들은 그런 나의 모습을 생생히 보았을 것이다. 부끄러움이 없었다. 15년 전 성령으로 찾아오신 그분께 진심으로 죄를 고백하며 바닥을 치며 용서를 빌었다. 얼마나 지났을까 자리에서 일어나 부끄러운 마음을 가지고 집으로 돌아왔다. 주일 예배를 마치고 나니 성도 몇 분이 혹시 가정에 무슨 일이 있느냐고 물었다. 문제야 태산처럼 많았지만, 이야기할 수 있는 문제가 아니었다. 더욱이 지금 내가 도망자라는 것을 말할 수도 없는 처지였다. 사실 언제라도 형사들이 교회로 찾아오면 모든 게 끝장이라고 생각을 했다.

"별일 없어요, 그냥 기도 부탁합니다. 신경 써 주셔서 감사합니다."라고 대답하니

"임 집사님은 어찌나 기도를 열심히 하는지…"라고 하면서 이것저

것을 물어보았지만, 사실대로 이야기하지 못했다.

어느 날 두 딸이 "아빠 이제 다리 아프지 않으세요?"

나는 무슨 말을 하는지 몰랐다.

"아빠 다리하고 손목 아프지 않으시냐고요? 요사이 두들겨 달라고 하지 않아서요."

두 딸의 말을 듣고 보니 사흘 동안 아프지 않아서 모르고 지냈다. 생각해 보니 주일 날 치료해 달라고 기도하다가 무릎으로 강대상으로 기어가 죄를 자복하고 용서를 빌었던 일이 생각났다. 신기하게도 다리와 팔목의 통증이 거의 없었다. 그 뒤부터 1시간이든지 3시간이든지 딱딱한 바닥에서 무릎을 꿇고 기도를 해도 다리가 전혀 아프지 않았다. 하나님은 그날 나의 기도를 받으시고 나의 약한 부분을 강하게 치료해 주셨던 것이다. 그러나 축농증은 여전히 나를 괴롭히고 있었다.

금요철야 예배는 언제나 다른 교회 목사님들이 오셔서 설교하셨다. 그때마다 여러 간증과 고백들을 들으면서 믿음을 쌓아갔다. 또한, 기도를 어떻게 하면 주님께 많이 할 수 있을까 하는 문제로 늘 고민을 하였다. 그래서 100일 기도, 50일 기도, 온전한 40일 철야 등 감동이 오는 대로 기도에 힘썼다. 갑자기 주일 예배시간에 설교를 듣다가 새벽 100일 작정 기도를 해야 한다는 마음이 강하게 들었다. 그래서 예비 기도를 하면서 언제 시작하고 언제 끝나는지 달력을 보면서 날짜를 체크해 나갔다. 작정 기도 시작 날짜를 잡고서 첫 새벽 기도에 들어갔다. 그냥 새벽기도가 아닌 매일 두 시간 이상을 기도하는 새벽기도였다. 하나님께 서원을 하고 기도가 시작되었다. 몇 달 전 나의 고질병인 관절염을 치료해 주셨던 그 딱딱한 바닥에서 무릎을 꿇고 서원한 첫 새벽 기도에 들어갔다. 머리가 바닥에 닿을 정도로 고개를 푹 숙이고 주님을 불렀다. 그런데 코로 이상한 먼지 같은 물체가 들어가 버렸다. 기분이 나쁘면서 기도가 되지 않았다. 바닥을 제대로 청소하지 않아서 먼지 덩어리가 코로 들어간 줄로 생각했다. 기도 후 집에 돌아왔지만, 종일 코에 들어간 먼지가 탈이 났는지 몸에 열이 오르고 머리가 깨질 듯이 아파졌다. 저녁이 되어서는 온몸이 불덩이가 되어 약국에서 약을 사 먹었다. 그래도 열이 내리지 않았다. '오늘 하루 이제 작정 기도를 했는데 이렇게 몸이 아파서 내일 새벽 어떻게 기도에 나가지?' 하고 걱정이 되었다. 이렇게 아플 줄 알았으면 다음 주에 시작하는 건데 하고 후회가 되었다. 몸이 나아지면 다음 주부터 다시 시작하면 될 것이라는 생각이 들었다. 밤 11시가 넘어가면서 두 마음이 치열하게 싸움을 했다. 시작한 기도는 하나님께 서원했으니 어떤 일이 있어도 100일을 해야 한다는 것과 몸이 이렇게 아픈데 하나님도 이해하실 거야, 그리고 안 한다는 것이 아니고 사정이 있어서 날짜를 다시 잡고 시작하는 데 문제가 있을 수 없다는 마음이 서로 요동을 쳤다.

비몽사몽 간에 잠시 잠이 들었는데 눈을 떠보니 새벽 3시 30분이었다. 나는 자리에서 벌떡 일어나 아내에게 말했다.

"여보, 나 죽더라도 성전에서 죽어야 해, 교회 갑시다."

"당신 괜찮겠어요?"

아내가 잠자리에서 일어나며 걱정스러운 눈빛으로 쳐다보며 물었다. 열이 나고 머리가 깨질듯한 몸을 이끌고 아내와 집을 나섰다. 이건 새벽기도회가 아니고 주님과 약속한 시간 때문에 주님이 기다리고 계실 것이란 생각에 달려갔다. 계속 아픈 몸으로 예배를 드리고 주님과 약속한 기도의 시간을 채웠다. 그런데 놀라운 일이 일어났다. 신기하게도 교회로 발걸음을 옮길 때 그토록 아팠던 몸이 서서히 풀리더니 오후에는 완전히 열이 내려가고 몸은 정상으로 돌아왔다. 이제 100일 동안 주님과 약속한 기도는 문제가 없었다. 매일 새벽 즐거운 마음으로 교회로 달려갔다. 그런데 어느 날 문득 내가 종일 코를 풀지 않고 하루하루를 보내고 있다는 생각이 들었다. 신기했다. 그 지극 지극한 비염과 축농증이 신기하게도 사라졌다. 새벽에 주님께 기도하면서 생각해 보니 첫 기도하던 날 콧속으로 먼지 같은 이물질이 들어갔던 생각이 떠올랐다. 그리고 그것 때문에 온몸에 열이 나는 몸살이 와서 기도를 계속 해야 할지 중단을 해야 할지 고민을 했던 일이 생각났다. 그랬다, 그날 주님은 나에게 치료의 광선을 발하시고 있었던 것이다. 만약 믿음이 연약하여 기도를 연기했다면 주님은 나의 축농증 치료를 해 주시지 않았을 것이라고 혼자 생각해 보았다.

이렇게 하나님은 치료하시는 분이시라는 것을 두 질병을 고침 받아서야 알게 되었다. 축농증을 치료해 달라고 한 번도 기도하지 않았지만 기도하는 데 방해가 되는 질병들을 고쳐주시고 온전한 기도를 받으시길 원하셨던 것이다.

못 자국을 보아라

나는 체험 신앙을 바탕으로 믿음이 점점 커져 갔지만, 아내의 믿음은 자라지 못했다. 하나님이 계시고 예수님이 인간의 죄 때문에 대신 죽으셨다는 사실은 믿는다고 하면서도 마음으로는 믿어지지가 않았다. 그래서 내가 주님에 대한 꿈을 꾼다든지 믿음에 대한 체험들을 이야기하면 답답함을 호소하기도 하고 교회의 목사님과 사역자분들에게 궁금한 것들을 상담할 수 없는 부분들은 나에게 물어오기가 일쑤였다. 그때마다 나는 아내에게 마음을 내려놓고 진심으로 하나님께 죄에 대해서 회개하면 어떤 방식으로든지 주님이 당신에게 성령으로 찾아오셔서 믿음을 주실 것이라고 말하였다.

아내에게 문제가 발생한 것은 교회에 등록했던 해에 추수감사주일 성찬식이었다. 맨 앞자리에 앉아 예배드리던 우리 부부가 안내위원들의 안내를 받으면서 제일 먼저 앞으로 나가 떡과 포도주를 받아먹고 마셨다. 성스러운 성찬식이 다 마치고 나서 세례 교인들만 예식에 참여하라는 목사님의 안내를 이해했다. 세례 교인 이상이라는 안내가 있었지만, 세례가 무엇인지도 모르는 상태여서 세례 교인을 등록교인으로 착각했던 것이다.

"여보 나 어떡해요? 세례도 받지 않았는데 거룩한 예식에 참여해서……"

"괜찮아요, 모르고 먹었는데 아무 문제도 아니에요."

이렇게 이야기를 해 주었지만 수 개월을 그 문제 때문에 아내는 죄의식에 사로잡혀 매주 예배에 참석하면서도 늘 괴로워했다.

"여보 당신 생각해 보세요, 살인을 한 사람도 죄를 회개하고 용서를 빌면 주님이 다 용서해 주시고 천국 백성 삼아주신다는 데 작은 포도주와 떡 한 조각 성찬식 때 먹었다고 무슨 죄가 된다는 말인가요, 이제 잊어버리고 신앙생활 합시다. 주님, 제가 모르고 예식에 참여했습니다. 죄송해요 하고 고백하면 아무 문제 없으니 이제 잊어버리세요."

내가 이렇게 답답하므로 상담도 하였지만, 아내의 마음은 그 부분에서 늘 우울했다. 시간이 지날수록 내가 더 답답했다. 그러던 어느 날 아내가 심각한 얼굴로

"여보 나 어젯밤 이상한 꿈을 꾸었어요."

"무슨 꿈인데 그렇게 심각해요?" 내가 아침에 막 잠에서 깨어 이불을 걷고 일어나면서 물었다.

"나 어젯밤에 이상한 손을 봤어요."

"무슨 손을 봤다는 것이에요?"

"내 앞에 갑자기 양손이 보이는데 양 손바닥에 큰 구멍이 나 있었고 피가 흐르고 있었어요. 그리고 "못 자국을 보아라 이 손이 나의 손이란다. 하는 목소리가 들렸어요."

"여보, 당신 정말 좋은 꿈을 꾸었구려. 주님께서 당신이 자꾸 믿음과 성찬식 참여에 대하여 괴로워하니 도마에게 보여주었던 것처

럼 주님께서 손에 난 못 자국을 보여주신 것이니 마음에 담아두고 기도하세요."

아내는 그 후로는 자신의 죄 때문에 주님이 십자가에서 죽으셨다는 사실이 완전히 믿어진다고 했다. 또한 죄 용서를 받았다는 것이 마음으로부터 믿어진다고 고백을 하였다.

사실 아내는 부산에 살 때부터 샤머니즘을 믿으며 살았다. 어느 점쟁이를 찾아가 운수를 물어보니 신랑이 40세가 되면 다른 여자와 바람이 나서 놀아날 것이라고 하였다. 아내는 점쟁이에게 예방책을 받아왔는데 그 예방책이라는 것이 내가 신고 있는 신발 중에서 하나를 산에 가서 불에 태워야 바람이 나지 않는다고 했다. 그 말을 듣고 아내는 늦은 어느 날 밤 나의 예비군 신발을 가지고 조카를 불러 함께 산으로 들어갔다. 그리고 예비군 신발을 태우면서 밤새도록 남편이 40세에 바람이 나는 것을 막아달라고 알지도 못하는 신에게 빌고 새벽이 되어 집으로 돌아왔다. 참으로 어처구니가 없었다.

"여보, 이제 당신 신발을 태웠으니 40살에 절대로 바람피우면 안 돼요? 그리고 이 부적 보살이 당신 술 많이 먹어서 속이 아프다고 하니 특별히 써 준 것인데 태워서 물에 타 먹으면 된다고 했어요. 자 이거 먹고 건강하세요."

"아니, 아무리 그래도 부적을 태워 물에 탄 것을 먹는 것은 너무 심하잖아요. 나 이거 못 먹어요. 다 미신이에요."

"당신 나를 사랑한다면 마시고 사랑하지 않으면 먹지 마세요."

나는 이 말에 눈을 딱 감고 부적을 태운 물을 한 컵 마셔버렸다. 그러나 속이 아픈 것은 여전했다. 날마다 사업상 술을 먹었는데 위가 그 부적 태운 물을 마셨다고 치료가 될 일이 아니었다. 이렇게 과거에 샤머니즘에 빠졌던 아내는 주님의 못 자국 난 손을 보여주신 체험적 사건으로 믿음은 더욱 성숙해져 갔으며 오직 주님의 사랑에 대한 열망으로 가득했다.

천사 재회와 영원한 이별

가을도 이제 물러가고 찬바람이 겨울을 느끼게 하였다. 우리 가족은 예배는 물론이고 교회교육과 행사 등에 적극적으로 참여했다. 그래서인지 믿음도 든든히 자라고 두 딸도 주일학교에서 모범적으로 교회 생활을 해 나갔다. 어느 날 작은딸 진주가 새벽에 일어나 "엄마, 아빠!" 하고 불렀다. 새벽에 또 무서운 꿈을 꾸었나 싶었다. 작은딸이 자다가 일어난 모습 그대로 흥분된 얼굴로 얘기했다.

"있잖아, 또 천사가 우리 집에 왔단말야."

황당했다. 그러나 믿을 수밖에 없는 이야기였다. 부평에 살 때 천사가 왔었다는 이야기가 생각났다. 아내가 먼저 물었다.

"또 어떤 천사를 봤다는 거야?"

"아이 참, 그때 우리가 부평 살 때 꿈에 우리 집에 찾아왔던 천사, 그 천사님이 또 오셨다니까!"

나는 깜짝 놀랐다. 진주에게 자세히 얘기해 보라고 했다. 작은딸은 신이 났는지 몇 년 전 우리 집에 왔던 그 천사의 이야기를 하였다.

"응…, 내가 창문을 보고 있는데 천사가 하늘에서 내려왔어, 그래서 우리 가족이 모두 천사를 바라보고 있는데 천사가 진주야! 하고 불렀다니까."

"그래서?" 아내와 내가 동시에 물었다.

"응…, 천사가 내 이름을 불렀어. 그래서 내가 천사 앞으로 갔더니 나에게 무슨 말을 했단 말야. 그리고 우리 가족이 보는 앞에서 왔던 하늘로 다시 올라갔다니까!"

"천사가 무슨 말을 하던데?" 내가 물었다.

"어떻게 생겼던데?" 아내도 물었다.

"아이 참…, 답답해! 그때 부평에서 본 천사처럼 날개가 있고 같은 천사였다니까, 그리고 무슨 말을 많이 했는데 생각이 안 난단 말야."

그때가 진주 5학년 때 일이었다. 나는 아내에게 처음 나타났던 천사는 우리가 예수님을 안 믿을 때 안타까워 오신 천사이고 몇 년 후 이번에 온 천사는 우리 모두가 예수님을 믿으니 기뻐서 뭔가 전하려고 온 것이라고 얘기하고 지금까지 이 이야기를 어느 누구에게도 이야기하지 않았다. 아내는 천사의 존재도 하나님의 존재도 믿지 않았던 불교 신자였다. 그런데 이런 일들이 있고 나서는 하나님에 대한 존재 의식이 완전히 바뀌었다. 난 지금도 딸이 짜증을 낸다든지 하면 "천사님이 두 번씩이나 찾아 주신 우리 공주님." 하면, 씩 웃는다.

그날 오후 한 통의 전화가 왔다.

"저…, 임래청 씨 집이죠?" 전화 속의 목소리는 다급했고 여자였다.

"누구신데요?"

"저…, 훈이 아시죠? 저는 훈이 처제인데 우리 형부가 죽었어요. 어떡해요?"

"네엣?" 나는 심장이 뛰었다. 약 10개월 전 친구인 훈이가 경기도 장호원에서 조류 키우는 사업을 시작했다고 해서 우리 온 가족이 새 농장에 가서 하룻밤을 자고 온 일이 있었다. 그는 공무원이었는데 퇴직을 일찍 하고 자신이 하고 싶은 일을 하며 살 것이라고 새 농장을 예쁘게 꾸미고 출발했었다. 우리가 찾아간 날 비록 그가 예수님을 믿지 않았지만, 함께 예배드리고 하룻밤을 지내다 왔는데 이게 왠 날벼락이란 말인가! 훈이는 내가 초등학교 때 서울서 부산으로 이사 가서 중학교 1학년 때부터 가장 친한 친구였다. 나는 뛰는 심장을 안고 송파에 있는 아산 중앙병원 영안실로 달려갔다. 코스모스가 가냘프게 피어있는 뚝방 길을 뛰었다. 영안실에 도착하니 훈이가 사진 속에서 웃는 모습으로 나를 반겼다. 훈이 아내는 부은 얼굴로 눈도 뜨지 못했다. 이 가냘픈 여인은

"래청씨 나 어떡해요?" 외마디 소리를 지르고 자리에 주저앉아버린다. 훈이는 막내였다. 부산과 서울에 사는 형님들과 누나들이 이미 다 모여 있었다. 부산 친구들도 속속 도착했다. 30년이 훌쩍 넘어서야 만나는 친구들이다. 훈이는 친구들을 향해 계속 웃고 있었

다. 나는 속으로 외쳤다.

"나쁜 놈, 이렇게 가면 어떡하라고…, 어떡하라구!"

"래청씨, 우리 훈이씨 천국 간 것 맞죠?"

"…?" 나는 대답을 못했다.

"교회는 안 다녔지만, 밭에서 나는 채소며 고구마, 감자 등을 교회 사람들에게 주면서 착하게 살았는데…, 이제 곧 교회 나온다고 했는데…, 천국 간 것 맞죠?"

훈이 영정 앞에는 십자가가 있었다.

"그래요, 뭐라 얘기할 수 없지만, 예수님을 구주로 믿었는지는 하나님만 아시니 하나님이 판단하실 겁니다. 천국 가서 만나면 되잖아요. 좀 우리보다 일찍 갔을 뿐이잖아요."

난 말을 하지 못했다. 주님은 우리의 인생을 무한정 기다려 주시지 않는다는 사실을 다시 한 번 알게 되었다. 훈이는 경남 진주에 사는 친척이 사고가 나서 병원에 입원해 있었는데 차를 운전하고 병문안을 갔다가 서울로 돌아오는 길에 진주 톨게이트 부근에서 빗길에 미끄러져 마주 오던 트럭과 충돌하였다. 나이가 아직도 한창인데 말 한마디 없이 가버린 친구가 야속하기도 하면서 나에게

"래청아, 예수 잘 믿고 열심히 살아야 한다."는 메시지를 던지고 간 것 같았다. 경기도 백제화장터로 가서 친구를 보내주었다. 이 세상에서 못다 한 이야기들을 남겨둔 채 가장 친한 친구를 하늘로 보내고 시린 가슴의 슬픔을 간직한 채 집으로 돌아왔다. 오늘 아침에 작은딸에게 찾아왔던 천사가 문득 생각났다. 그리고 왜 다시 우

리 가족을 찾아왔는지 궁금했다. 좋은 아침으로 시작된 하루가 죽음의 시간을 건너는 하루가 되었다. 가끔 문득 훈이가 보고 싶을 때가 있다. 노래도 잘 부르고 기타도 잘 치던 친구였는데 작별 인사도 못 하고 영영 오고 갈 수 없는 길을 떠난 것이다. 주님은 언제나 우리를 기다려 주지 않는다는 사실을 다시 한 번 알게 되었고 주님 앞에 언제 갈 줄 모르는 인생이기에 오늘도 주님께 기도로 나아간다.

멈춰 버린 인생 달리는 시간
그래서 시간이 약이라고 했던가

간수는 한 명씩 이름을 확인하고 수갑을 채웠다.
그리고 다시 두꺼운 포승줄로 허리 부분과 손을 묶었다.
경제범이던, 강간범이던, 강도범이던지 모두가 똑같은 죄수였을 뿐이다.
경제범으로 잡혀온 내가 큰 죄를 지은 사람처럼 보이는 것이 서글펐다.
모두 12명이었다. 우리는 차례로 호송차에 올랐다.
54일 만에 사회 밖에서 높고 높은 구치소 문을 들어왔는데
처음으로 다시 밖으로 나온 것이다.

Part 3

그해
겨울 속으로

6
도망자의 운명

강남 경찰서 유치장의 서곡

남대문 경찰서에서 몇 시간을 보냈다. 경찰서 문이 급히 열리면서 두 명의 형사가 들어왔다. 강남 경찰서에서 온 것이다. 인수인계 서류에 사인을 하고 "임래청, 나왓!" 나는 천천히 강남경찰서 온 형사에게 다가갔다. 한 형사가 다가오더니 수갑을 채웠다. 경찰서 밖으로 나오니 경찰차가 보였다. 나는 뒷좌석에 형사와 나란히 앉았다. 경찰차는 남산 쪽으로 방향을 돌려 달렸다. 한참 흐르던 침묵을 깬 것은 내 옆에 앉아있던 형사였다.

"야, 이놈 잘도 도망 다녔는데…" 옆에 있던 형사가 한마디 했다.

나는 아무 대답도 안 했다. 그냥 앞으로 다가올 일들에 대한 불안이었다. 부도를 나서 도망 다닌 지 3년째였다. 사업 때문에 당좌수표를 발행했던. 9천5백만 원의 수표가 부도가 났던 일 때문에 강남경찰서에서 출두해서 조사를 받으라고 통지서가 왔다. 모두 세 번의 통지를 받았지만, 경찰서에 출두하지 않았다. 만약 조사를 받으러 가게 되면 구속되는 것은 뻔한 일이었다. 런던에서 돌아온 뒤부터 아침저녁으로 형사들이 집에 찾아왔다. 간간이 사채업자들도 찾아왔지만 해결할 방법이 없었다. 형사들과 사채업자들에게 쫓기는 신세가 되었다. 늘 나를 찾아다니는 사람들 때문에 도망자가 되었다. 집에 들어갈 때도 전화로 확인하고 또 멀리서 30분가량 서성이다가 낯선 사람이라도 집 근처에 있으면 집에 들어가지 않고 도망치곤 하였다. 5년 동안 도망자가 되어 버렸다. 5년만 잘 피해 다니면 수배가 자동으로 풀린다는 사실을 수년 전 수표 부도낸 경험 때문에 알게 되었다.

"그동안 어디 도망 다녔어?" 형사들은 처음부터 반말이다.

"저…, 도망 다니지 않았습니다." 대답을 했다.

"어 이거 봐라, 아주 악질인데…. 도망 다니지 않았다고? 이놈 웃기네."

다른 형사가 한마디 또 했다.

"이놈이 신도림역에서 잡힌 놈이야? 짜식…, 멀쩡하게 생겨가지고 부도내고 도망 다녀."

마음이 불길했다. 형사들의 말투가 무척 거칠고 조사받을 때도 그렇게 대한다는 것쯤은 알고 있었다. 사실 경찰 조사 때 조사관이 조서를 잘 써 주면 재판 받을 때 많은 도움이 된다. 그런데 처음부터 이놈 저놈이라고 하니 마음이 불안해졌다. 나를 태운 경찰차가 강남 경찰서에 도착했다.

"김 형사, 이놈 3년 만에 잡았어, 조서 잘 꾸며 악질이야!"

처음 경험한 수갑은 아무것도 아니었지만, 혹시나 아는 사람이라도 만날까 봐 경찰서 안을 살폈다. 공중전화가 눈에 들어왔다. 형사에게 허락을 받아서 집에 전화를 걸었다.

"여보 별일 없지? 나 강남 경찰서에 와있어. 동생에게 연락 좀 해주고…."

아내가 울먹이며 "정말 괜찮아? 어떡하다가 잡혔는데?"

"…. 응 나 괜찮아."

"강남 경찰서에서 어떻게 된다는데요?"

"나도 몰라, 걱정하지 말고 아이들에게 얘기 잘해."

아내의 모습이 그려졌다. 아마 바닥에 풀썩 주저앉아 버렸을 것이다. 눈물이 나서 더 이상 말을 할 수가 없었다. 전화기를 조용히 내려놓았다. 담당 형사에게 간단한 조사를 받고 유치장에 들어섰다. 철문을 지나니 앞쪽으로 반타원형으로 된 유치장이 있었다. 몇 개의 방에 사람들이 있었다. 죄수들이 흔히 뺑기통이라 하는 곳을 지나서 고개와 허리를 굽히고 유치장으로 들어섰다. 나의 도망자 행각은 이렇게 막을 내렸다.

경찰서 유치장에 들어온 지 2일째다. 어떻게 하든지 이곳을 빠른 시일에 빠져나가야 했다. 아니면 이곳에서 검찰청으로 가게 된다면 구치소로 넘겨진다. 구치소로 가게 되면 최소한 몇 개월은 그곳에서 보내야 한다. 그래서 일단 경찰서에 머물고 조사받고 있을 때 모든 수단을 찾아서 나가야 한다. 보통 경찰서에서 조사를 받고 대기하는 시간은 약 1주일이다. 그러니 1주일 안에 자신이 저지른 사건에 대해 피의자와 합의를 하든지 아니면 경제사범은 보증인의 도움을 받아 나가든지 해야만 한다. 나의 넷째 동생은 경찰청 특수 형사여서 급히 집에 전화를 걸어 아내에게 연락을 취하도록 부탁을 하였다. 동생은 퇴근하면서 면회를 왔다. 반가웠다. 유일하게 경찰서를 나가는 길은 동생이 보증을 서주고 나를 데리고 가는 것이다. 한 가닥 희망을 품고 기다렸다.

"형님, 고생이 많소!" 동생이 웃으면서 말했다.

"이왕 이렇게 된 것 조사 잘 받고 건강하세요." 그리고 옆에 있던 형사에게

"우리 둘째 형님인데 잘 부탁합니다. 조서 잘 써 주세요."

나는 할 말이 없었다. 이미 동생의 마음을 잘 알고 있었다.

"어떻게 좋은 방법 좀 없겠니? 형이 나가면 바로 처리할게. 아니면 구치소로 넘어간다는데…."

"형님요, 고생되지만 어쩔 수 없는데 법에 따르는 수밖에 없습니다."

나는 급했다. 그래서 동생에게

"누가 보증만 서 주면 지금이라도 나갈 수 있다고 하는데…."

"형님도 알다시피 9천5백만 원을 누가 보증을 서 준단 말이오?" 잘라 말했다. 이런 상황에서 차마 동생에게 "네가 좀 서 주면 안 되겠니?"라고 말하고 싶었지만, 공무원이고 특수 형사인데 괜히 형님 보증에 휘말리면 안 된다는 것을 알고 있어서 더 이상 이야기를 할

수 없었다. 서운했다. 동생은 바쁘다며 경찰서 문을 열고 나갔다. 희망의 끈을 놓쳐버린 나는 다시 조사관실에서 유치장으로 돌아왔다. 막막했다. 이대로 끌려가서 감옥생활을 해야 할 생각을 하니 두려움이 밀려오면서 답답했다.

유치장에는 매일 오후만 되면 근처의 교회에서 목사와 성도들 2~3명이 와서 짧은 시간이지만 위로를 해 주고 갔다. 매일 오는 교회가 달랐는데 유치장 철문이 덜컹하고 열리면서
"고생이 많습니다. 선생님들 모두 힘을 내시고 희망을 품으시기 바랍니다."
"죄짐 맡은 우리 구주 어찌 좋은 친군지…."
목사가 기타를 치며 찬양을 시작하면 따라온 여성도들도 함께 싱글벙글 미소를 지으며 불렀다. 우리는 유치장 벽에 기대어 그들이 찬양 부르고 기도하고 설교하는 것을 바라만 볼 뿐이다. 간단한 예배 후 커피와 차를 나누어 주었다. 유치장에서 유일하게 맛보는 커피여서 꿀맛이었다.
내가 머물고 있던 유치장에는 4명의 사람이 잡혀 와 대기 중이었다.
"고생이 많으십니다. 힘내셔야죠."
하면서 커피를 주었다. 그 순간 갑자기 옆에 있던 사람이
"목사님, 이 사람 교회 집사인데 하나님 엄청 잘 믿습니다."
나는 황당했다. 얼굴을 숙이고 속으로 '저 사람 돌았나, 왜 이런

곳에서….'

목사는 나의 손을 잡았다.

"성도님, 많이 힘드시죠? 하나님이 도우실 것입니다. 자 기도합시다."

나는 목사에게 두 손을 맡기고 고개를 숙이며 눈을 감았다.

"하나님, 주님의 백성이 이렇게 어려움을 겪고 있습니다. 주의 자녀가 무슨 잘못으로 이곳에 오게 되었는지 모르나 사랑이 많으시고 능력이 많으신 하나님께서 도와주시기를 간절히 기도합니다. 주의 종이 아버지께 특별히 부탁하오니 이 가엾은 형제를 도와주시고 인도하여 주옵시고 속히 모든 문제가 해결되어 가족 품으로 돌아가도록 역사하여 주옵소서. 예수님의 이름으로 기도합니다. 아멘!"

목이 매여 '아멘!'이 나오지 않았다. 눈물이 폭포처럼 쏟아졌다. 얼굴에는 콧물과 눈물이 범벅되어버렸다. 가슴이 시원했다.

"형제님, 걱정하지 마세요. 기도하는 가운데 주님이 곧 나가도록 해 주신답니다."

목사는 나의 두 손을 꼭 잡고 힘 있게 확신에 찬 눈빛으로 말했다.

"저, 형제님. 우리 목사님이 말씀하시면 그대로 됩니다. 힘내세요."

옆에 있던 여자 성도가 확신에 찬 어조로 말을 거들었다. 나는 기분이 좋았다. 곧 나갈 수 있다고 하니 검찰청으로 넘어가지 않고 집으로 돌아갈 수도 있다는 생각이 들었다.

내 양은 내 음성을 듣나니

밤 10시가 되면 잠을 자는 것이 아니라 유치장 담당 경찰관이 잠을 재운다. 그리고 낮에 나누어 주었던 우리가 읽고 있는 성경 등을 회수한다. 나는 성경 한 권을 모포 속에 감추어 두었다. 유치장에는 밤새도록 소등하지 않기 때문에 잠을 잘 수 없는 상황이라 누워서 경찰관 몰래 읽기 위해서였다. 신경도 남들보다 예민하여 잠을 더욱 잘 수가 없었다. 덮고 잘 수 있도록 모포를 한 장씩 나누어 주는데 서로 편한 데로 좁은 공간에서 자리를 잡고 자면 되는 것이다. 모포 속에서 감추어 두었던 성경을 펼쳤다. 감시관이 있지만 일일이 우리가 자는 것을 감시하지는 않는다. 왜냐하면, 유치장 각 방마다 두꺼운 열쇠로 잠겨져 있고 유치장 문을 열고 나면 조사실로 가야 하는데 조사실 문이 또 잠겨져 있다. 삼중으로 열쇠가 잠겨져 있기 때문에 도망간다는 것은 불가능하다. 가끔 도망쳤다는 뉴스를 들을 수 있지만, 그것은 조사를 받다가 감시가 허술할 때 일어나는 일이다.

감사관이 보이지 않는 방향으로 몸을 돌려 성경책을 열었는데 요한복음이 펼쳐졌다. 1장부터 읽기 시작했다. 예수님이 위로해 주시는 것 같았다. 그러나 마음은 답답했다. 성경을 계속 읽어 내려가다가 10장 27절을 읽을 때 말할 수 없는 힘에 의해 눈물이 한없이 흘러내렸다.

"내 양은 내 음성을 들으며 나는 저희를 알며 저희는 나를 따르느니라. 내가 저희에게 영생을 주노니 영원히 멸망치 아니할 터이요 또 저희를 내 손에서 빼앗을 자가 없느니라."(요 10:27~28)

하나님께서 영원히 나를 버리지 않을 것이고 지켜 주실 것이라는 확신이 들면서 지나온 날들을 회상했다. 나는 옆으로 누운 채 기도를 하였다. 지금은 자는 시간이라 일어날 수도 없는 상황이었다. 얼굴을 모포에 가리고 혹시나 경찰관이 눈치를 챌까 봐 마음속으로

"하나님, 다시는 술을 입에 대지도 마시지도 않겠습니다."

첫 마디의 회개였다. 사실 4일 전 6개월 만에 소주를 딱 두 잔 마셨다. 세상에서 제일 친한 초등학교 때 친구를 만나서 저녁을 먹으며 친구가 권하는 술을 외면할 수 없어서 마신 것이다. 그날 밤 아내와 두 딸이

"아빠, 교회 다니는 사람이 술 먹으면 어떡해요? 그러다가 교인들이라도 만나면 어떡하라고."

나도 한마디 했다.

"그래, 내가 옛날처럼 몇 병씩 마신 것도 아니고 밥 먹으면서 딱 두 잔 마신 것 가지고 왜 그래!"

이렇게 시작된 언쟁이 점점 큰 소리로 변하여 한바탕 전쟁이 일어나고 말았다. 나는 화가 났다. 과거처럼 밤새도록 마신 것도 아니고 소주 두 잔이면 얼굴색 하나 변하지 않는 사람인데 이렇게 달달 속을 뒤집어 놓다니 말이다. 그날 밤 폭풍이 지나가고 다음 날 아

내와 두 딸을 보기가 민망했다. 이틀 후 신도림역에서 형사들의 불심검문에 잡혀 이렇게 그물에 걸린 고기처럼 끌러와 있는 것이다. 그래서 다시는 평생에 술을 입에도 대지 않을 것이라고 맹세를 하고 그 좁은 감방에서 서원해 버렸다. 하나님의 위로가 임하였다. 하나님은 나를 만나주실 때 평범한 곳이 아닌 특별한 곳에서 잘 만나 주셨다. 군 생활 때 찾아오신 하나님, 차가운 성전에서 덜덜 떨며 기도하고 있을 때 찾아오셨던 성령님, 인생을 포기하려는 순간에 급한 바람처럼 찾아오셨던 주님께서 이제 감옥에까지 오셔서 말씀해 주셨다. 그 뒤 나는 이 성경 구절을 평생 마음에 새기고 살아가게 되었다. 그래 사람들은 나를 다 버릴지라도 하나님은 나를 버리지 않을 것이라는 확신이 들었다. 이렇게 나의 삶은 또 다른 세상을 향해 한발 두발 걸어가고 있었다. 그 이후 지금까지 술은 냄새도 맡지 못하는 인간으로 변했으며 내 영혼 안에서 삼십년 가까이 주인 노릇을 하던 술 마귀가 떠나버린 것이다.

검찰로 이송

흰 고무신을 신고 실질심사를 받기 위해 두 손에 수갑이 채워지고 형사와 함께 강남 경찰서를 나왔다. 경찰서 유치장 안에서 보낸 지 5일 만이다. 형사는 나를 거친 말투로 다루었다. 오전 9시 출근 시간이라 지나가는 사람들이 많았으며 모두 나를 보는 것 같아서 부끄러웠다. 고무신을 신도록 한 것은 도망가지 못하도록 한 것이었다. 근래 흰 고무신을 신고 다니는 사람들이 없어서 더욱 지나가는 사람들을 나를 보는 것 같았다. 혹시 교인들이나 아는 사람들을 만날까 봐 머리를 숙였다. 형사와 함께 택시를 타고 서초동 검찰청으로 갔다. 형사는 여전히 위협적인 말투였다. 두 시간 정도 수갑이 채워진 채 검찰청에서 대기하였다. 연약한 나는 혹시나 집에 갈 수도 있다는 희망을 품어보았다. 9천5백만 원 부도 때문에 실질검사를 판사 앞에서 받는 것이다.

"임래청!" 부르는 소리가 들려서 형사와 함께 문을 열고 들어가서 판사 앞에 섰다. 그런데 기대했던 일들은 순식간에 날아가 버렸다. 나는 그날 구속이 되어 정식으로 구치소로 이감이 되는 신세가 되었다. 경찰서로 돌아왔다. 오후에 교회학교 부장 집사님과 교사들이 면회를 왔다. 부끄러웠다. 이야기는 주로 부장이신 시 집사님이 했다. 교사들이 어떻게 된 일인지 무척 궁금했던 모양이다. 짧은 면회를 마치고 유치장으로 돌아왔다. 열심히 전도하고 주일학교 부흥을 위해 아내와 인형극을 배우고 있었는데 다 헛일이 되고 말았다. 또 주일학교에 소문이 나면 아직도 믿음이 연약한 아내는 어떻게 변명을 하며 살아가야 할지를 생각하니 미칠 것만 같았다. 한 가닥 희망이었던 경찰관 동생은 그 뒤 면회도 오지 않았다. 내일 검찰청으로 검사 앞에 조사를 받으러 간다니 불안해서 잠이 오지 않았다.

다음 날 오전 일찍 다른 죄수들과 검찰청으로 끌려갔다. 검찰청은 많은 사람들로 붐볐다. 수갑이 채워지고 포승줄에 묶여 종일 검찰청 안에서 신체검사와 조사를 받았다. 오후 늦게 어둠이 도시를 덮을 때쯤 우리를 태운 호송버스가 서울을 벗어나 서울구치소로 달렸다.

감옥에서의 자유

11월 초 낙엽들이 찬바람에 이리저리 뒹굴다가 내 발등을 치고 멀리 달아났다. 을씨년스러운 찬바람이 목덜미를 타고 가슴까지 내려왔다. 먼 산들은 이미 아름다운 빛깔을 잃어버리고 어둠에 묻혀버렸고, 앙상한 나무들이 가로등의 빛을 받으며 가냘프게 서 있었다. 서울 검찰청을 떠나 의왕시에 있는 서울구치소에 막 도착해서 호송차에서 내렸다. 높은 담장 멀리 총을 든 초소들이 보였다. 얼음장 감방에 던져진 나의 삶은 올무의 시작이었다.

"모두 기상!"
정확히 새벽 6시에 육중한 문이 열리고 첫 감방부터 인원 점검이 시작된다.
"제1호실 현재 인원 7명, 번호!"
"하나, 둘 셋…, 이상 보고자 1명 외 6명입니다."
"간밤에 아무 일 없었나? 혹시 아픈 사람은 없나?" 간수 중 책임자가 인원을 확인하고 다음 방으로 보고를 받기 위해 이동한다. 그들은 늘 3명이 함께 움직였다. 재소자들의 기상 시간은 새벽 6시다. 아침에 일어나면 모포를 정리하고 인원 점검을 한다. 밤사이에 사건 사고가 없었는지 또는 탈출범이 없었는지 확인하는 시간이다. 이곳에서 탈출한다는 것은 영화 촬영 같은 이야기다. 몇 미터인지는 모르나 높은 담을 넘는다는 것은 불가능하게 보였다.

나는 다른 사람들보다 1시간 일찍 일어나 새벽 5시에 무릎을 꿇고 기도를 시작했다. 늘 기도의 방향은 다니던 교회를 향하였다. 다니엘이 마음을 정하여 주의 전 방향을 보고 기도했다는 성경의 말씀에 따른 것이다. 기도는 5시 50분까지 계속된다. 기도의 내용은 내가 교회에서 하던 그 내용들이다. 그리고 하나 더 추가한다면 속히 이 자리에서 나갈 수 있게 해 달라는 부탁이었다. 6시 10분 전에 다른 사람들이 일어나 점호 준비를 하기 때문에 더 이상 기도를 할 수가 없다. 정확히 7시에 아침이 배급되었다. 늘 맛은 없었지만 차가운 공기 속에서 김이 모락모락 피어오르는 밥과 국은 식욕을 자극했다. 이 배식을 담당하는 사람들은 간수들이 아니고 입영하지 않은 '여호와 증인'들이 대부분이었다. 이들은 보통 2년 정도 이곳에서 수감생활을 하면서 봉사 생활을 한다. 따라서 누구보다도 구치소 생활에 달인들이다. 재소자들의 죄명만 말해도 몇 개월 또는 몇 년의 형을 살 것이라는 것이 정확하게 나왔다. 수많은 사람들이 이곳을 들어 왔다가 나가는 것을 목격하기 때문에 95% 이상 신뢰할 수 있는 정보였다. 키가 작은 배식 담당 A 씨는 1년 3개월째 이곳 생활을 하고 있다고 했다. 그는 예수를 믿는 나를 무척 좋아했고. 늘 나에게 목사 형님이라고 불렀다.

"목사 형님, 잘 주무셨습니까?" 아침에 배식하려고 오면 활짝 웃으며 꼭 정중히 인사를 했다.

아침 식사 후 오전에 성경과 책을 읽으면서 시간을 보내다가 오전 11시가 되면 옥문으로 다가가 차가운 철문의 옥문을 잡고 다시 무릎을 꿇는다. 그리고 하나님께 간절히 기도했다. 오전 11시에 시작하는 기도의 내용은 주로 이곳을 빨리 나가게 해 달라는 기도였다. 11시 50분까지 기도했다. 다시 점심을 먹고 오후 2시 단체로 운동장에 나가서 운동을 하고 마치고 돌아오면 3시였다. 한 시간가량 함께 생활하는 재소자들과 잡담을 나누고 4시가 되면 다시 무릎을 꿇고 기도했다. 이 시간 기도는 옥문을 잡지 않고 성경을 펴고 기도를 했다. 이렇게 하루에 3번을 기도했다. 식사 시간은 늘 내가 대표로 감사의 기도를 하였다. 이때 함께 생활하는 재소자들이지만 그들을 축복하고 속히 가족의 품으로 돌아갈 수 있도록 해 달라는 기도도 해주었다.

아내로부터 편지가 왔다. 내가 사용하던 성경책을 함께 보내준 것이다. 나를 죽음에서 살렸던 오래된 성경글씨가 세로로 쓰인 성경책이었다. 그런데 이제 성경책도 나와 함께 하려고 감옥에까지 들어왔다. 성경 첫 장 안쪽에 '2887'이라는 번호가 파란색으로 적혀 있었다. 내 왼쪽 가슴에 덩그렇게 달려있는 번호와 같았다.

7
서울구치소 25시

새장 속 인생

깐돌이 오씨가 국선 변호인을 선임하였다. 나에게도 국선 변호인을 선임하도록 권유했다. 국선 변호인은 변호사 선임비를 주지 않아서 좋았지만 나는 변호사를 선임하지 않았다. 변호사를 못 믿어서가 아니었다. 지금까지 살아온 것에 대한 반성이다. 또한, 나의 변호인은 하나님이라고 마음속으로 고백하였다. 진정한 재판장님이신 하나님만 신뢰했다. 모두가 나에게 잘못된 생각이라고 하면서 단 1개월이라도 형을 감면받으려면 변호사를 써야 한다고 말했다. 그러나 경찰서에서 누군가에게 들은 이야기가 생각났다.

"경제사범들이 잡혀 오면 큰 실수를 하는 것이 있는데 자기는 잘못이 없고 사채업자가 어음을 돌려 부도가 났다고 재판장에게 이야기하는데 그건 치명적이다."라고 이야기를 했다. 또한 '변호인을 선임하는데 보통 몇백만 원씩 하는데 돈이 없어서 부도낸 사람이 단돈 얼마라도 수습을 할 생각은 하지 않고 변호사에게 돈을 쓴다는 것 자체가 재판장에게 미움을 받을 수 있으니 절대 변호인을 쓰지 말 것'을 권하며 꼭 변호인을 세우려면 국선 변호사를 선임하라고 조언을 해 주었다.

재판장에게 편지를 썼다. 내가 어떻게 사업을 하게 되었으며 왜 부도가 날 수밖에 없는지 그리고 내가 잘못을 했으며 사회에 나가면 꼭 피해를 준 사람들에게 최선을 다해 수표를 회수하겠다는 글을 써서 발송했다. 다른 죄수들도 반성문의 편지를 썼다. 편지의 내용이 재판장에게 어떤 영향을 미칠지 모르는 상태에서 정성껏 글을 썼다.

언제 첫 공판이 열릴지는 아무도 몰랐다. 어떤 옆방의 재소자들 중에는 매일 첫 공판을 받으러 갔다가 저녁이 다 되어 돌아오는 사람들도 있었다. 그러나 우리 방의 재소자들은 아무도 없었다. 첫 공판을 받은 사람들 대부분이 실형을 받고 돌아왔다. 그러면 항소방으로 옮겨 다시 6개월 정도를 기다려야 했다. 나의 방에 함께 생활하던 사람 중에 첫 공판 때 징역 2년을 받고 항소를 기다리는 사람도 있었다. 그래서 첫 공판은 매우 중요했다. 만약 첫 공판에 불려가 징역형이 구형되면 다시 항소 때까지 수개월은 기다려야 했기 때문이다. 항소심은 6개월 안에 이루어진다. 그러니 첫 공판에 집으로 돌아가지 못하면 최소한 6개월은 더 감방에 있어야 한다. 나의 이름이 언제 불릴지 모르는 상황에서 하루하루를 보내고 있었다.

글씨를 모르는 박 씨를 감방에서 만난 것은 새로운 일거리였다.

어느 날 그가 우리 방에 들어왔다. 그는 죄명을 말하지 않았다. 그러나 철문 들어오는 입구에는 입감자들의 이름과 죄명이 적힌 이름표가 늘 붙어있다. 그래서 스스로 말을 하지 않아도 서로가 이곳에 왜 왔는지 알 수 있다. 그의 죄명은 절도와 사기였다. 무엇을 절도하고 사기를 치고 들어왔는지는 자세히 말하지 않았다. 그는 한참 어린 나이인데도 불구하고 글씨를 몰랐다. 난 그에게 매일 글씨를 가르쳤다. 그가 왜 글씨를 모르는지 알 수가 없었다. 그런데 더 놀라운 것은 중학교까지 졸업했다는 사실이다. 어떻게 글씨도 모르는데 중학교까지 다녔느냐고 물으니 더 이상 말이 없었다. 얼마나 힘들었을까 생각하니 마음이 아파졌다. 동생처럼 아껴주며 대신 반성문도 써 주고 편지도 써 주었다. 매일 가나다라부터 글씨를 가르치기 시작했다. 난 그에게 왜 글씨를 알아야 하는지 설명을 했고 그가 공부하다가도 좌절할 때도 용기를 주었다. 글씨를 조금씩 알아갈 때쯤 아쉽게도 다른 감방으로 옮기게 되었다. 같은 방에 있는 사람들을 죄명에 따라 방을 배치하는 구치소의 행정 때문이었을 것이다.

위험한 설교

12월 첫 주일이 다가왔다. 구치소에 두 번째 들어온 이씨가 나에게 제안을 했다.

"형님요, 이번 돌아오는 주일은 우리 동 모두 합동으로 예배를 드립시다. 교도소는 주일 날 자기가 믿는 신에게 예배를 드릴 수 있는데 여긴 그런 것이 없어서…"

그는 오늘이 목요일인데 돌아오는 주일 날 18동 전체가 함께 공동으로 예배를 드리면 좋겠다는 것이다.

"공식적으로 예배가 없는데 괜히 문제라도 생기면 어쩌려고?"

"아따 뭐 예배드린다는 데 별문제 있겠습니까, 지금 우리는 예배 드리고 있잖아요."

그랬다. 우리는 주일 날 조용히 예배를 드렸었다. 그런데 이제는 우리 동 전체예배를 드리도록 하자는 것이다. 내가 망설이니 한 방에서 지내던 재소자들이 모두 좋다고 했다. 그리고 돌아오는 주일 11시에 교회는 갈 수 없지만, 우리가 하나님께 예배를 드리는 것이 좋겠다고 의논을 모았다. 예배인도자는 내가 담당하고 말씀을 준비했다.

설교준비가 문제였다. 주석도 없고 오직 성경만을 읽고 감동이 오는 성경 구절을 가지고 설교를 해야 했다.

주일 오전 11시 우리는 좁은 방에 둘러앉았다. 가슴이 뛰기 시작했다. 왜냐면 우리만 예배드리는 것이 아니라 각각 다른 12개 방에 수감 되어있는 모든 재소자들과 함께 예배를 드리는 것이기 때문이다. 우리가 6호실이었고 오른쪽으로는 7~12호실까지 있었고 왼쪽으로는 특실과 1~5호실까지 있었다. 특히 5호실은 1998년 겨울 조계종 폭력사건으로 젊은 스님들이 몇 명 수감 되어 있었다.

정각 11시 나는 철창에 섰다. 그리고 외쳤다.

"각 방에 계신 선생님들에게 광고합니다. 오늘은 주일 일요일입니다. 주일은 하나님께 예배를 드리는 날입니다. 우리가 사회에 있으면 각자 교회에 가서 예배를 드릴 것인데 오늘 비록 몸은 여기에 있지만, 교회와 같이 예배를 드리도록 하겠습니다."라고 선포를 했다. 그리고 교회에서 하던 순서대로 묵도와 기도 그리고 찬송을 불렀다. 나의 성도(?)들이 큰 목소리로 잘 따라 했다. 큰 목소리로 찬양을 불러야 긴 복도를 타고 찬양이 각 방에 전달될 것이기 때문이다. 이때였다.

바로 왼쪽 옆방에서 "야 이 새끼들아, 조용히 해라! 나무아미타불 관세음보살!" 하는 거였다. 나는 순간 당황했다. 그런데 오른쪽 9호 10호 방향에서 "할렐루야! 계속 예배합시다!"라고 몇 명이 소리쳤다.

"야 이xx놈들아, 예배는 나가면 드려라, 관세음보살 우~!" 소리를 쳤다.

"여보시오, 예배 방해하지 마시오. 우~~! 예배 계속 드립시다." 여기저기서 소리쳤다. 나는 누가복음 23장 39~43절을 읽고 구원에 대하여 설교를 시작했다. 내가 일어선 채 창살을 잡고 설교를 하는데 두 간수가 내 앞에 와서 섰다.

"조용히 하시오, 여기서 예배는 못 드립니다." 간수가 설교를 제지했다.

나의 마음은 떨렸지만 여기서 중단하면 하나님께 미안하고 특히나 매일 운동장에서 만날 사람들에게 용기가 없는 사람으로 창피를 당할 것 같았다. 그래서 잘못되면 바로 옆에 있는 독방에 갈 뿐

이겠지 라고 생각을 하고

"비키세요. 지금 예배를 드리고 있는데 방해하지 마세요."

간수의 눈을 똑바로 바라보며 말했다. 나의 감방 성도들이 도왔다, 모두가 일어나

"간수는 예배를 방해하지 말고 물러가라. 물러가라!"

여기저기 각 방에서도 간수를 예배를 방해하지 말라고 외쳤다.

간수 두 명이 우리들의 소리가 점점 커지자 더욱 큰 소리로

"이러면 안 돼요. 그만두시오."라고 나를 쳐다보고 다그쳤다. 그들의 얼굴은 화가 나 있었다. 갑자기 두려웠다. 그러나 이미 벌어진 일이었다. 중단할 수가 없었다. 나는 두려움을 이기기 위해 더욱 큰소리로

"저리 비키시오, 금방 끝납니다. 예배 방해하지 마세요."

간수들은 각 방에서 웅성웅성하기 시작하니 감당할 수가 없었든지 "그럼 큰소리로 하지 말고 작은 소리로 하고 빨리 끝내시오."라고 하면서 왼쪽으로 걸어나가 육중한 18동 문을 꽝 닫아버리고 열쇠를 채우는 소리가 났다. 그 순간 조용했다. 적막이 흘렀다.

"여러분이 지금 무엇 때문에 이곳에 와 있습니까? 옛날에 아버지와 한 아들이 있었습니다. 착한 아들은 나쁜 친구들의 꾐에 빠져 실수로 사람을 죽였습니다. 그는 사람을 죽인 죄로 사형을 선고받고 죽을 날만 기다리고 있었습니다. 그 소식을 들은 나이 많은 아버지는 날마다 임금에게 찾아가 자신의 젊은 아들을 용서해 주고 그 죗값을 자신이 받겠으니 자신을 죽여 달라고 애원했습니다. 임

금은 말도 되지 않는 죄인의 아버지의 부탁을 들어주지 않았습니다. 늙은 아버지는 아들을 살려야 한다는 일념으로 매일 밤낮으로 임금을 찾아가 부탁을 했습니다. 어느 날 임금은 그 사형수 아들의 재판을 다시 열게 하였고 살날이 얼마 남지 않은 아버지가 대신 죄를 받기로 하고 아들을 살려 주었습니다. 아들이 석방되어 아버지께 기쁜 마음으로 달려가 아버지를 찾았지만, 아버지는 보이지 않았습니다. 동네 사람들이 수군거렸는데 이 이유를 몰랐죠. 동네 사람들이 아들에게

'네 죄 때문에 아버지가 대신 돌아가시고 네가 석방된 거야, 네가 석방되는 날 아버지가 사형당했어.' 아들은 그 자리에 주저앉고 한없이 울며 아버지께 용서를 빌었습니다."

나는 여기까지 이야기를 하고

"여러분, 예수님도 죄로 죽을 수밖에 없는 영적인 사형수들인 우리들이 불쌍해 대신 돌아가셨습니다. 그래서 그분만 믿으면 우리들의 죄가 없어지는 것입니다. 그 청년이 사면받아서 살아났듯이 우리의 죄도 다 용서가 되는 것입니다. 무슨 죄를 짓고 들어왔는지 저는 알 수 없으나 하나님은 다 아십니다. 부디 예수 믿고 구원받는 여러분들이 되십시오."

여기저기에서 "아멘!", "옳소! 예수님이 좋아요!" 했다. 그리고 바로 옆방에서

"웃기지 마라. 너나 구원받고 천국 가라. 나무아미타불!" 소리가 들려왔다. 웃음소리도 들려왔다. 찬송이 불러 지고 주기도문으로

예배를 마쳤다. 나의 방에 있는 성도들이 박수를 쳤다.

"목사님, 잘했습니다." 갑자기 목사로 격상되었다.

나는 "목사라고 부르면 안 됩니다." 하고 눈을 감았다.

다른 사람이 한 마디 던졌다.

"형님요, 11호 방에 목사님이 한 분 계시는 것 같던데 혹시 아는 사람이 아닌지요?" 나는 모른다고 대답으로 하고 하나님께 감사의 기도를 했다.

오후 2시 운동장에 운동을 나갔다. 중들이 나를 힐긋힐긋 쳐다보았다. 사실 그들은 스님이라기보다 주먹 세계에서 해결사 노릇을 하는 사람들로 세상을 떠들썩하게 했던 대한불교 조계종 본부 OO 사의 폭행사건으로 잡혀 들어온 사람들이었으며, 모두가 운동 유단자들이다. 나를 알아보는 사람들이 "목사님이셨군요?" 하고 물었다. 나는 집사라고 했지만, 사람들의 입에서 이미 목사라고 불렸다. 졸지에 내가 감옥에서 목사가 되어버린 것이다. 그 뒤 다시 우리 6명의 성도들이 주일날 예배를 드리자고 했다. 그러나 전체적으로는 할 수 없고 우리만 예배하자고 의논하고 매주 조용히 주일 예배를 드렸다. 물론 설교도 내가 계속했다. 매일 같은 방에서 지내는 재소자들에게 성경 말씀을 전했다. 예수님이 누구이신지 조금씩 전하기 시작했다.

그해 얼음 겨울

이제 우리 방 죄수들뿐만 아니라 모두가 나에게 목사님이라고 불렀다. 내가 목사가 아니라고 해도 다른 사람들이 부르는 애칭이 되어버렸다. 그래서 우리 방의 죄수들과 대화를 하다 보면 상담 아닌 상담도 하게 되었다. 주로 살아온 인생 이야기로부터 시작해서 신앙 문제들이다. 신학을 공부하지 않아서 신학에 대한 지식은 없었지만, 주님을 친히 만난 것을 중심으로 간증하면서 복음을 전했다. 경제범의 한 재소자는 내가 새벽과 점심 그리고 저녁때 기도하는 것을 보고 자기도 기도하고 싶다며 새벽 5시에 일어나 함께 기도했다. 새벽 6시에 기상이라 다른 사람의 수면에 방해되면 안 되기 때문에 잠을 잤던 그 자리에 무릎을 꿇고 두 손을 모으고 마음으로 기도한다. 그는 나보다도 자신이 먼저 나갈 것이라고 늘 장담했다. 사실 이곳에 온 사람들은 대부분이 큰 죄를 짓고 들어온 것은 아니다. 사업을 하다가 수표를 부도낸 경제사범과 교통사고, 강간, 폭행, 사기, 살인 등 다양했다. 모두가 착한 사람들이요, 한 가정의 가장들이다. 순간의 잘못으로 이곳에 들어온 것이다.

경제사범은 나와 세 명이었다. 강간범 두 명이었고 은행 카드사에 근무하다 남의 카드 정보를 해킹하여 수십억을 인출 하기 직전 잡혀 온 사람 등 다양했다. 처제를 강간하고 온 자는 매일 그 이야기를 재미삼아 했다. 나는 늘 그에게 이야기하지 못하도록 했는데 자주 욕을 하고 싸움을 걸어왔다. 다행히 다른 재소자들이 나의 편을 들어주어서 그가 다른 방으로 옮길 때까지 큰 다툼은 없었다.

날씨가 한겨울로 들어서면서 수감생활도 점점 힘들어졌다. 바닥은 차갑고 난방이 되지 않아서 늘 벽에는 서리가 끼었다가 녹았다가 하니 곰팡이 냄새가 심하게 났다. 긴 복도에 연탄난로 두 개가 전부였다. 그래도 다행인 것은 연탄난로가 우리 방 바로 앞에 있어서 온기 때문에 다른 방보다는 덜 추웠다.

오후 2시에는 꼭 방에서 모두 나가도록 하여 넓지 않은 운동장에서 운동을 1시간씩 시켰다. 그때는 우리 동의 모든 사람들을 다 만날 수 있는 시간이었다. 한 동에 12개의 감방이 있으며 입구에서 첫 방이 있는데 특실이다. 그리고 한 감방 안에는 평균 6~8명의 재소자가 수감 되어 재판을 받고 형이 확정될 때까지 그곳에서 지내는 것이다. 즉 형이 확정되지 않은 죄수들이 지내는 곳이다. 만약 구치소에서 재판을 받고 형이 확정되면 전국에 있는 교도소로 이송되어 확정된 형량을 살아야 한다. 그래서 우리들은 미결수라 불렀다.
나는 매일 사형수들을 만날 수 있었다. 우리는 가벼운 몸으로 나가 운동을 하지만, 사형수들은 수갑이 채워지고 포승줄에 묶인 체 나와서 운동장에 나온다. 그들은 사형이 집행되기를 기다리며 하루하루를 살아가고 있는 것이다. 그들을 만나보면 대부분 온순하고 착했다. 순간의 분을 참지 못해서 사람을 죽였다는 것이 공통된 이야기다. 일가족 3명을 죽이고 들어온 어떤 죄인은 늘 자신이 잘못했다고 한없이 후회하고 있었다. 그를 매일 만났지만, 복음은 제대로 전할 수가 없었다. 언제 사형이 집행될지 모르기 때문에 늘 불안

한 마음으로 살아가는 것이 더 큰 형벌일지도 모른다. 살고 있어서 인지 오늘이 마지막이라는 것을 늘 마음속에 두고 산다고 하였다. 그러나 더 포악한 사람은 따로 우리가 단체로 운동을 다 마치고 나면 다른 작은 특별 운동장에서 혼자 운동을 한다. 그때는 총을 소지한 보초가 아래를 내다보며 감시를 철저히 한다. 그는 이 세상에서 살아가는 것이 형벌이라는 생각이 들었다.

나는 매일 찬송을 부르며 운동장을 이십 바퀴씩 뛰었다. 운동장에서 만나는 죄수들도 나를 목사라고 불렀다. 구치소 생활도 시간이 갈수록 적응이 되어 편했다. 이제 도망 다닐 필요도 없고 나를 찾아와 괴롭히는 사람들도 없어서 마음만은 편했다. 모두가 국선 변호사에게 반성문과 함께 자신은 억울하다고 편지를 썼다. 나는 변호사에게 편지를 쓰지 않았다. 다른 재소자들이 이상하게 생각을 했다. 그렇지만 아내에게 보내는 편지와 생활에 대한 글을 매일 썼다. 집에서 나를 위해 기도하며 걱정하고 있을 가족들을 생각하면서 한자 두자 써 내려갈 때가 행복했다. 혹시나 쌀이 없어서 밥도 해먹지 못하고 있지나 않은지 염려가 되었다. 어린 딸들이 아빠가 감옥에 가 있으니 빨리 나오게 해 달라고 하나님께 매일 기도한다는 소식을 들었다. 아내는 내가 수감생활을 하는 동안 한 번도 면회를 오지 않았다. 교회 담임목사 사모님이 토요일 함께 면회 가자고 하면 아내는

"네, 알겠습니다." 대답을 하고 정작 토요일이 다가오면 사모님께

그냥 하나님께 기도만 하고 기다리겠다고 말하고 한 번도 면회를 오지 않았다. 그랬다. 서로 얼굴을 보면 마음만 아플 것이다. 그런데 면회를 오지 못한 이유가 또 있었다. 아내는 매일 면회를 오고 싶었지만, 만약 면회를 온다면 아내도 여자들이 수감 되어 있는 감방으로 바로 잡혀가야 하는 절박한 신분이었다.

면 회

토요일 아침이 되면 몸단장을 하였다. 거의 1주일 동안 면도를 하지 않아서 얼굴은 멋없는 털로 가득했다. 그러나 토요일 아침이면 깨끗하게 면도도 하였다. 왜냐하면, 교회 주일학교 부장이신 시 집 사님이 토요일마다 빠지지 않고 면회를 와 주어서였다. 그는 언제나 혼자 면회를 왔다. 그것은 내가 구치소에 와 있다는 사실을 다른 성도들에게 알리고 싶지 않아서였다. 교사가 갑자기 감옥에 갔다고 하니 아는 성도들이 수군거린다는 소식이 들렸다.

아내의 편지를 받고 마음이 무너지는 것 같았다.

"왜 그런 사람을 교사로 임명했느냐."는 것이다. 교육국에서 아는 사실이지만 더 이상 내가 감옥에 갔다는 사실을 비밀에 부쳤다. 아내는 여전히 주일학교 교사의 직분을 잘 감당하고 있었다. 나의 반 아이들과 전체 아이들에게는 선생님이 영국 회사에서 물건 생산이 잘못되어 확인하러 갔는데 빠르면 2~3개월 안에 한국에 돌아올 것이라고 해 두었다. 아이들은 선생님이 영국 가서 돈 많이 벌어 올 것을 기대하면서 매일 선생님을 위해 기도한다고 하였다.

　교회 소식과 주일학교 소식은 시 집사님이 면회를 오면 자세히 들을 수 있었다. 아내에게 1주일에 두세 차례 편지를 보냈지만, 답장을 받은 것은 딱 두 번이다. 아내는 편지에서 아빠가 빨리 가정으로 돌아오도록 매일 하루도 빠지지 않고 두 딸과 함께 저녁때 가정예배를 드린다고 하였다. 또한, 매일 저녁 10시에 교사들 몇 명이 교회에 모여 시 집사님의 인도로 12시까지 하루 2시간씩 나를 위하여 예배를 드리고 기도를 하고 있으니 힘을 내고 좌절하지 말라는 소식을 전해왔다.

　"2887번 임래청, 나와!" 하면서 간수가 옥문의 자물쇠를 열어준다. 이미 복도에는 많은 재소자들이 줄을 맞추어 기다리고 있다. 각 동마다 면회 온 재소자들과 함께 줄을 맞추어 면회소로 가는 것이다. 우리가 생활하는 재소자들의 방과 면회실은 거리가 좀 멀었다. 거의 군대식으로 생활하는 것이다. 면회는 평균 10분이었다. 특별한 경우 15분도 있었다.

　"집사님, 얼굴 많이 좋아졌어요, 힘내시고 용기를 가지세요. 하나님이 도와주실 겁니다."

　"네, 감사합니다, 주일학교 우리 반 아이들은 잘 나오나요?" 내가 제일 궁금한 점을 묻는다.

　"걱정하지 마세요, 지난주일 아이들 다 나왔어요."라고 하면서 가족들 소식도 전해 주면서 내게 힘을 주었다. 사실 다른 이야기를 하고 싶어도 대화내용을 듣고 기록하는 구치소 직원들의 입회하에 면회가 이루어지기 때문에 다른 이야기는 할 수가 없다. 그래서 면회하면서도 시계를 계속 보게 된다. 집사님은 짧은 시간을 면회하고 돌아갈 때는 늘 나의 두 손을 작은 구멍을 통해 꼭 잡고서 기도했다.

"하나님, 우리 임 집사님 속히 이곳에서 나와 가정으로 돌아오게 하시고 주일학교 아이들과 선생님들이 많이 기다리고 있사오니 불쌍히 여기시고 속히 풀어주시옵소서 건강도 지켜주시고…, 아멘!"

"집사님, 고맙습니다. 토요일마다 면회를 와주시고…."

내 눈가에는 어느새 촉촉이 눈물이 고인다. 눈물을 보이지 않으려고 입술을 깨물어 보지만 소용이 없다.

"당연히 와야죠, 그럼 다음 주에 또 만나요. 건강하시고…."

옥중서신

감옥에서 아내에게 편지를 쓴다는 것은 큰 기쁨이었다. 그래서 자주 옥중편지를 썼다. 아내와 유일하게 소통을 할 수 있는 일은 편지였다. 편지는 내가 무엇을 썼는지 미리 사전에 검열을 받기 때문에 옥중에서는 늘 잘 지내고 있다는 이야기 외는 다른 자세한 내용을 쓸 수가 없었다. 비록 몸은 감옥에 있지만, 마음은 늘 아내와 함께했다. 매일 하나님께 참회록 겸 기도문도 썼으며 아내에게 쓴 편지는 일주일에 세 번 정도 꼭 발송을 했다.

회색빛의 구치소 벽은 늘 나의 마음을 우울하게 했다. 그나마 창살 사이로 비치는 풍경은 작은 위안이 되었다. 앙상하게 벌거벗은

산들의 모습도 슬퍼 보였다. 그런 산들을 바라보면서 언젠가 이 추운 겨울이 지나고 새로운 새싹이 돋아나는 봄이 어서 왔으면 하고 기다려졌다.

내가 자주 편지를 쓴 또 하나의 이유는 아내가 면회를 올 수 없다는 것이다. 그래서 더 애절한 편지를 섰던 것 같다. 우리는 과거로 돌아가 마음껏 연애했다. 편지를 쓸 때는 감옥도 나의 영혼은 가두지 못했다. 어떤 날은 아내와 편지 속에서나마 멀리 여행을 떠났다. 아내와 두 손을 잡고 깔깔거리며 행복한 시간을 보내기도 한다.

"사랑하는 여보, 새끼 손가락."

"당신과 파리에 가서 꼭 두 손을 잡고 세느 강을 거닐 거야, 당신 나 믿지?"

이렇게 속삭이며 편지를 보냈다. 행복했다. 아내와 웃으며 런던의 템즈 강과 파리의 세느 강을 걷는다는 상상을 하면서 매일 꿈을 꾸었다.

구치소 생활을 하면서 약 40통의 편지를 발송했다. 편지는 모두 검열을 거쳐야 하기 때문에 봉합하지 않고 간수에게 주면 검열을 거쳐서 집으로 발송되었다. 외부에서 들어오는 편지도 검열을 받아서 수신자에게 전해진다. 이 글을 쓰면서 그동안 버리지 않고 보관해 오던 아픈 추억의 편지 몇 편을 아내와 펼쳐보았다.

✉ 아내에게 보낸 옥중서신

사랑하는 아내에게

눈이 많이 내리외다. 펑펑 내리외다. 밤이 시작되면서 창살 넘어 가로등만 하이얀 빛을 토하며 밤을 찬양하며 하루를 마감합니다. 주님의 은총이 오늘도 가득히 이곳에 내렸소이다.

주님이시여!

우리의 죄를 덮으시고 이제 용서하셨으니 당신의 음성 듣기를 바랍니다.

주일학교 학생들과 나를 위하여 날마다 기도하는 이들에게 은총과 은혜를 내려주옵소서.

오늘도 불쌍한 한 영혼을 저에게 보내주신 당신이 왠지 그립습니다. 그 영혼을 주님께 인도하시라고요? 예, 주님 그렇게 하도록 하겠습니다. 그러나 당신의 사명을 감당하기 힘든 믿음이 오니 저에게 힘을 주소서 라고 기도합니다.

여보! 당신의 눈물이 강물을 타고 바다가 되어 넘쳐흐를 때 주님은 당신의 손을 잡아주시며 내 사랑하는 딸아! 진정 나를 사랑하느냐? 하고 꼭 한번 물어보시고 그 기도를 들어주실 것입니다.

하나님께서 온 세상을 하얀 눈으로 덮어 주고 계십니다. 펑펑 내립니다. 내 마음에도 펑펑 내립니다. 내가 당신께 지은 죄가 하나님께 지은 죄였고 내가 자식들에게 화낸 것은 예수님께 화를 낸 것이며, 내가 남을 미워했던 것은 성령님을 미워했던 것이기에 이렇게 지금도 용서를 빌며 주님의 다음 음성을 기다리고 있습니다.

다시 주님의 십자가 앞에서 무릎을 꿇고 기도할 때 내 마음은 감사의 눈물로 가득 가득 채워질 것입니다. 두 눈을 뜨고 두 손을 가지고 지옥 가느니 한눈과 한 손으로 천국에 들어가는 것이 좋을 것이라고 가르쳐 주신 예수님이 나를 살리셨습니다. 나는 그분에게 기도만 했을 뿐입니다. 그래서 여기에 온 것입니다. 이곳에 오지 않았으면 나와 우리 가족은 실족 된 믿음으로 지옥에 가는 줄도 모르면서 날마다 교만의 기도를 그분께 했을 것입니다. 주님은 진심으로 나를 사랑하셨습니다. 그래서 그냥 놔둘 수가 없었습니다. 우리의 생각과 그분의 생각은 완전하게 다릅니다.

당신께 부탁합니다. 기도하면서 나를 위해 울기보다는 우리 죄를 사하시려고 죽으신 주님을 위해 눈물을 흘리세요. 그러면 당신의 마음속에 그분이 임재하실 것입니다. 그분을 믿는 것도 좋으나 그분을 만나야지요.

여보! 사랑합니다. 이 세상 누구보다도 사랑합니다. 수많은 고통 속에서도 지금까지 함께 해 준 당신을 제일 사랑합니다. 이제 그 고통의 끝이 보입니다. 나는 지금 너무 기쁘고 행복합니다. 왜냐하면, 기도하고 찬양할 수 있는 곳으로 인도해 주셨기 때문입니다. 밤 10시경부터 12시까지 매일 기도를 꼭 하고 있으니 당신도 기도하시기를 부탁합니다.

목사님과 사모님, 주일학교 학생들 모두 보고 싶습니다. 정말로 펑펑 울면서 기도하고 싶습니다. 감사한 마음으로 강대상 십자가 앞으로 달려가 주님께 통곡하고 싶습니다.

"네가 정말 나를 사랑하느냐?" 다시 물으시면

"제가 진정으로 사랑합니다."라고 스스럼없이 대답해야 합니다. 그리고 주님의 손을 잡고 엉엉 울어버릴 것입니다.

여보, 여기 세상에서 글도 모르고 불쌍히 세상을 살았던 한 영혼을 주님께서 보내 주셨습니다. 그래서 날마다 그 영혼을 가르치고 있습니다. 이제 그 청년은 이렇게 기도합니다.

"주님, 다시는 죄를 짓지 않고 착하게 살아가겠습니다. 용서해 주십시오."라고 말입니다.

그는 울면서 다시는 죄를 짓지 않고 불쌍한 사람을 도우면 하나님만 믿고 살기로 작정했습니다. 저는 그를 위해 늘 기도하고 있습니다.

여보, 어머니께 오늘 편지와 영치금도 잘 받았다고 전해 주시구려.

밤이 깊어갑니다. 우리 두 딸과 선우 현우, 창원이와 우진, 문곤이 모두 잘 보살펴 주시고 하나에게도 자주 전화하구려. 특히 창원이 졸업인데 학생1부로 꼭 갈 수 있도록 시 집사님과 의논하세요. 이제 성경을 읽고 기도할 것입니다. 편히 쉬고 주무시구려. 내일 다시 사연 보내리다. 안녕히….

1999. 12. 10. 사랑하는 남편이

✉ 아내에게서 온 서신

사랑하는 당신에게

여보! 날씨가 몇 일째 매섭고 춥습니다. 당신 추워서 어떻게 지내는지요? 당신 추운 곳에서 고생하는 것 생각하면 따뜻한 방에 있는 저는 죄책감이 들어요. 당신이 보내준 편지 매일 읽으면서 울곤 합니다. 옆에 있는 진주가 울면 바보하고 놀립니다. 당신께 편지 자주 못해 죄송해요. 당신도 아시죠? 제가 편지 쓰는 것 싫어하는 것 말입니다.

여보! 오늘 거룩한 주일 오전 예배와 저녁 예배를 드리고 당신께 편지를 씁니다. 오늘 설교 본문은 히브리서 10장 35~39절 말씀이었어요. 우리 담대함을 가지고 큰 상을 바라보며 인내를 가지고 뒤돌아보지 말고 믿음을 가지고 나아갑시다. 지금까지 지내온 것을 생각하니 주님의 은혜였어요. 요즘 제가 제일 많이 부르는 찬송가는 460장과 444장입니다. 460장을 부르면 눈물이 한없이 나와요. 우리를 주관하시는 하나님의 뜻을 바라보면서 하나님의 율법을 지키고 하나님의 행하심대로 살면서 기도 열심히 해요.

많은 집사님들이 요사이 당신이 강대상 앞에서 기도하는 모습을 볼 수 없어서 허전하다고 합니다. 방학이라 많은 주일학교 학생들이 친척 집에 가서 예배 시간이 많이 빠졌어요. 선우 현우도 외갓집에 가서 2주째 나오지 않았어요. 그러나 당신 반 아이들이 전도해 와서 2명이 더 많아졌어요.

여보! 질투하시는 하나님께서 서로 너무 사랑하니까 잠깐 동안 헤어져 있으라고 하신 것 같아요. 여보, 사랑해요. 당신 제 마음 아시죠? 힘드셔도 조금만 참아요. 어떤 분들은 영원히 서로가 볼 수 없는 나라로 가는 경우도 있는데 우리는 잠깐 헤어져 있는 것 이니 감사해야죠. 좋게 생각하면 감사한 것이 너무 많아요. 당신 과 곧 만난다는 소망이 있잖아요. 이것이 기쁨이고 희망이잖아요.

가정 예배를 드릴 때 제가 잘 모르니 새벽 기도 때의 말씀을 가 지고 가정예배를 드려요. 그리고 한 가지 말씀 들려야 할 것이 있 어요. 일본 Y 사장이 법으로 처리했어요. 1월 29일 법원으로 나 오라고 통보가 왔어요. 당신께 얘기 안 하려고 하다가 알고 계셔 야 하기 때문에 얘기합니다. 하나님께서 기도 더 열심히 하라고 기도제목을 주시는 것 같아요. 하나님께서 이번에 모든 것을 한꺼 번에 처리해 주시려고 하는 것 같아서 마음이 편해요. 당신께 좋 은 소식 못 드려 죄송해요. 남전도회 장부와 돈은 회장 집사님께 드렸어요.

여보! 당신 그곳에서도 하나님의 말씀 전하면서 전도하시고 건 강하셔야 해요. 우리 서로 만날 때 기쁘고 즐거운 얼굴로 만납시 다. 우리들은 미련해서 주님의 뜻을 알 수 없지만, 당신 말씀처럼 하나님이 그곳에 보낸 뜻을 시간이 지나고 나면 알게 될 것이라고 했잖아요. 그곳에 보내신 분이 주님이시니 나오게 하시는 분도 주 님이십니다.

여보! 당신이 보고 싶을 때 편지를 몇 번 반복해서 읽으면 당신 체온이 느껴져요. 그리고 당신 그곳에서 목사님도 아닌데 안수기도하면 안 된다는 사실 아실 것입니다. 나는 당신을 믿어요. 사람들이 당신에게 목사님이라고 불러도 당신은 목사님이 아니잖아요. 당신이 다른 사람들에게 기도해 주고 있다고 하니 걱정이 됩니다. 이제 저는 무슨 일이 닥쳐와도 걱정하지 않기로 했어요. 오늘까지 살아오면서 우리 계획대로 생각하고 계획하고 원하는 것을 잡으려고 달려왔지만 이루어진 것이 없잖아요. 이것도 하나님의 뜻이라고 믿어요. 기도하면서 하나님의 때를 기다릴 것입니다. 당신이 하루빨리 나오시기를 간절히 기도하고 있을게요. 당신이 항상 그곳에서도 웃는 모습으로 잘 지내세요. 여보! 사랑해요.

1999년 1월 5일 당신을 사랑하는 아내 지은이가

✉ 아내에게 보낸 옥중서신

사랑하는 당신에게

우리 가정에 주님의 손길과 인도하심이 영원토록 머물기를 기도하면서 글을 씁니다. 당신의 편지를 몇 번이고 읽어보았습니다. 특히 하나님께서 주신 말씀과 당신이 메모해 보내주신 성경 말씀을 모두 찾아서 다 읽었더이다. 고맙구려. 너무 마음 아파하지 마시구려. 저 멀리 있는 것도 아니고 바로 곁에 있으니 말입니다. 진수도 보고 싶으나 오지 말라고 하세요. 괜히 서로 얼굴을 보면 더 마음이 아플 것입니다. 여보, 하나에게 전화는 하는 거죠? 가능하면 교복은 내가 해주려고 했는데…. 또 졸업식 때도 가 보려고 했는데 혹시 가능하다면 졸업식 때 아이들과 다녀오시든지요.

여보! 요사이 매일 운동할 때 높은 하늘에서 비행기가 날아가는 것을 보면 올해는 꼭 당신과 다정히 비행기를 타고 캐나다와 영국에 가는 상상을 합니다. 그리고 내가 혼자 거닐었던 영국 런던의 하이드 파크와 템즈 강, 그리고 파리 세느 강과 에펠탑 등을 거니며 다정히 옛이야기를 하면서 "여보! 사랑해요." 하면서 속삭이는 상상을 해 본답니다. 분명 그럴 것입니다. 이제 여기서 나가면 그렇게 될 것입니다. 여보, 지금은 힘들지만 조금만 힘내시구려. 또 인형극도 계속 배우자고요. 그리하여 여름 성경학교 때 하나님을 기쁘게 해 드리고 성도님들도 놀라게 하자고요, 알았죠? 또 수화도 배워야 하잖아요.

언젠가 당신이 내게 그랬죠. 종일 예수님 이야기만 한다고요. 어떡해요. 목사님 말씀처럼 예수님이 좋은걸요.

그리고 여기는 매일 국민일보를 볼 수 있으니 위안이 됩니다. 오늘 신문을 보니 파운드가 많이 내려서 영국 나의 제품 수입하는데 더 좋아졌어요. 성경책도 여러 곳에서 빌려줘서 많이 가지고 있습니다. 주일마다 믿지 아니한 사람들도 저와 같이 예배를 드립니다. 물론 짧은 설교도 직접 하지요. 한 사람은 완전히 죄를 고백하고 영접기도를 따라 하고 이제는 새벽기도도 함께 합니다. 그리고 또 두 명이 예수님을 영접했어요. 여긴 마귀의 자녀들뿐인데 주님께 한 명씩 인도하고 있어요. 차후 또 좋은 소식 전해 드리리다. 지금까지 5명을 주님께 인도했어요. 오늘은 특히 두 명은 종일 성경책을 읽으며 궁금한 것을 많이도 물어보았어요. 그런데 방해꾼이 있어서 많이 힘들어요. 마귀의 자녀 중에서도 그런 자녀는 처음입니다. 매일 기도하고 있는데 하나님이 곧 조치를 해 주실 것이라 믿어요. 당신도 생각해 보세요. 매일 좁은 공간에서 싸워야 하는데 주님께 돌아온 자들을 선동하기도 합니다. 나에게도 따지고 욕하고…. 그런데 오늘은 무슨 일인지 찍소리 한 번 못하고 구석에서 나의 눈치만 보고 있었어요. 아마 하나님께서 그에게 작업을 하고 계시는 것 같아요. 여긴 복음 전하기가 너무 쉬워요. 종일 함께 좁은 공간에서 지내고 있으니 복음을 전하면 도망가지도 못하고 끝까지 다 들어야 해요. 그러니 여기보다 더 좋은 장소가 여기 있겠어요. 아마 집사님들이 이 소식을 들으면 기절하실 겁니다. 내가 여기 들어온 것을 아는 성도들에게는 복음 열심히 전하

171

고 있다고 전해 주세요.

여보! 참 보고 싶구려. 당신 큰 고통 지금껏 잘 넘겼으니 난 당신을 믿으오. 이 세상에서 주님 다음으로 당신을 믿으오. 오늘도 편안히 밤 되시고 다시 글 보내리다. 안녕히….

1999. 1. 9. 사랑하는 남편이

✉ 아내에게 보낸 옥중서신

사랑하는 아내에게

이사야 54장 7절 '내가 잠시 너를 버렸으나 큰 긍휼로 너를 모을 것이요.

내가 넘치는 진로로 내 얼굴을 네게서 잠시 가리웠으나 영원한 자비로 너를 긍휼히 여기리라 네 구속자 여호와의 말이니라.'

하나님께서 귀하게 만드신 보배로운 당신에게 오늘도 조용히 글을 씁니다.

소리 없이 다가올 하나님의 영광이 넘치고 나의 기도와 당신의 눈물이 연합되어 여호와 하나님의 보좌를 흔들어 놓을 실 것입니다.

추운 초겨울 잠시 다녀오마 하고 집을 나섰던 내가 당신과 이렇게 이별의 슬픔을 만들어 낼 줄 누가 알았으리오. 얼마나 놀라고 큰 아픔을 가슴에 담고 눈물로 기도하고 있을 당신을 생각하니 마음이 저립니다.

여보! 슬퍼하지 마오.

하나님께서 곧 당신께 성경 말씀처럼 기쁨의 찬양을 드릴 수 있도록 해 주실 것입니다. 주님의 약속이 이루어지고 당신은 춤을 출 것입니다. 우린 연약한 주님의 자녀일 뿐입니다. 우리 딸들 진수, 진주와 하나가 보고 싶구려. 내일은 토요일이라 면도도 할 것입니다. 내 수번을 부르는 분이 있는지 기다려집니다. 10분의 면회 시간이 너무나 짧지만 그래도 기다려집니다.

여보! 아무리 생각해봐도 나는 죄인 중의 죄인입니다. 죄가 너무 커 무거워 이 죄를 매고 하나님을 만나러 가기에는 역부족입니다.

여보! 당신 이 추운 겨울에 찬물로 설거지하면 손이 많이 시리잖아요. 또 추운 날씨에 뭘 입고 다니는지요? 이번 겨울은 꼭 예쁜 코트를 사 주려고 했는데…. 미안해요. 오늘도 함께 지내는 재소자들 반성문과 탄원서 등 초안을 잡아주고 대신 써 준다고 종일 바빴습니다. 또 내일은 연애편지 대필로 써 주고 해야 하니 모레까지는 분량이 밀려 있어요. 제가 아주 대서방을 하고 있어요. 글을 써 주면 모두가 뿅 가버립니다. 옛날처럼 문장 실력은 없지만, 공부를 했다면 문학가가 되었을 것입니다. 하여튼 내일과 모레까지 큰 문장이 필요한 글이 두건이나 있어요.

여보! 너무 슬퍼하지 마세요. 베드로가 홀연히 옥에서 나와 성도들에게 찾아갔듯이, 바울이 옥에서 찬송과 기도로 보내면서 천사의 도움으로 옥문이 열리고 간수까지 구원했듯이 그 기적이 지금도 일어날 수 있다는 사실을 믿으면서 매일 옥문을 잡고 기도하고 찬송하고 있습니다.

"하나님, 이 문을 열어 주시옵소서!" 믿음이 결국 승리로 이끌 것입니다. 당신도 계속 기도하시고 내일 또 만나요. 참 당신 이 시간에 철야기도회에 가 있겠구려. 안녕히….

1999년 1월 15일 래청 띄움

보고 싶은 당신께

여보! 날씨가 일주일째 매섭고 너무 추워요. 당신 차가운 그곳에서 어떻게 지내고 있는지요? 당신이 찬물로 머리를 감는다고 하니 참으로 건강하군요. 그러나 감기 조심하세요. 수요일 저녁 집에서 기도하자니 울적해서 당신이 늘 기도하던 강대상 앞에서 무릎을 꿇고 울면서 하나님께 떼를 쓰면서 철야기도를 하였어요. 하나님이 왜 아무 대답도 없으시고 지켜만 보고 계시느냐고 떼를 썼지만 아무 대답이 없으셨어요. 축복 주일학교 선생님들이 주일 저녁부터 3일 동안 저녁 10시에 모여서 당신을 위해 합심 기도를 하고 있어요. 저도 3일 동안 철야기도를 하고 있어요. 많은 집사님들이 얼마나 감사하고 고마운지 모르겠어요.

오늘 저녁 예배를 마치고 나오면서 사모님을 뵈었어요. 사모님께서 우리 가족과 어머니를 목사님께 데리고 가셔서 안수기도를 받게 하셨어요. 너무 고맙고 감사했어요. 이번 주부터 사모님께서 새벽기도를 인도하시는데 당신을 위해 기도 열심히 해 드린다고 말씀하셨어요.

여보! 축복 주일학교 예배 시간에 자리가 많이 비었어요. 당신이 빨리 나와 당신과 함께 열심히 전도해서 주일학교를 부흥시켜야 해요. 1월 16일 토요일 날 유아부에서 대학부 교사들 모두 태화복지관에 모여서 기도회를 했답니다. 당신이 그 자리에 없으니 섭섭하고 속도 상했어요. 여보, 우리 고생대학 인내과를 잘 참고 졸업하면 하나님께서 큰 복을 주실 거라고 믿어요. 한나는 학교 근처에 이사를 갔어요. 당신께서 빨리 나와서 교복도 사주고 따뜻한 밥이라도 함께 먹으면 좋으련만 이 모든 문제들을 하나님께서 인도해 주셔야 하니 열심히 기도해요.

여보! 성경대학에서 공부할 때 맨 앞자리에 앉은 젊은 부부 있지요? 그 부부가 당신이 너무 보고 싶다고 해요. 당신이 예배 시간에 보이지 않으니 교회가 텅 빈 것 같다고 하여서 그렇게 보고 싶으시면 빨리 일 마치고 귀국하게 기도해 달라고 했더니 꼭 기도해 주신다고 했어요. 너무나 성도들이 고맙고 감사해요.

여보! 많이 힘드시죠? 제가 걱정할까 봐 말씀 안 하시는 것 다 알아요. 누구보다도 당신의 마음을 잘 아는걸요. 저는 매일 당신이 보내준 편지 읽으면서 당신의 체온을 느껴요. 당신 편지 읽을 때 저도 많이 울지요. 그러면 진주가 하는 말이 눈물로 세수를 한다나요. 당신께서 그곳에서 잠을 잘 주무신다니 안심이 되고 감사하네요. 사랑해요, 오늘도 잘 주무시고 건강하세요.

1999년 1월 18일 사랑하는 아내 지은이가

구치소 순례자들

오늘은 일주일에 한 번씩 있는 의료 진료소에 가는 날이다. 환경이 좋지 않은 곳에서 생활하니 피부에 반점이 나고 온몸이 가려웠다. 나와 다른 재소자가 신청을 해 놓았다.

"2887번 임래청, 나와!" 오전에 인솔자를 따라 진료소로 향했다. 각 동에서 진료를 받으러 가는 재소자들과 함께 모여 줄을 맞추어 갔다. 진료소에 도착하니 많은 사람들이 이미 진료를 받고 있었다. 나는 피부에 난 가려운 증상들을 보여주고 처방을 받았다. 다행히 의사가 초빙해준 연고를 바르고 나니 며칠 후부터는 가려운 증상이 사라졌다. 진료를 받으러 가는 큰 복도에는 가끔씩 여러 명의 유명 인사들도 만날 수 있었다. 강남 대치동에 아파트 단지를 건설해서 큰돈을 번 J회장과 다른 경제인들을 만날 수 있었다. 그들은 하나같이 모두 휠체어를 타고 있었으며 다른 재소자들이 그들의 휠체어를 밀어주는 것을 자주 보았다. 사회에서 회장은 여기서도 회장이다. 그들은 이곳에 와서도 평범한 우리와는 확실히 다른 생활을 하고 있었고 거의 독방에서 혼자 지낸다는 이야기를 들었다. 또한, 매일 변호인들이 면회를 와서 종일 접견을 하고 가기 때문에 다른 재소자들과는 차원이 다른 사람들이었다.

길고도 암울한 겨울의 시간들이 매일 나의 삶을 정지해 놓은 듯 반복되는 생활 속에서도 함께 생활하는 재소자들에게 예수님을 전했다. 그들은 순순히 성경 이야기를 들으며 많은 호기심을 나타냈다. 듣기 싫어도 들어야 했다. 다행인 것은 내가 나이가 제일 많았으며 내 위로 나이가 많은 사람이 한 사람 있었지만, 그는 내가 집으로 돌아갈 때쯤 들어왔다. 그래서 누구도 나에게 반말을 한다든지 따지는 사람이 없었다. 행여나 처음 들어온 사람이 나를 무시하는 행동을 하면 다른 재소자들이 보호해 주었다.

멀리 남쪽에서 봄소식이 간간이 들려왔다. 재소자들도 자신들의 희망을 이야기했다. 모두가 이번에 나가면 새로운 인생을 살 것이라고 다짐을 했다. 그것도 아주 구체적이었다. 그러나 대부분 사회에 다시 나가면 새로운 인생을 살아가기보다는 옛것을 새로운 각오와 결합해 살다 보니 실패하는 경우가 많다는 사실이다. 그래서 재소자들을 분류해서 관리하는 것이다. 잘못하면 더 차원이 높은 기술들을 배워서 잘못된 생각으로 사회에 나가 다시 사고를 내기 때문이다.

가족들과 교인들이 보고 싶었다. 특히 목사님의 설교가 그리웠다. 가끔 꿈에 목사님의 설교를 듣다가 잠에서 깨어나기도 했다. 아침에 눈을 뜨면 창살을 잡고 운동을 하면서 희망을 가져본다. 아무리 이곳에 오래 있다 해도 10개월이었다. 그래서 계절만 한 번씩 지나가면 세상 밖으로 나갈 수 있다는 희망을 가지고 살아갔다. 그래서 늘 10월이 기다려졌다. 내가 이곳에 잡혀 들어온 때가 11월 중순이었으니 길어야 9월 또는 10월에 집으로 갈 것이라고 생각을 했다.

첫 공판

서울 구치소에 들어온 지 53일째 되는 날이었다. 아침 식사를 마치고 오전 9시경 간수가 와서 감방문 앞에 섰다.

"2887번 나와!" 또 다른 각 호실에 입감되어 있는 죄수들이 흰 고무신을 신고 하나둘 모였다. 18동 철문을 통과해 나와서 일렬로 정렬하여 모였다. 전날 밤 꿈에 담임 목사님이 설교하시는 것을 보아서인지 마음은 답답하지만 기분은 좋았다. 최종 집결을 확인한 간수는 한 명씩 이름을 확인하고 수갑을 채웠다. 그리고 다시 두꺼운 포승줄로 허리 부분과 손을 묶었다. 경제범이던, 강간범이던, 강도범이던지 모두가 똑같은 재소자였을 뿐이다. 경제범으로 잡혀 온 내가 큰 죄를 지은 사람처럼 보이는 것이 서글펐다. 모두 12명이었다. 우리는 차례로 호송차에 올라탔다. 11월 중순 높고 높은 구치소 문을 들어왔는데 처음으로 다시 밖으로 나왔다. 의왕시를 빠져나와 호송차는 교대 검찰청 쪽으로 달렸다. 아침 출근 시간이라 많은 사람들이 총총걸음으로 바삐 움직였다. 시내로 들어올수록 차들이 많이 밀렸다. 어쩌다가 내가 이렇게 포승줄에 묶여 검찰청으로 끌려간다는 생각을 하니 다시 슬픔이 밀려왔다. TV로만 보았던 모습을 내가 그대로 재현하고 있는 것이다. 푸른 수의 복에 흰 고무신을 신고 수갑이 채워진 상태에서 다시 포승줄에 묶여있는 모습이 원망스러웠다. 호송차가 검찰청에 도착하였다. 우리 모두는 고개를 푹 숙이고 호송차에서 내려 검찰청 안으로 들어갔다. 혹시나 아는 사람이라도 만날까 봐 고개를 숙인 것이다.

12명이 종일 법정에서 첫 재판을 받아야 하는데 결과가 어떻게 나올지 궁금하면서 두려웠다. 전문가들이 대부분 나에게 10개월의 형을 받을 것이라고 장담을 했다. 두세 번 형을 확정받고 몇 년을 살았던 사람들의 공통된 견해였다. 그들은 판사들이 얼마를 내릴지 이미 다 알고 있었다. 한 사람 한사람 재판을 받고 나왔다. 오전에 도착한 우리 일행 중에 내가 제일 마지막으로 재판을 받게 되었다. 누가 먼저 받는지 사전에 알 수 없었다. 12명이 대기실에서 자신의 이름을 부르기만을 기다리는 것이다. 오전 재판에는 나의 이름을 부르지 않았다. 한 죄수가 자신은 첫 공판에 나갈 것이라고 장담을 했는데 3년의 구형을 받고서 머리를 숙인 채 법정을 나왔다. 65세 된 영감도 부도 금액이 4천5백만 원이라 늘 자기는 첫 공판에 집으로 나갈 것이라고 장담을 했다. 그러나 그도 1년 6개월의 형을 받고는 실망한 채 법정 문을 나왔다. 나는 마음이 점점 불안해졌다. 수갑을 찬 채 눈을 감았다. 그리고 기도를 했다.

'하나님, 집에 가고 싶어요, 주일학교 아이들도 보고 싶어요. 네?, 하나님!'

나는 이 기도만 계속했다. 그리고 이 모든 일이 내가 잘못하여 벌어진 일이기 때문에 하나님께 미안했다.

'하나님, 저 나쁜 놈입니다. 그러나 내 죄를 하나님이 용서해 주셨듯이 집으로 보내주세요. 정말 집에 가고 싶어요.'

순간 내 마음 깊은 곳에서

"그렇게 집에 가고 싶니?" 하고 성령님이 물으셨다. 청년 때 언제나 나와 동행하셨던 성령님이 옆에 와 계시다는 사실을 느꼈다. 너무 기뻤다. 성령님은 아무 말씀이 없으셨다. 그냥 내 곁에만 있어 주시는 것만으로 기쁨이 넘쳤다. 마음이 너무나 평온했다. 그 순간 "임래청!" 불렀다.

나는 간수가 인도하는 문으로 들어갔다. 재판장이 나를 보았다. 내 뒤로 많은 사람들이 방청객으로 와 있었는데 그들을 볼 겨를도 없었다. 오른쪽 단에는 변호인단이 앉아있었다. 국선변호사들과 개인적으로 변호사를 부른 사람들이다. 재판장 앞에 서서 고개를 들었다.

"이름 임래청, 생년월일 195X 5월 X일 생 맞나요?"

"네." 나는 모깃소리처럼 대답하였다.

"임래청씨, 왜 변호사를 선임하지 않았나요?" 재판장이 물었다.

"제가 잘못했기 때문에 변명할 마음이 없습니다."

재판장은 "부도를 낸 금액이 9천5백만 원이 맞나요?"

"예."

"왜 부도를 냈나요?"

"네, 사업을 무리하게 확장을 하다가 자금이 돌지 않아서 부도가 났습니다. 잘못했습니다."

"임래청씨. 고개를 들고 저를 보세요."

나는 고개를 들고 재판장을 바라보았다. 그의 눈빛이 날카롭고 차가웠다. 그러나 표정은 부드러웠다.

"임래청씨, 사회 나가면 열심히 일해서 꼭 갚으세요?"

"네, 알겠습니다."

"임래청씨 귀하는 당좌수표를 발행하면서…

따라서 징역 1년에 집행유예 2년을 선고한다.""꽝꽝꽝!"

나는 하늘이 무너졌다. 10개월 징역을 살 것이라고 했는데 2년을 받았으니 앞이 캄캄해졌다. 간수가 나를 데리고 대기소로 나갔다. 다리에 힘이 빠지고 걸을 수가 없었다.

간수가 나에게 말했다.

"당신 정말 오늘 운 좋았어."

나는 "2년 형을 받았는데 뭐가 좋아요, 10개월 생각했는데…."

간수가 옆구리를 찌르며 말했다. "당신 진짜 운 좋은 사람이야, 오늘 12명 중 살아서 집에 가는 사람은 당신뿐이야."

나는 황당했다. 분명히 징역 2년이라고 했는데 말이다. 간수가 웃으면서

"이 사람 아무것도 모르는구면, 당신 내일 집에 간다구." 하면서 함께 온 다른 사람 11명은 실형을 받았으므로 앞으로 6개월 동안 감방에서 2차 공판 때까지 기다려야 한다고 했다. 나는 무슨 말인지 몰랐다.

간수는 나에게 자세히 설명해 주었다. 내가 받은 2년의 징역은 지금 징역을 사는 것이 아니고 내일 출소하는데 그것이 집행유예라고 했다. 다시 말하면 1년은 감옥에서 보내야 하지만 특별히 출소해서 2년 동안 죄짓지 않고 살아야 하는데 만약 2년 안에 죄를 지으면 징역 1년형을 살아야 한다는 것이다. 재판을 받고 구치소로 돌아가

는 호송차 안에는 적막감마저 돌았다. 많은 사람들이 찬바람에 몸을 움츠리고 총총걸음으로 어디론가 바쁘게 걸어갔다.

올무에서 벗어나다

우리를 태운 호송버스는 다시 서울구치소에 도착하여 육중한 문을 통과했다. 내 발걸음은 가벼웠다. 18동 6호방에서는 나 혼자 재판을 받았다. 12명이 모두 자신이 생활하는 각 동으로 돌아가고 나도 18동 문앞에 섰다. 간수가 번호와 신원을 확인하고 육중한 18동 문을 열어주고 6호방까지 안내를 하였다. 6호방의 철문 자물쇠를 열고 간수가 "들어 갓!" 하고 날카롭게 외쳤다. 허리와 고개를 숙이고 좁은 문으로 들어섰다.

"쾅, 철컹!" 자물쇠를 잠그는 소리가 들렸다.

"목사님, 어떻게 됐어요, 몇 개월 맞았어요?" 모두가 궁금해했다.

"나 내일 집에 가." 짧게 웃으며 대답했다.

"에이 거짓말하셔. 10개월은 받았을 것인데요?"

"나 정말 집에 간다니까."

"우와~! 하나님이 진짜 계시기는 계시나 봐!" 탤런트 형이면서 제약회사 운영을 하다가 10억 부도를 내고 들어온 사장이 놀라면서 말했다. 그는 만약 내가 첫 공판을 받고 나간다면 하나님을 믿겠다고 약속을 했었다. 사회 있을 때 가끔은 교회 다녔는데 하나님이 믿어지지 않는다고 했다. 법적으로 딱 10개월 정해져 있는데 어떻게 첫 공판 받고 나갈 수가 있느냐는 것이다. 그는 나에게 "축하합니다. 하나님은 살아계십니다."라고 하면서 손을 내밀며 악수를 청했다. 함께했던 죄수들이 모두 부러워했다. 6호방에서 함께 생활했는데 제일 먼저 나가는 것이다. 그들이 말했다.

"우리 목사님, 하나님이 도우셔서 나가는 거야. 우리도 모두 하나님 잘 믿자고."

저녁 식사 시간이었다. 여호와증인 서 씨가 물었다.

"형님, 오늘 몇 개월 받았수?" 밥을 식구통으로 넣어주면서 물었다. 나는 좁은 식구통으로 그의 손을 잡았다. 그리고

"이 손가락 잘라라 반찬 해먹게." 그는 깜짝 놀라 나를 응시했다.

"형님, 농담 마셔요, 10개월이죠?" 자신 있게 물었다.

난 그의 손가락을 잡고 더욱 힘을 주면서

"나, 내일 간다, 잘 있어라."

그는 놀라는 표정이었다. 그리고 믿을 수 없다며 축하한다는 말도 없이 다음 방으로 배식을 하러 내 앞에서 사라졌다. 저녁 식사를 마치고 식기 설거지는 내가 하기로 했다. 내일 나가면서 정든 사람들에게 봉사를 하고 싶었다. 또한, 그들이 나에게 어려움 없이 목사님, 형님 부르며 잘해 주었던 것에 대한 감사의 표시였다. 설거지는 변기가 있는 곳에서 한다. 식기 씻는 곳이 따로 있는 것이 아니다. 깨끗지 못한 좁은 화장실에서 하루 세 차례 식기를 씻는 것이다. 첫날 들어 왔을 때는 냄새와 위생 때문에 역겨웠지만, 며칠 지나고 나서는 생활을 할만했다. 인간은 어떤 환경에서도 잘 적응하

는 사회적 동물이라는 사실을 몸소 체험하는 시간이었다. 어느 날 갑자기 이곳에 끌려 들어왔다가 또 갑자기 나가게 된 53일간의 구치소 생활은 평생 잊을 수 없는 귀한 삶의 한 부분으로 남기게 되었다.

감옥의 올무에서 마지막 긴 겨울밤이 깊어지고 있었다. 나는 따스한 모포 속으로 들어가 눈을 감았다. 그리운 아내와 두 딸, 그리고 보고 싶었던 주일학교 아이들과 성도들을 만날 생각을 하니 잠이 오지 않았다. 그냥 베개 속을 적시는 눈물만 흐르고 있었다.

54일의 기적

길고 어두운 밤이 점점 물러가고 날아 밝아왔다. 아침을 먹고 떠날 준비를 했다. 소지품은 없었지만, 성경책과 겨울 내의 등을 보따리에 쌌다. 53일간 매일 기록했던 일기 노트는 가지고 나갈 수가 없었다. 아쉬웠다. 주님께 매일 편지를 쓴 일기였다. 편지도 사전 검열을 받아 밖으로 나가기 때문에 어떠한 글씨를 쓴 공책들은 가지고 나갈 수 없다고 했다. 설사 가지고 나간다 해도 소지품 검사 때 다시 회수당한다고 했다. 이럴 줄 알았으면 매일 편지로 써서 집으로 발송해 두는 것인데 아쉬웠지만 두고 가야 했다. 주님께 매일 드린 기도문과 참회록의 일기는 김영호 씨가 자신에게 주고 가라고 했다. 나는 그에게 그 일기장을 주었다. 그는 잘 보관하고 자기가 나갈 때 다시 다른 사람에게 전해주고 나갈 것이라고 했다. 고마웠다.

간수의 발자국 소리가 났다. 우린 그들의 발자국 소리를 알고 있다. 그동안 귀에 익혀온 소리다. 발자국 소리가 6호실 앞에 섰다. 굳게 닫혔던 자물쇠를 열고

"2887번 임래청 나와!"

나는 이미 나갈 준비가 다 되었다. 소지품 보따리를 들고 53일간 함께 했던 6명의 동료들인 재소자들과 이별의 악수를 했다.

"목사님, 잘 가시오, 건강하시고…"

8호와 12호실에서도 소리가 들렸다. "어, 목사님 집에 가십니까? 잘 가시오, 축하합니다."

나는 그들의 축하 인사를 받으며 천천히 18동 구치소의 큰 대문을 나섰다. 간수의 안내를 받으며 내 옷이 보관된 곳으로 갔다. 푸른 옷을 벗고 오랜만에 나의 옷을 입었다. 휴대폰을 켰다. 그대로 변함없이 켜졌다. 그런데 걱정이 앞섰다. 내가 오늘 집에 간다는 사실을 아무도 모를 것인데 이 구치소를 나가면 어떻게 집으로 찾아가야 할지 걱정이 되었다. 일단 구치소 밖으로 나가서 슈퍼에서 물어보면 서울 가는 버스가 있을 것이라고 생각했다. 작년 늦가을 아무 준비도 못 하고 갑자기 잡혀서 두 손에 수갑을 채우고 포승줄에 묶여 끌려왔으니 나갈 때도 가방 하나 없었다. 간수의 안내를 따라 출소하는 사람들이 모였다. 그리고 높은 벽 앞에 있는 육중한 문을 통과했다. 총을 든 보초가 경례를 한다. 나에게 하는지, 간수에게 하는지, 알 수는 없었지만 기분이 좋았다. 그런데 그 문이 아니고 마지막 저 큰 문을 나가야 했다. 사람들이 보였다. 면회가 아니고

출소하는 가족들이 나와 기다리고 있었다. 나는 혹시 여기서 아는 사람이라도 만날까 두려웠다. 출소하는 사람들은 많지 않았다. 특별 사면을 받은 사람들이 한 번에 나오는 것이 아니기 때문에 오늘 출소하는 사람들은 나랑 몇 사람이 안 되었다. 육중한 마지막 문은 창살로 되어 있어서 구치소를 걸어 나오면서 밖에 마중을 온 사람들의 모습을 볼 수 있었다. 잘 정돈된 길을 따라 정문을 향해 내려갔다.

정들지 않았던 곳, 세상과 단절이 되어 사형수로부터 대기업의 회장들과 유명 인사들을 간간이 스쳐 지나가며 보았던 곳, 아직 재판이 진행 중이거나 형이 확정될 때까지 이곳에 머물며 검찰청 또는 재판장을 오고 가야 하는 임시 수용소, 어떤 살인자 사형수가 목을 매 자살해서 비가 오는 날이면 그의 목소리가 들린다는 으스스한 전설들이 들려오는 곳, 사형이 집행되어 형장의 이슬로 사라져 간 많은 영혼들의 애절한 사연들이 전해 오는 곳, 그들의 혼이 이곳을 떠나지 못하고 있다는 이야기들이 전해오는 53일간의 감옥 생활을 마치고 긴 복도를 따라 차가운 겨울의 끝자락에서 나왔다. 그런데 저기 창살 사이로 반가운 모습이 보였다. 그가 활짝 웃으며 손을 흔든다. 그에게 다가가 가슴으로 안겼다. 따스했다. 주일학교 부장 시 집사였다.

"집사님, 고생 많았어. 난 이렇게 하나님이 도와주실 줄 알았어." 그가 활짝 웃는다.

"제가 오늘 출소한다는 것을 어떻게 알았어요. 구치소에서 연락이 왔던가요?"

"아뇨, 어제 재판받을 때 방청객 뒤에 있었죠, 어머니랑."

"네엣…? 어제요?" 나는 깜짝 놀랐다.

"그럼요, 어제 종일 재판받는 것을 다 보았어요, 모두 12명이 받던데 집사님 혼자 집행유예를 받는 순간 난 하나님이 도우실 줄 알았어요."

우리는 오랜만에 다정히 걸었다. 집사님은 어제 12명 중 나 혼자 살아서 집으로 갈 수 있다는 것을 알고 있었다. 집사님의 차를 타고 서울로 향했다. 멀리서 봄이 오고 있었다. 유난히 길고 추웠던 겨울의 악몽은 53일간의 사연들을 구치소에 남겨둔 채 서울로 향했다. 찬송이 마음속에서 흘러나왔다.

내가 검거되어 구치소로 들어가자마자 교사들과 주일학교 아이들에게 임 선생이 급한 일로 영국에 출장 갔다고 이야기해 두고, 뜻있는 교사들이 모여 매일 밤 10시부터 12시까지 교회 청년부 예배실에서 내가 속히 나올 수 있도록 기도를 하였다. 나의 가정에서도 매일 가정예배를 드렸고, 나 역시 감옥에서 매일 기도를 했던 것이다. 기도로 옥문이 열린 것이다. 그 뒤 출소한 후에도 기도했던 교사들이 모여 계속 약 2년간을 더 자신의 가정과 교회를 위해 기도하였는데 참으로 아름다운 신앙의 동력자들이었다.

나는 꿈에서 이제 방금 깨어나 뒤를 돌아보았다. 겨우내 춥고 칙칙했던 공간에서 울며 하나님께 소리치던 나의 육신과 영혼은 그 단단한 올무에서 벗어나 세상을 향해 질주하고 있었다.

8
인생! 너는 자유다

새로운 둥지

두 달 만에 주일예배를 드리려 가족들과 교회로 갔다. 많은 성도들이 영국 출장을 잘 다녀왔느냐고 물었다. 교구에서도 거의 모르는 사실이었다. 영국에 출장 갔다고 말했기 때문에 모두가 그런 줄 알고 있었다. 주일학교 예배에 참석해서 아이들을 만났다. 부장과 부감, 그리고 모든 선생님들이 환영해 주었다. 많은 선생님도 정말 내가 영국을 다녀온 것으로 알고 있었다.

"너희들 좋겠다, 선생님이 오셔서."

아이들이 달려왔다. 모두가 활짝 웃는 얼굴로

"선생님, 잘 다녀오셨어요?"

어떤 아이는 "선생님, 돈 많이 벌어왔어요?"라고 묻는다. 얼마나 보고 싶었던 아이들인가. 나는 아이들에게

"그동안 내가 없는 동안에 모두 예배 잘 드렸죠?"

"네! 선생님, 한 번도 결석 안 했구요…, 선생님 일 잘되라고 매일

기도했어요.”

제일 막둥이 2학년 선우가 싱글벙글 웃으며 대답한다.

“오, 그래 고마워…, 예배 마치고 맛있는 것 먹으러 간다. 알겠지?”

“와~!” 아이들이 기분이 좋아 야단들이었다.

사실 출소 후 토요일 날 잠실 롯데 백화점 7층으로 갔다. 영국에서 돌아온 것으로 알고 있기 때문에 아이들에게 영국에서 사온 선물이 있어야 했다. 백화점 7층에는 면세점이 있다. 아이들에게 선물할 초콜릿을 샀다. 영국 출장 때 공항 면세점에서 구입해 보았던 같은 초콜릿이 있어서 7천 원짜리 한 박스를 샀다. 예배를 마치고 함께 모여 초콜릿을 나누어 주니 정말 영국에서 귀국한 선생님으로 알았다. 훗날 15년이 지나고 현우 선우 형제를 만나 저녁을 먹으며 물었다. 선생님 영국 다녀온 것 기억나느냐고…. 훌쩍 성장해버린 아이들은 그때의 일들을 기억하고 있었지만, 여전히 영국에 출장 갔다 온 것으로 알고 있었다.

다시 매일 새벽기도회에 나가 전심으로 기도했다. 또한, 나로 인하여 밤 10시에 모여 기도하던 선생님들이 이왕 시작한 기도인데 각 가정의 문제들을 놓고 기도하자고 했다. 이렇게 시작된 기도가 매일 밤 진행되었다. 매주 토요일 면회를 와 주었던 부장 집사님의 인도로 밤 12시까지 예배를 드리고 기도를 했다. 내가 추운 감옥에서 외롭게 지내고 있을 때 중보해주었던 성도들을 생각하면 지금도 고맙다. 모든 것을 잠잠케 하신 주님을 더욱 신뢰하며 기도로 나갔다. 금전적으로 여전히 어려웠지만, 영국에서 수입하려고 했던 일들을 해결해 달라고 다시 하나님께 기도하기 시작했다.

제2의 도망자

고속버스가 금강휴게소에 도착했다. 아내와 작은딸이 서울을 떠나 울산으로 가는 중이었다. 서울을 떠난 지 2시간이 지날 무렵 금강휴게소에 고속버스가 정차했다. 사복을 입은 형사 두 명이 버스에 올라왔다.

"충성! 승객 여러분, 잠시 불심검문이 있겠습니다. 협조 부탁드립니다." 하고 거수경례를 하였다. 고속버스 안의 맨 앞자리의 승객부터 주민등록증을 확인하기 시작했다. 신분증을 형사에게 주면 형사는 주민등록증을 일일이 조회하였다. 조회는 금방 이루어진다. 형사들이 가지고 다니는 손바닥만 한 기기에 주민등록번호를 입력하면 그 사람의 신원이 바로 뜨게 되어있다. 그래서 범죄자들이 도망 다니다가 불심검문에 걸리기도 하고 또한 기소 중지자들도 검거가 된다. 지금은 인권문제 등으로 불심검문이 없어졌지만, 당시까지는 1년에 두세 차례 전국적으로 특별 범죄 소탕 기간이 있었으며 연중 터미널이나 기차역 또는 주요 전철역 등에서 24시간 이루어졌다. 나도 신도림역에서 불심검문에 검거된 것이다. 아내와 작은딸은 맨 뒤 자석 왼쪽에 앉아있었다. 형사들이 남녀 그리고 나이를 불문

하고 한사람 한 사람 모두 신분증 검사를 하면서 다가오고 있었다.

아내의 심장 소리는 악마가 입을 벌리고 다가오는 느낌 속에서 점점 커졌다. 아내는 금방이라도 터져버릴 것 같은 심장을 안고 간절히 기도했다.

"주님, 제발 아무 일 없게 해주세요." 너무나 다급했다. 작은딸도 마음이 타기는 마찬가지였다. 맨 뒷자리 창가 쪽에 아내가 앉아있었고 딸이 중앙 쪽에 앉아있었다. 작은딸이 잠을 자는척하고 엄마 오른쪽 어깨에 머리를 기대고 숙였다. 실눈을 뜨고 보고 있으니 형사들이 점점 다가오고 있었다. 딸과 아내의 심장은 터질 것 같았을 것이다. 작은딸이 더욱 엄마 어깨에 머리를 기대고 입을 벌리고 자는척했다. 아내도 눈을 감고 기도하였다. 그때였다.

"주민등록증 봅시다." 맨 뒷자리의 나머지 승객들의 주민등록증을 검사했다. 여전히 아내와 작은딸은 깊은 잠에 빠져든 것처럼 눈을 감고 있었고 작은딸은 엄마의 팔짱을 끼고 더욱 입을 벌리고 자는척했다. 얼마나 지났을까,

"충성! 즐거운 여행 되십시오, 검문에 협조해주셔서 감사합니다."

아내와 진주는 지옥에서 살아온 것 같은 기분이었다. 버스 안의 승객들 중, 한 사람도 빠지지 않고 검문을 했는데 아내는 검문을 받지 않았다. 사실 아내는 당시 수배자였다. 내가 사업을 하다가 부도가 나서 사업자를 아내 앞으로 내어 다시 시작한 것이 화근이었다. 은행 카드값 때문에 경찰서에 출두해 달라는 통지를 받고서도 나가지 않았다. 그래서 동생에게 알아보니 기소중지상태라고 하면

서 조심하라고 했다. 3년째 별 탈 없이 지내고 있었는데 장인·장모님 팔순잔치에 가는 길이었다. 만약 그때 중간에 앉아 있다가 검문에 응했으면 바로 검거되어 서울 강남경찰서로 압송되었을 것이다. 정말 아찔한 순간이었다. 사실 이것 때문에 아내가 나에게 면회를 오고 싶었지만 올 수 없었던 것이다. 서울구치소에 있으면서 아내가 참으로 보고 싶었다. 담임목사 사모님께서 이러한 사정도 모르시고 토요일 날 함께 면회를 가자고 하면

"괜히 가서 얼굴 보면 더 마음이 아프니 기도만 하겠습니다. 신경 써 주셔서 감사합니다." 하고 넘겼다. 그럴 때면 사모님께서

"무심도 하지, 임 집사님이 얼마나 고생하고 있겠어요. 시간 되면 한 번 같이 가자구요."

아내는 "저도 가면 잡혀서 들어가야 해요."라는 말을 하지 못하고 눈물로 밤낮 기도만 할 뿐이었다. 세월이 지나고 5년이 지난 후 자동으로 기소중지가 해제되어서 자유로운 몸이 되었다. 또한, 그날 작은딸이 동행하지 않았다면 분명히 검거되어 경찰서로 압송되었을 것을 생각하니 지금도 몸서리가 쳐진다. 형사들이 딸과 잠들어 있는 주부를 깨우지 않으려고 그냥 지나친 것인데 지나고 보니 주님께서 피할 길을 열어주셨던 것이다. 부부가 함께 기소중지자 신세로 살아간다는 것은 매일 외줄 타기를 하는 서커스와도 같았다.

말도 없이 떠난 인생이여

서울에서 아내와 급히 울산 처갓집에 도착하니 친척들이 거의 다 오셨다. 아내는 방에 들어서더니 통곡을 하였다. 그렇게도 건강하시던 장모님이 세상을 떠나셨다. 울산 친척 집 잔치에 가셔서 기분이 좋으셨든지 덩실덩실 춤을 추시다가

"와 이리 힘이 빠지노." 하시고 큰며느리 품에 잠시 안겼다가 하늘나라로 가셨다. 시골이 워낙 큰 집이라 옛날 전통 방식으로 장례를 치렀다. 나와 동서는 문상객들을 맞이하고 이름을 적는 곳에서 3일을 보냈다. 워낙 많은 문상객들이 밀려들어 밥도 먹을 시간이 없을 정도였다. 살아생전 착하게 살다가 세상을 이별하신 장모님께 무척이나 죄송하다는 생각이 들었다. 장례위원장은 집안의 당숙이 담당했다. 그는 평생을 그런 일에 많이 해본 사람이었고 노련했다. 모든 장례 절차를 빈틈없이 잘하였다. 사실 나로서는 처음 보는 분이다. 먼 친척이라 아내도 얼굴을 잘 기억하지 못했다.

장모님의 묘는 집 바로 뒷산이 선조들이 묻혀있는 선산이라 그곳으로 정했다. 장인과 처의 할아버지 할머니가 묻혀있는 곳이기도 하다. 산소를 만들고 상여가 옛날 방식으로 산소까지 가려면 산길을 좀 더 넓히고 다듬어야 해서 포크레인이 오고 산소를 만들고 해서 무척 분주했다. 현대인들의 장례식만 경험하다가 옛날 조상들의 전통방식으로 장례식을 치루니 호감도 갔지만 나에게는 큰 문제가 닥쳐왔다.

큰 대청마루 중앙에 모셔진 장모님의 영전과 제상 상에 아침, 점

심, 저녁을 산 사람에게 상을 차리는 것처럼 음식을 차리고 절을 하는 것이었다. 물론 술을 살아계실 때 거의 먹지도 않으셨지만, 술 잔까지 올리고 절을 하였다. 상주들은 모두 큰절을 하였지만, 아내와 나는 하지 않았다. 그 많은 사람 중에 예수를 믿고 교회 다니는 사람은 우리 부부뿐이었다. 제사 때 가끔 처갓집에 가면 처남들은 우리가 교회 다니는 줄 알고 절을 하지 않아도 이해해 주었다. 그런데 장모님이 죽고 나니 사돈부터 8촌에 이르기까지 모두가 와 있는 상황에서 절을 하지 않으니 눈치를 주는 것은 당연했다. 장례를 담당하는 당숙은 노골적으로

"임 서방아, 장모님께 술 한 잔 드리거라." 하면서 강제로 시키려 했지만

"당숙요…, 기도만 하겠습니다." 하고 영정 앞에서 기도만 했다. 그런데 무슨 절이 그렇게도 많은지 입관할 때, 상여가 나갈 때, 상여가 산을 오를 때, 산소를 봉분하였을 때 그리고 산에서 내려와 마지막으로 산소를 보고 절을 하는 과정은 참으로 믿는 사람 편에서는 난감한 일이었다.

삼일장 동안 한 번도 돌아가신 장모님 영정 앞에서 절을 하지 않은 것에 대하여 아무도 말은 없었지만, 좋지 않은 분위기는 감지되고 있었다. 산소에서도 절을 하지 않고 내려왔다. 이제 마지막으로 마을로 내려와 산소 방향을 보고 다시 제를 지냈다. 황량한 논바닥에 큰 천막이 설치되어 있고 안에는 장모님의 영전이 모셔져 있었다. 모두가 멍석이 깔린 곳에 큰 상을 차례 놓고 마지막 절을 하는

것이다. 먼저 제일 큰 상주 부부인 큰 처남 부부가 절을 하고 술잔을 올렸다. 그리고 3번 절을 했다. 우리 부부는 맨 뒤에 서서 차례를 기다리고 있었는데 마음이 불편했다. 이제 마지막으로 절을 해야 할지 말아야 할지 빨리 결정해야만 했다. 수십 명의 상주와 친인척들의 절이 다 끝났다.

"서울 임 서방과 임 서방내야. 이리 오이라." 당숙의 대찬 음성이 들려왔다. 우리 부부는 영정 앞에 가서 섰다.

"임 서방아, 어무이 가시는 길 마지막으로 술 한 잔 드리고 잘 가시라고 큰절 올리거라."

하고 당숙은 술잔을 내게 주었다.

나는 단호했다. 술잔을 내려놓고

"저 당숙님, 저희는 어머니께 하늘나라 잘 가시라고 기도만 하겠습니다."

"하나님, 이 세상에서 선하게 살다가 이제 다시 하늘로 당신의 나라로 가신 어머니를 기억해 주시고 그가 선하게 살다가 이 세상을 떠났으니 불쌍히 여기시고 기억하여 주십시오. 여기 모인 형제들과 친인척을 모두 장례를 치른다고 많이 힘드신데 건강 지켜주시고 하나님을 믿는 복을 주시옵소서. 예수님의 이름으로 기도합니다. 아멘!"

기도 소리가 얼마나 컸던지 아내도 큰 소리로 "아멘!"이라고 대답을 했다. 당숙의 눈에서는 불꽃이 튀는 것 같았다. 이제 다 끝났다. 참 어려운 장례식을 치른 것이다. 장모님의 장례식에서 삼일장 동안 절을 한 번도 하지 않은 사위가 미웠을지도 모른다. 모두가 집으로 돌아왔다.

나는 마당으로부터 좀 떨어진 아래채에서 동서와 문상객들의 이름과 봉투를 최종적으로 확인하고 있었다. 장례위원장을 맡았던 당숙이 담배를 입에 물고 내게 다가왔다. 그의 표정은 3일 동안 장례를 치른다고 잠도 제대로 자지 못해서 엉망이었다. 당숙에게 먼저 "수고 많았습니다." 하고 인사를 했다. 당숙은 내 앞으로 바싹 다가오더니

"임 서방아, 내사마 너에게 딱 한 마디만 할란다."

"…" 침묵이 흘렀다.

"니 진짜로 독한 놈이데이, 교회 장로들도 장례식 때는 다 죽은 사람한테 술 따르고 절하더라. 독하다, 독해…, 내 평생 그렇게 많이 장례를 치렀는데 이렇게 독한 놈 처음 본데이."

나는 그 뒤로 아직까지 그 당숙을 뵙지 못했다. 또한, 그 일로 인하여 온 친인척들에게 우리 부부가 기독교 신앙인이라는 사실을 선포한 시간이 되었다.

어린이전도에 사명을 걸고

학교 운동장 안에서 승용차가 한 대가 천천히 나오더니 우리 부부 앞에 섰다. 그리고 문이 열리더니 중년 여인이 내리면서 고개를 숙이고 인사를 하였다.

"어느 학교 선생님이시죠?"

나는 직감적으로 이분이 교장 선생님이라는 것을 알았다. 나도 고개를 숙이고 점잖게 "네, 저는 남서울중앙교회 주일학교 선생입니다. 우리 반 아이들이 한 주간 잘 지냈는지 만나러 왔습니다."라고 했다.

교장 선생님은 살짝 미소를 지으면서 "네, 그러시군요. 그럼 아이들 만나고 가세요."라고 했다.

교장 선생님은 다시 인사를 정중히 하고 차를 몰고 천천히 교문을 빠져나갔다. 아이들이 '와' 하고 몰려왔다. 그랬다. 매주 토요일 먼저 나온 아이들이 "선생님, 선생님!" 하면서 달려 나오니 교장 선생님이 우리 부부가 누구인지 그동안 참으로 궁금했던 모양이었다.

나는 사업을 거의 포기를 했지만 매일 주야로 교회에 가서 십자가 앞에서 영국에 다시 보내주시고 사업을 일으켜 달라고 기도했다. 또한, 변함없이 여름과 겨울 방학만 빼고는 매주 토요일 비가 오나 눈이 오나 학교 앞에 가서 전도에 매진하였다.

"하나님, 교회에서 제일 가난하여 물질은 드릴 수 없지만 매주 한 영혼을 주님께 드리겠습니다." 하고 서원 아닌 서원을 했다. 그리고 솔직하게 고백을 했다.

"저는 아직 용기가 없어서 어른들은 전도하지 못합니다. 그러나 아이들은 어떻게 하든지 주님의 전으로 매주 1명이라도 데려오겠습니다."라고 말이다.

토요일은 온종일 아이들 전도하는 날로 정하고 학교 앞으로, 놀이터로 공원으로 다니며 한 영혼을 찾아 나섰다.

어느 주일 날 오후 교회사무실에서 나에게 편지가 왔다고 하면서 한 통의 편지를 전해주었다. 편지를 읽어보니 내용이 나의 가슴을 송곳으로 찌르는 것 같았다.

'선생님, 김oo입니다. 지난번 보내주신 편지 너무 감사합니다.
그런데 선생님 이제는 편지를 절대 보내지 마세요. 어제도 아빠에게 너무 많이 맞았습니다. 선생님 편지를 아버지가 읽어보고 교회 갔다고 화를 내고 막 때렸어요. 선생님, 제발 이제 편지 보내지 마세요. 저는 너무 교회에 가고 싶어요. 그리고 선생님이 아주 좋아요. 지금은 아빠가 때려서 교회를 못 가지만 대학생이 되면 꼭 교회에 다닐 겁니다. 선생님 정말 미안해요. 교회에 가서 예수님께 예배드리고 싶어요. 그동안 고맙습니다.'

개포 2단지에 사는 6학년 아이였다. 난 이 편지를 읽고 주님 앞에 나가 그 아이를 위해 찢어지는 가슴을 안고 눈물로 몇 시간 동안 기도했다. 그 뒤부터는 꼭 편지해도 되는지 교회에 나오는 것을 부모님이 어떻게 생각하고 있는지 상태를 일일이 점검을 하고 편지를 썼다. 어떤 아이는 한 주간 편지를 보내지 않으면 왜 편지를 보내지 않았느냐고 물어왔다. 부모님들로부터 매주 자필로 써서 보내주신 것에 감사하다는 전화를 자주 받았다. 나의 가방과 주머니에는 늘 사탕과 요술 풍선 등이 있었다. 또한, 어린이 사역에 전문가이신 임세빈 목사님을 만나 어린이 설교에 대한 교육을 받으면서 인형극 공부도 계속해 나갔다. 훗날 어린이들에게 설교할 때 많은 도움이 되었고 아이들이 따르는 교사가 되었다.

구치소에서 날아온 소식

서울 구치소에서 나온 지도 해가 바뀌고 1년이 지났다. 교회생활도 다시 안정되었고 내게 닥쳐왔던 불같은 시험들이 지나고 평온한 생활로 접어들었다. 교회학교 부흥을 위해 최선을 다하면서 새로운 도약을 준비하고 있을 때쯤 어느 주일 날 오후 성도들이 나를 부르면서

"임 집사님, 누가 찾아왔어요." 하였다. 가슴이 덜컹 내려앉는 기분이었다. 혹시나 아직도 처리 못 한 것들 때문에 누군가가 찾아온 것으로 알았다.

그런데 교회 문을 나서니 반가운 얼굴이 활짝 웃으며 다가왔다. 서울구치소에서 함께 53일간을 보냈던 김영호(가명) 씨였다. 그는 며칠 전 출소했다고 하였다. 출소하고 나니 내가 제일 생각이 나서 찾아왔다는 것이다. 참으로 반가웠다. 그는 가족들과 다시 새로운 보금자리를 알아보고 있다고 하였다. 그 후에 그는 온 가족이 함께 우리 교회에 나와 등록을 하고 예배에 모범적인 생활을 하였다. 많

은 시간이 지난 지금은 세례도 받고 직분자로 교회 봉사도 많이 하면서 신앙생활을 잘하고 있다.

내가 늘 새벽 4시 50분에 잠자리에서 일어나 기도를 하면 그도 일어나 기도를 하였다. 믿음이 있어서 기도하는 것이 아니고 갈급한 상황에서 급하게 하나님을 찾았던 것이다. 나는 그를 위해 매일 기도를 해 주었다. 두 손을 잡고 다른 재소자들이 보는 가운데서도 기도를 해 주었다. 그런데 출소하고 약속대로 교회에 나와 주의 백성으로 살아가는 것을 보니 참으로 감사한 일이다. 내가 출소할 때 써 놓았던 일기 공책을 가지고 나올 수가 없어서 그에게 주고 왔던 일들이 생각났다. 53일간의 구치소 생활을 생생하게 기록해 두었던 공책인데 출소할 때 가지고 나오면 다 압수된다고 하여서 그에게 주고 왔던 것이다. 그 공책에는 나의 신앙의 일기가 고스란히 담겨있는 노트다. 내가 갑자기 출소하고 그 뒤 얼마 지나지 않아서 그로부터 한 통을 편지가 왔다. 그가 보냈던 편지를 다시 읽어본다. 물론 이름은 가명이다.

✉ 옥중에서 보내온 편지(1)

임래청 집사님 안녕하세요.

김영호입니다. 2월 10일 선고 때 실형 1년을 받았어요.

이승우 씨는 실형 10개월을 받았고 추가 사건이 또 있데요. 하나님이 좀 더 있으라고 해서 그런 것으로 생각합니다. 항소 방으로 옮기고 임집사님 노트는 가져왔어요. 생각이 간절히 납니다. 김 회장님을 떠나서 항소 방으로 왔어요. 며칠 동안 성경이 안 들어 왔습니다.

집사람의 비통함은 이루 헤아릴 수가 없었습니다. 몸이 아파서 직장을 휴직했습니다. 얼마나 고통을 더 견뎌야 예수님을 만날 수 있는지 갈등을 느낍니다. 가족이 그립고 모든 분이 보고 싶습니다. 새벽에 기도를 합니다. 이렇게 힘들게 가야 하니 이것이 주님의 뜻인지 모르겠습니다. 하나님이 도와주시면 좋겠습니다. 그리고 힘을 주시면 좋겠습니다.

임 집사님 사업은 잘되는지 이렇게 항소 방에 와서 펜을 드니 감개가 새삼 그립습니다. 집안 걱정도 되고 모든 것이 근심 덩어리입니다.

하나님이 역사하셔서 도와주셨으면 좋겠습니다. 저는 제가 주께 봉사할 수 있도록 기회를 달라고 외칩니다. 4월 말쯤 2심이 잡힐 것인데 수표가 회수 중이고 결과는 하늘에 맡기려고 합니다.

임 집사님 건강하시고 나가는 날 한 번 뵐올 수 있으면 좋겠습니다. 건강하세요.

1999. 2. 20. 김영호

✉ 옥중에서 보내온 편지(2)

임래청 목사님께

목사님 그동안 몸 건강히 안녕히 계셨는지요?

저는 선욱입니다. 저는 요번 27일 날 구형 선고를 받고 돌아왔습니다.

기간은 1년 6개월을 선고받았습니다. 그리고 선고도 일주일만 있으면 받게 되는데 왠지 모르게 가슴이 설레고 있습니다.

저는 그때 판사님께 구형 선고를 받던 날 스스럼없이, 저를 한 번만 기회를 주시면 단 한 번의 기회라 생각하고 열심히 꽃동네에 가서 봉사하며 살겠노라고 굳은 다짐으로 판사님께 말씀드렸습니다.

목사님, 저는 이번에 기회가 주어진다면 외딴곳 어떤 곳이든 도움이 안 되는 곳에는 절대 가지 않고 어떻게 해서든지 목사님께 실망시켜 드리지 않는 저 선욱이가 되겠습니다.

저의 미래는 저 자신이 만드는 것이기에 저 자신이 무엇이 되든지 하나님께 열심히 기도하면서 신앙생활을 열심히 하겠습니다. 처음에는 이곳이 힘든 것도 있었지만 지금은 형이 잘해 주어서 편한 생활을 하고 있습니다. 그리고 나가게 된다면 꼭 목사님을 만나 뵙고 저의 사정들을 의논하고 싶습니다. 목사님께서 하시는 일 하나하나 언제나 잘 되시길 바랍니다.

사업에 너무 신경 쓰지 마시고 쉬엄쉬엄 하면서 첫 번째로 건강 조심하시기 바랍니다. 사업에 큰 이득이 있기를 기도 하겠습니다.

지금은 못 보지만 어떤 곳이든 기도하면 다 이루어진다고 믿고 살며 언제나 저를 지켜봐 주세요. 열심히 살겠습니다.

이번에 절대 마지막입니다. 약속드립니다.

언제나 건강하시고 조심하시고 행복하세요.

가정의 행복이 교회에 축복이 가득하길 바라며 글을 줄입니다. 샬롬!

1999. 1. 30. 제자 이선욱

나는 평신도였지만 그곳에서는 그들이 '목사'라고 불렀고 편지에
도 '목사님'이라고 불렀다. 세월이 지난 후 나는 정말 그들이 불러
주었던 것처럼 주의 종이 되었다. 이젠 아픈 세월을 뒤로하고 새로
운 비전을 꿈꾸며 신앙생활에 전념하였다.

전국 간증 집회를 요청받다

하늘거리는 어여쁜 코스모스도 이 땅에서 고개를 숙일 때쯤 낯선
목사님으로부터 전화가 왔다.

"임래청 집사이지요? 저는 고현종 목사라고 합니다."

"네, 맞습니다만 무슨 일이시죠?"

"네, 다름이 아니고 다음 주 토요일에 천안에 있는 갈릴리감리교
회에서 강의를 해 주시면 고맙겠습니다."

나는 당황스러웠다.

"무슨 강의를 말씀하십니까? 저는 강의를 하는 사람이 아닌데
요…."

"네, 집사님 다른 강의가 아니고 어린이 전도에 대한 강의입니다.
집사님이 그동안 전도해 왔던 일들을 부담 없이 이야기하시면 됩니
다."

이렇게 한참 대화를 나누었고 왜 목사님이 나에게 교사 세미나
인도를 요청했는지 알게 되었다. 고현종 목사님은 1년 전부터 나에
대하여 알고 있었다고 했다. 언젠가 내가 인터넷에 올린 글을 읽었

다고 하면서 근래 이런 교사도 있는가 하고 체크해 두었단다. 그리고 교사 세미나 또는 교사 강습회 때 내가 올린 글을 읽어 주면서 시작하는데 이번 강의는 글을 쓴 주인공을 초대하기로 했다는 것이다. 즉 다음 주 토요일 오후 천안 갈릴리감리교회에서 교사 세미나를 인도해 달라는 부탁이었다. 처음에는 너무 황당해서 강의를 할 수 없다고 했다. 그러나 7년 동안 교사로서 학교 앞에서 전도했던 일들을 사실 그대로 이야기하면 된다고 설득했다. 부탁을 받고 1주일 동안 기도하면서 준비했지만, 긴장되어 밥을 먹을 수가 없었다. 강의한다는 이야기를 들은 친분이 있는 분이 자기 일처럼 기뻐하면서 "집사님, 축하드립니다. 첫 강의 기념으로 제가 옷 한 벌 사 드리겠습니다."

그가 강습회에 입고 갈 옷을 사 주었다. 그분은 늘 내가 빛바랜 단벌 정장을 입고 다니는 것을 보았던 것이다. 약속했던 토요일 오후 천안으로 가기 전 긴장이 되고 가슴이 떨려 약국에 가서 우황청심환을 하나 샀다. 도착해서도 긴장이 많이 되면 약을 하나 먹도록 약사님이 조언해 주었기 때문이다. 새 양복을 입고 승용차를 태워줄 고마운 집사님을 만나 천안까지 달려갔다. 매년 여름만 되면 성경학교 교사 강습회에 가서 교육을 받았는데 내가 강사가 되어서 교사들 앞에 서는 것이다. 강의 1시간 전에 도착하여 강의할 성전을 둘러보았다. 오후 7시가 다가오니 약 350명의 교사들이 모였다. 나는 찬양을 부르고 있는 중앙 통로를 지나 강대상 앞으로 나아가 무릎을 꿇었다.

"하나님, 저는 아무 말도 전할 수 없을 것 같습니다. 너무 떨려서 쓰러질 것 같습니다. 도와주세요." 하면서 기도했다.

사회자가 강사를 소개하였다. 자리에서 일어나 앞을 둘러보았다. 많은 교사들의 눈이 나를 응시하였다. 온몸이 더욱 떨렸다. 나이 많은 교육부 장로님들과 지도자들이 맨 앞자리에 앉아 있었다.

"저는 이곳에 올 사람이 아닙니다. 그런데 고현종 목사님의 부탁으로 내가 7년 동안 어린이 전도했던 일들만 사실 그대로 전하면 된다고 해서 왔습니다. 많이 떨립니다."

모두가 웃었다. 그래서 계속해서

"저는 서울에서 왔지만 경상도 사투리를 많이 씁니다. 사투리를 많이 써도 이해해 주이소. 천안도 충청도라 사투리를 사용하니 피장파장입니더."

웃음바다가 되었다. 여기저기서 박수 소리가 났다. 박수 소리를 들으니 긴장이 풀렸다. 수년 전 인터넷에 올려서 고현종 목사님이 교사들에게 읽어주었다고 하는 글을 천천히 읽어 내려갔다.

어제까지 우리 반 꾸러기들에게 편지가 도착해야 하는데….
사정이 있어서 다 써놓고도 바쁜 관계로 발송치 못하였죠.
매주 화요일 우리 반 꾸러기들에게 편지를 써서 발송하지요.
그래야 보통우편으로 금요일 날 받아 봐요.

오늘 9시 30분에 급히 우체국으로 편지를 한 아름 품고 달려갔습니다.

몇 통 아니지만 내게는 한 아름입니다.

스티커 우표를 33장 구입하여 한장 한장 기도하면서 부쳤지요.

그리고는 "아가씨! 이 편지 제가 직접 배달할 것이니 도장만 찍어주세요."

"네?"

"아니, 다름이 아니고 오늘까지 이 편지가 배달되어야 하는데 방법이 없어서 집배원 선생님이 하는 일 제가 도와 드리려고요."

"뭐라고 예? 안돼요…. 그런 건 안돼요."

"왜 안돼요? 우푯값 지불 다 되었고 본인이 아파트 단지라서 직접 배송한다는데."

이렇게 아침부터 우체국이 좀 소란했지요.

우체국장이 나오셔서 나의 사정 얘기를 듣더니 "괜찮아요." 하시는 거예요.

전 속히 우체국을 빠져나와 3, 4, 5, 6, 7단지를 돌면서 우리 반 꾸러기 집 우편함마다 편지를 소중히 넣고 기도하며 즐거운 마음으로 집으로 돌아왔습니다.

2시간이 소요되었더군요, 개포동 주공단지가 무척 넓어요. 얼굴에 가을 햇살이 너무 싱그러우면서도 이마엔 땀방울이 송송 솟아났지만 참 좋은 시간이었답니다.

그리고 컴 앞에 잠시 앉아 있다가 바로 학교 앞으로 달려갔습니다. 개구쟁이들이 나오기 시작하는데 정신이 없었지만, 우리 반 개구쟁이들은 이미 내가 오늘도 와 있으리라 생각하고 자기들이 "선 샘!" 하면서 몰려 왔지요.

내일 또 새 친구가 온다고 명춘이가 자랑하더군요. 또 다른 아이도 오기로 했답니다.

이제 저는 아침 겸 점심을 먹고 심방을 갈 것입니다. 꾸러기들의 부모님들을 만나보고 또 주일을 준비할 것입니다. 하나님께 참으로 감사합니다. 내일이 기다려집니다.

아마 새로운 얼굴이 찾아올 것이고 25명 이상은 나올 것 같아요.

그래도 저녁에 한 번 더 전화로 확인하지요.

모두가 좋은 주말 되세요. 화~이팅!

이렇게 내가 수년 전 '어린이를 사랑하는 모임'이라는 카페에 글을 올렸던 내용을 읽으면서 강의가 시작되었다. 그랬다, 우리 반 아이들에게 매주 편지를 썼다, 금요일 편지를 썼는데 발송하지 못했다. 그래서 우체국으로 달려간 것이다. 나는 그 뒤 우리 교회에서 도장을 만드시는 장로님께 부탁하여 우체국 도장 모양을 고무로 만들어 달라고 부탁드렸다. '남서울중앙교회 주일학교'라고 동그란 도장을 만들어 매주 우표를 사서 붙이는 값 만 원을 절약하고 우체국 도장 찍는 곳에 직접 교회 도장을 찍어서, 나와 아내의 반 어린이 약 30명에게 직접 가정마다 방문하여 우체통에 넣었다. 1단지부터 8단지까지 약 2시간 30분이 소요되었다. 힘든 일이지만 그래도 일일이 배달하면서 우체통에 넣기 전에 기도했다. 토요일마다 편지를 배달하면서 찬송이 나오고 기뻤다. 어떨 때는 '내가 지금 뭘 하고 있지?' 하고 스스로 물어보면서 눈시울을 적시며 편지를 배달하면서도

"주님, 우리 친구들 이번 주일 모두 나오게 해 주세요. 그리고 다시 사업하게 해주시고 영국도 가고 싶어요. 제 물건 찾아와야 하잖아요, 네 주님?" 하고 기도했다.

앞자리에 앉아있던 나이 많은 성도가 눈물을 흘리며 진지하게 강의를 들었다. 시간이 지날수록 여기저기서 손수건을 꺼내 들고 눈물을 닦았다. 나도 눈물을 훔치며 두 시간 반의 강의를 마쳤다. 전교사들이 양옆으로 앉아있는 중앙통로를 따라 걸어나갔다. 우레와 같은 박수 소리가 들렸다. 성전 밖을 나오니 한 중년 부인이 다가와 내 손을 잡고

"강의 진짜 감사합니다. 강의 내내 많이 회개했습니다. 다음 주 토요일부터 꼭 전도 나갈게요. 주님과 약속합니다. 집사님 강의 정말 감사합니다."

하시며 내 손에 돌돌 말린 만 원짜리 지폐 몇 장을 주었다. 내가 괜찮다고 하니

"많은 돈은 아니지만 서울 가실 때 음료수라도 사 드세요. 너무 은혜받아서…".

7년 동안 어렵고 힘든 생활 속에서도 많은 아이들은 아니지만 거의 한 주도 빠지지 않고 학교 앞에서 전도를 하였더니 하나님께서 그 일들을 많은 사람들 앞에서 간증할 수 있도록 세워주셨다. 강의 후 많은 변화가 왔다. 강의를 의뢰하셨던 고현종 목사님께서 강의가 너무 좋았다는 소식을 들었다며 반가워했다. 그 후 전국의 여러 주일학교 연합회 교사 강습회와 세미나에 강의 등 많은 교회에서 세미나 인도 요청이 들어왔다.

해가 바뀌고 1월부터 전국 교단에서 연락이 왔다. 신년 교사 세미나와 교사 헌신예배를 인도해 달라는 요청이 이어졌다. 또한, 5~6월 여름성경학교 교사강습회에 전국에서 각 교단마다 강의 요청이 들어왔다. 강의를 들었던 많은 교역자분들이 다른 교회로 사역을 옮기면서 나의 강의에 대하여 이야기를 한 것이다. 그 후에도 약 5년 동안 전국 교회에서 강의 요청이 들어와 바쁜 시간을 보냈다. 특히 감리교 교단에서 강의 요청이 많았지만, 장로교의 합동교단과 통합교단 침례교단 등 교파를 초월하여 연락이 왔다.

매주 아이들에게 편지쓰기, 금전적으로 어렵지만, 집에 초청하여 떡볶이 잔치를 해주면서 한 주에 1명은 전도한다는 마음으로 기도하고 전도한 그 발걸음을 주님께서는 강의를 통하여 많은 교사들에게 도전을 주도록 하셨다. 김포의 K 교회 교사들은 봄에 강의를 들고 실천해서 20여 명에서 70여 명으로 부흥이 되었다며 가을 강의 때는 더 많은 교사들이 강의를 듣기도 했다.

사실 주일학교 교사로 봉사하면서 합동 측 동서울노회 주일학교 임원으로 약 5년간 봉사하였을 때 많은 강사분들을 강단에 안내하였던 내가 이제 강사가 되어 강의한다는 것이 믿어지지가 않았다. 이때 많은 목회자분들이 신학 공부를 하는 것이 어떠냐고 하시며 신학교에 갈 것을 권유하기도 했지만, 나에게는 영국에서 수입하려다가 부도가 나고 중단된 것에 미련을 버리지 못하고 사업을 제기할 기회만 기다리며 기도하고 있었다.

기도의 불

아내와 40일 철야기도에 들어갔다. 여러 가지 상황을 보아서 아내와 의논하여 예비 기도를 하였다. 무조건 40일 기도를 들어가는 것이 아니었다. 기도를 하면서 달력을 체크해 나가면서 언제 시작하여 언제 끝내야 할지를 확인하였다. 날씨가 점점 추워졌다. 너무 늦게 시작하면 한겨울로 들어가기 때문이고 추수감사주일과 성탄절이 겹쳐지면 40일 철야는 힘들어질 것 같았다. 아내와 나는 40일 기도에 들어갔다. 매일 저녁 11시 50분까지 교회에 도착하여 온전한 철야기도를 위하여 새벽 5시까지 쉬지 않고 기도하는 것이 원칙으로 세웠다. 가끔 너무 힘들 때는 2~3시 사이 잠시 5분 정도 화장실 다녀오는 것 외에는 무릎을 펴지 않고 기도에 들어갔다. 나는 오른쪽, 아내는 왼쪽에서 하나님의 말씀이 선포되는 강대상 바로 앞 아래에서 무릎을 꿇었다.

하루 이틀 시간이 지나면서 기도의 깊이는 더해갔다. 사실 생활이 너무 힘들어 그 힘든 일을 하나님께 온전한 철야로 드리면 나의 모든 문제들을 해결해 주실 것이라는 마음에서 출발했다. 즉 목적을 가지고 출발한 기도다. 10일이 지나고 20일이 지났다. 그런데 문제가 발생했다. 본당을 리모델링한다는 것이다. 나는 깊은 고민에 빠져버렸다. 중단을 하고 다음 기회에 다시 시작할까 하는 고민을 계속하면서 매일 기도를 하였다. 기도는 서원으로 시작한 것이니 40일 동안 그 자리에서 계속 기도를 하기로 결정했다. 공사로 불빛이 환한 본당 강단 아래에서 계속 기도를 했다. 공사는 공구를 사용하기 때문에 많이 시끄러워 통성으로 기도했다. 그런데 통성기도 소리가 공사에 사용되는 공구 소리에 묻혀서 기도를 하는지 안 하는지 알 수 없었다. 오히려 공구 소리 때문에 목이 터져라, 기도할 수 있었다. 공구 소리가 작아지거나 공사를 중단하면 조용히 기도를 하였다. 그러다 보니 5시간 동안 졸음도 없이 훌쩍 지나갔다. 공사의 총 책임자가 교회의 안수집사였기 때문에 기도하는데도 마음이 편했다.

기도한 지도 35일이 지났다. 여전히 어려운 가운데도 기도하면서 모든 일이 주님 안에서 잘 해결되리라고 생각을 가졌다. 40일을 이틀 남겨두고 서로 바라보면서 기도 중 성령님이 우리에게 무슨 말씀을 한 것이 없는지 확인하였다. 사실 매일 매일 서로에게 기도하

면서 은혜받은 일들을 나누었다. 39일째 되는 날 드디어 온전한 40
일 철야기도를 한 우리에게 하나님께서 작은 문제 하나라도 해결해
주실 것이라고 확신이 들었다. 그래서 더욱 마음을 다하여 목이 터
져라 기도했다. 드디어 마지막 날 기대하는 마음으로 성전을 향하
였다. 나는 아내에게 그동안 기도한다고 수고 많았다고 위로하고

"만약 주님께서 오늘 갑자기 오셔서 네가 무엇을 원하느냐고 물으
신다면 대답할 준비를 해요."

아내의 얼굴에는 비장한 빛이 감돌았다.

"당신도요." 아내는 웃었다.

본당에서 40일간의 철야기도 마지막 날이 되었다. 전심을 다 하
여 기도하고 40일 기도를 마쳤다. 40일이 되는 날은 주일 새벽이었
다. 나와 아내는 기쁜 마음으로 자리에서 일어나 하나님께 감사를
드렸다. 기도 중 본당은 더욱 아름답게 리모델링이 되었고 본당에
서는 이제 기도를 할 수 없는 상황이 되었다. 본당이 3층인데 5층
에 24시간 기도할 수 있는 성전을 마련하였다. 그래서 철야 등 저녁
에 기도하는 성도들은 5층으로 가서 기도하게 되었다. 우리는 처음
이자 마지막으로 본당에서 40일 철야기도를 한 성도가 되었다. 그
전에 내가 교회를 등록하기 전 누군가가 40일 철야를 했는지 알 수
없지만, 아내와 나는 온전한 40일 철야기도를 하나님께 기쁜 마음
으로 드렸다.

철야기도 후 나에게 변한 것이 아무것도 없었다. 참으로 이상했
다. 철야기도 하기 전이나 후나 달라진 것은 없었다. 그러나 낙심하

지 않았다. 40일간 기도하면서 하나님께 간구했던 것이 아무것도 이루어지지 않았지만, 하나님을 신뢰하고 믿음생활을 더욱 공고히 해 나갔다.

우리 가정과 나의 모든 문제들을 다 가지고 매일 교회로 달려가 십자가 앞에 내려놓고 주님께 고백했다. 기도의 내용은 한결같았다. "주님, 너무 힘들어요. 제 문제들을 풀어주시고 도와주세요!" 그래도 주님은 아무 말씀이 없으셨다. 나는 이제 다른 방법으로 기도하기 시작했다.

새벽에 교회로 갈 때 영국에서 왔던 제품들 중에 두 개를 가지고 가서 주님 앞에 나아가 기도하는 바로 앞에 제품을 두고 늘 기도했다.

"주님, 영국의 일들을 다시 풀어주시고 이 제품들이 들어올 수 있도록 도와주시옵소서!"

실크로드 파랑새 날다

꿈을 꾸는 듯하다. 지금 우리 가족은 하늘을 날고 있다. 중국 시안으로 가는 중이다. 2001년 가을 친분이 있는 집사님으로부터 내년에 중국 시안에 가서 공연을 하면 좋겠다고 하였다. 성령 충만하여 믿음은 좋다는 이야기는 들어봤지만, 선교라는 이야기는 난생처음 들었다. 반포동에 있는 남서울교회 의사들로 구성된 단기선교 팀이 매년 중국 시안에 가서 봉사하는데 우리 가족이 함께 가서 중국 현지인들이 치료받으러 올 때 많은 아이들이 부모와 함께 오는데 그들에게 공연을 해 주면 좋겠다는 것이었다. 이렇게 해서 매주 반포동의 한 장소에 모여 기도하는 기도회에 참석했다. 봄이 되면서 본격적으로 기도하며 준비해 나갔다. 중국에 가는 선교팀들은 모두가 자비량으로 가는 것이다. 그래서 우리 가족도 한 사람당 80만 원의 비용을 지불해야 했다. 중국을 가는 날짜가 다가오면서 과연 우리 가족이 함께 팀들과 갈 수 있을까 걱정을 했다. 우리를 소개해줘서 함께 가자고 제안을 해 준 집사님께 정말 미안했다. 날짜가 다가오는데 비용 때문에 갈 수 없다고 말할 수도 없는 상황이었다. 매일 하나님께 기도할 뿐이었다. 또 하나 문제가 있었다. 중국에서 공연할 때 한국어로 공연하고 통역을 하는 것이 문제였다. 특히 공연은 라이브가 아닌 녹음을 한 파일을 틀어놓고 하는 공연이었다. 이렇게 경비와 언어 문제가 해결되지 않으면 갈 수가 없는 상황이었다. 나중에 안 일이지만 우리 가족 두 명의 경비를 충당해 줄 수 있는 헌금이 있었다는 소식을 들었다. 참으로 고마웠다. 그러나 두 명의 경비는 여전히 해결하지 못했다. 중국으로 떠나는 날 우리 가족은 팀들의 도움으로 중국행 비행기를 탈 수 있었다. 인원이 많아 1진과 2진으로 나누어 출발했는데 우리가 속한 팀은 2진이었다. 공연에 대한 문제는 하나님께서 친히 말씀해주셨다. 새벽기도를 하면서 이 문제를 가지고 주님께 간절히 여쭈었다. "주님, 우리 가족이 하나님의 은혜로 중국에 가게 해 주셔서 감사드립니다. 그런데 문제는 한국어로 공연을 하고 중국어로 통역하면서 공연을 하

면 공연을 제대로 할 수 없는데 어떻게 해야 합니까?" 그랬다. 공연
하면서 옆에서 중국어로 통역을 한다면 너무 재미가 없을 것 같았
다. 두 딸도 공연을 절대 할 수 없을 것이라고 단언했다. 그래서 더
욱 기도에 매어 달렸다. 출발 1주일을 앞두고 새벽 기도를 하는데
"한국어로 하지 말고 중국어로 공연을 하면 될 것 아니냐?"

주님의 음성이라고 생각했다. 나는 깜짝 놀랐다.

"중국어로 녹음해서 가면 되겠군요?" 한 번 더 물었다. 주님은 정
확하게 문제의 방법을 해결해 주었다. 그 날 바로 청년부의 형제자
매들에게 중국어를 할 줄 아는 사람이 있는지 알아보았다. 의외로
문제가 풀렸다. 교회 내에 대학선교회 소속이 되어 활동하는 청년
들이 있었다. 그들은 하루 만에 중국어를 잘하는 청년 3명을 소개
해 주었다. 나는 그들을 만나 한국어 대본 두 개를 주었다. 이틀 만
에 중국어로 번역되었고 그 청년들을 다시 만났다. 시간이 없었다.
그들과 주일학교 예배당에서 두 개의 작품을 11시간에 동안 중국
어로 녹음을 했다. 4~5시간이면 끝날 것 같았는데 녹음을 하면서
중국어는 모르지만, 음성의 고저와 감정들을 체크하면서 몇 번이
고 녹음을 다시 시켰다. 녹음에 참여한 대학선교회 청년들이 "어떻
게 중국어도 모르면서 이렇게 정확히 감정을 체크할 수 있나요?"라
고 물었다. 사실 중국어는 한마디도 못한다. 그러나 공연의 내용을
이미 다 알고 있고 국내에서 많이 공연을 해 왔기 때문에 성령께서
지혜를 주셨다. 신기하게도 중국어로 녹음된 음성을 들어보면 잘못
된 발음들을 일일이 체크할 수 있도록 해 주었다. 그날 녹음된 파

일에 효과음까지 완벽하게 작업을 하고 집으로 왔다. 가족들이 다 모여 기도를 하였다. 그리고 입을 열었다. "여보, 그리고 얘들아, 지금부터 아빠가 하는 말 잘 들어라. 오늘 중국어로 공연할 작품 두 개를 녹음했다. 한 작품은 엄마랑 아빠 둘이서 하는 것이고 하나는 가족들 네 명 하는 작품을 중국어로 녹음했으니 연습만 하면 돼.", "아빠, 그건 말도 안 돼요, 어떻게 중국어도 모르는데 공연을 해요?" 나는 흥분이 되었다. 그리고 어떻게 하면 되는지 상세히 설명을 했다. 그것은 간단한 방법이다. 우리 가족은 늘 같은 작품을 함께 공연하였다. 그래서 한국어로 녹음된 파일에서 효과음만 다시 뽑아내어 중국어 파일에 그대로 삽입한 것이다. 따라서 공연할 때 그 효과음만 들어도 지금 어떤 장면인지 알도록 한 것이다. 방에다가 공연 무대를 설치했다. 몇 번을 중국어로 공연해 보니 아주 완벽했다. 중국 출발 4일을 남겨주고 매일 연습을 했다.

"우리 아빠는 완전히 미쳤어요, 중국어도 한마디 못 하면서 중국어로 공연을 한데요."

두 딸이 연습을 하면서 계속 놀렸다.

인천 공항으로 갔다. 마음이 너무 설레었다. 비행기가 굉음을 내며 하늘 높이 날아올랐다. 창가로 내려다보이는 한여름의 하얀 뭉게구름들이 아름다웠다. 갑자기 영국 히드로 공항에서 비행기를 타고 서울로 돌아오던 일이 생각났다. 두 딸은 처음 타보는 국제선 비행기가 신기했는지 연신 조잘대며 웃는다.

"여보, 하나님께 다시 영국에 가야 한다고 그렇게 매일 기도했는데 왜 중국으로 보내실까?"

아내는 아무 대답이 없었다.

"다음에는 영국 가는 비행기를 탈 수 있을 거야." 내 말에 아내는 여전히 입을 다물고 창밖으로 펼쳐지는 풍경만 바라볼 뿐이었다. 나는 정말 영국 가는 비행기를 타고 싶었는데 중국으로 가는 비행기를 타고 가는 것이었다. 시안에 도착한 선교팀들이 민속촌 한복판에 있는 교회에 임시 진료소를 설치했다. 매일 1천여 명 이상 환자들이 몰려와 끝없이 줄을 서서 진료받기를 원했다. 어떤 사람은 이틀 걸리는 거리를 달려와 치료를 받았다. 또 한 쪽에서는 미용 봉사를 했다. 나와 우리 가족은 매표소 입구에 있는 넓은 운동장에서 중국 어린이에게 공연과 문화사역을 했다. 단기선교 마지막 날이 되었다. 넓은 운동장에서 중국인들을 위한 한중문화의 밤을 준비했다. 중국팀이 열정적으로 초대형 북으로 연주를 했다. 한국팀들은 모노드라마와 인형극을 공연하였다. 우리 가족은 '욕심쟁이 심술통'과 '다윗과 골리앗'을 중국어로 공연했다. 2천여 명의 중국인들이 열광했다. 자기 나라 언어로 공연을 했다는 사실에 감동하였던 모양이다. 두 개의 공연은 잘 끝났다. 완벽했다. 다음 날 인천공항으로 귀국했는데 G 선교회 회장이 인천 공항까지 마중을 나왔다. 그분은 이미 우리 가족의 공연에 대한 이야기를 들었다고 했다. 기회가 된다면 자신의 선교회에서 함께 일하면 좋겠다고 하셨다.

검은 대륙 아프리카로

2013년 7월 14일 가족들을 이끌고 검은 대륙 동부 아프리카의 탄자니아로 날아갔다. 하나님께서는 꿈같은 일들을 우리 가족을 통하여 이루고 계셨다. 1998년 가을 어느 날 주일 찬양예배 때 케냐의 강인중 선교사님의 선교 보고 및 설교가 있었다. 교회를 등록하고 처음 접하는 선교이야기였다. 아프리카 이야기와 선교의 사명에 대한 설교였다. 하나님은 모든 성도들에게 선교의 사명을 주셨다는 내용이었다. 설교 마지막에 아프리카의 유치원과 어린이들의 모습을 영상으로 보여주었다. 그 순간 나는 마음속으로 아프리카의 어린이들에게 인형극 공연을 해주면 참 좋겠다고 생각했다. 다음날부터 새벽기도 때마다 정말 하루도 빠지지 않고 아프리카 어린이들에게 인형극 공연을 할 수 있게 해달라는 황당한 기도를 하기 시작했다. 처음에는 그냥 가보고 싶다는 마음으로 기도를 시작했다. 1년 정도 기도를 하고 나니 아프리카에 가야 한다는 간절한 소망으로 바뀌었다. 매일 새벽에 습관처럼 기도할 때마다 아프리카의 어린이들이 영상에서 활짝 웃는 모습을 떠올리며 기도를 했다. 약 4년이 지날 무렵 어느 가을에 잠실 성현교회에 볼 일이 있어서 갔다가 장로님으로부터 우연히 탄자니아 선교사님을 소개받게 되었다.

"임 집사님, 아프리카에서 오신 안명찬 선교사님이십니다. 인사하시죠."

나는 아프리카 탄자니아에서 오신 안명찬 선교사님과 짧은 인사를 했다.

"저 아프리카 어린이들에게 인형극 공연을 보여주기 위해 기도하고 있습니다."

선교사님은 활짝 웃는 얼굴로 "아프리카, 어느 나라입니까?"

"케냐입니다, 강인중 선교사님이 사역하시는 곳입니다."

"아, 우리 교단 선교사님입니다. 강인중 선교사님 잘 알죠. 그럼 탄자니아도 한 번 오시죠?"

선교사님의 말에 가게 된다면 탄자니아도 가겠다고 약속 아닌 약속을 해 버렸다. 우리는 이렇게 짧은 만남을 하고 헤어졌다.

해가 바뀌고 2003년 3월이 되었다. 탄자니아에서 메일이 왔다. 안명찬 선교사님의 선교 편지였다. 선교 보고와 이번 여름에 탄자니아를 방문해 달라는 부탁도 있었다. 나의 마음이 요동쳤다. 아프리카를 가기 위해 5년째 기도하고 있던 차였다. 일단 여름에 갈 것이라는 답장을 보냈다. 그리고 인형극 대본을 함께 보내면서 그 나라에서 사용하는 아프리카의 스와힐리어로 인형극 대본을 번역해줄 것과 녹음을 부탁했다. 약 한 달 후 녹음된 테이프가 국제 우편으로 도착했다. 잡음이 있었지만 녹음은 잘 되었다. 그러나 목소리에 감정이 없고 책을 읽는 것 같은 느낌이 많이 들어 있었다. 나는 감정이 들어가야 할 부분을 체크하여 다시 녹음해 달라고 부탁했다. 보름 후 테이프가 왔다. 녹음 음성을 들으니 너무 좋았다. 감정이 살아있는 듯하였다. 다음 날 인천의 한 녹음사무실에 찾아갔다. 녹음실을 운영하는 사장이 대략 4시간 정도 작업을 하면 잡음도 제거하고 효과음을 넣을 수 있다고 하였다. 녹음실 사장도 아프리카 언어로 공연을 간다고 하니 자기 일처럼 정성을 다해 효과음 작업을 해주었다. 그런데 전문가가 하는 작업이라 계속 수정하고 수정하면서 두 작품을 완성하는데 27시간이 소요되었다. 하루하고 3시간이 더 소요된 것이다. 녹음은 완벽했다. 이제 비행기 표를 알아봐야 했다. 모 여행사를 통하여 탄자니아로 가는 비행기를 예약했다. 비행기 예약은 돈을 주지 않아도 가능하기에 7월 14일 출발하는 비행기로 예약했다.

이제 우리 가족이 할 수 있는 일은 기도뿐이었다. 예매한 비행기 표를 찾아오는 일만 남았다. 탄자니아와 케냐 선교사님들에게 일정표를 보냈다. 아프리카에서도 우리 가족의 방문과 사역에 대한 세부적 일정을 잡았다. 그동안 탄자니아 선교사님으로부터 의료기기 사업을 하는 분을 소개받아 조그맣게 교회 근처에서 의료기기 판매 가게를 운영할 수 있었다. 아프리카 출발이 다가오면서 여행사로부터 자주 연락이 왔다. 비행기 표를 빨리 찾아가야 한다는 것이다. 기도는 새벽뿐 아니라 주야로 하나님께 매어 달렸다. 우선 의료기기 장비 하나를 팔아서라도 비행기 표를 찾아와야 할 상황이라 의료기기 장비를 평소에 사고 싶어 하던 식당을 운영하는 아주머니 고객에게 찾아갔다. 식당을 운영하는 분이라 자주 그 가게에 가서 점심을 먹곤 하였다. 그분은 평소에 저주파 치료용 의료기기를 사고 싶어 했었다. 나는 그분에게 꼭 의료기기를 사고 싶으면 카드로 먼저 결제를 해 주고 제품은 나중에 가져가시면 어떠하냐고 물었다. 그리고 아프리카를 가야 하는데 비행기 값이 약간 부족하다고 이야기를 했다. 그분은 그 자리에서 선뜻 바로 여행사에 전화를 하여 자신의 카드로 결제하도록 했다. 이제 두 장의 비행기 표가 남았다.

우리 가족은 보건소에 가서 말라리아, 장티푸스, 뎅기열 등 아프리카 방문에 필요한 예방접종을 하였다. 황열 예방접종은 출발하는 날 비행기 타기 전에 하기로 인천국제공항 검역실과 약속을 했다.

"아빠, 죄송하지만 정말 아프리카 가는 것 맞아요?" 두 딸은 아직도 믿지를 못하고 있었다.

"그래, 꼭 가는 것이니 오늘은 아프리카 출발 기념으로 사진관에서 가족사진을 찍을 거야."

"비행기 표를 4장 다 우리에게 보여주고 사진을 찍든지 말든지 하지 괜히 간다고 했다가 못 가면 창피하잖아요?"

두 딸은 주일학교와 친구들에게 아프리카를 간다고 이야기를 하지 못하고 있었다. 아빠가 비행기 값만 7백만 원이 있어야 하는데 도저히 불가능하다고 생각을 하고 있었다. 그래서 학생부에서 여름 수련회에 가는 곳을 신청해 놓은 상태였다. 그래도 우리 가족은 오후에 사진관에서 기념촬영을 했다.

출발 10일 전인데 나머지 두 장의 표를 찾아올 수 없었다. 그러나 나머지 두 장도 아는 지인에게 아프리카 방문 이야기를 하고 도움을 청했더니 선뜻 여행사에 카드로 결제를 해 주었다. 꿈만 같았다. 명동 롯데호텔에 있는 여행사로 달려가 두 장의 항공권을 받았다. 너무 기뻤다. 이제 약속대로 기도대로 검은 대륙 아프리카를 향해 날아가는 것이다. 뜨거운 7월의 태양은 나를 더욱 흥분시키고 있었다.

아프리카의 태양을 쏘다

5년 만에 그렇게도 갈망했던 기도가 이루어진 것은 하나님의 은혜였다. 7월 14일 뜨거운 태양이 막 떠올랐다. 새벽부터 초대형 공연 가방 8개를 가지고 인천공항으로 향했다. 출발시각보다 3시간 전 인천공항에 도착해서 미리 약속했던 검역소로 찾아가 가족 모두가 황열 주사를 맞았다. 아프리카에 입국하려면 꼭 황열 예방 접종증이 있어야 입국이 허용된다. 공연 가방과 짐을 준비하는데 꼬박 3일이 소요되었다. 3일 동안 거의 잠을 자지 못하고 준비하였다. 온몸은 피곤했지만 마음은 날아갈 것 같았다.

우리를 태운 비행기는 뜨거운 창공을 날아올라 첫 경유지인 필리핀 마닐라 공항을 향해 날아갔다. 두 딸의 얼굴에는 미소가 넘쳤다. 7월 14일이라 학교는 아직 방학을 하지 않아서 작은딸은 학교 담임선생님과 행정실에 아빠와 함께 가족들이 아프리카에 공연을 간다는 사유서를 작성하여 결석계를 따로 제출하였다.

약 4시간을 날아 우리를 태운 비행기는 무사히 필리핀 마닐라 공항에 도착했다. 3시간을 마닐라 공항에서 대기한 후 중동의 아랍 에미리트 항공을 타고 아부다비 공항으로 날아갔다. 인천에서 마닐라로 갈 때는 대부분 동양 사람들이었는데 마닐라에서 아부다비로 가는 승객은 동양인은 우리 가족들과 몇몇 사람들뿐 대부분 중동 사람들이었다. 우리는 다시 아부다비 공항에서 10시간을 대기하였다가 탄자니아로 가는 비행기를 갈아탔다. 그런데 이제는 완전히 동양인은 우리 가족뿐이었다. 약간은 두렵기도 하고 설레기도 했다. 덩치 큰 비행기는 승객들을 반 정도 태우고 아부다비 공항을 이륙하였다.

우리를 태운 비행기는 5년 동안 기도하고 꿈꾸어 왔던 아프리카로 날아갔다. 비행기에서 밤을 두 번 보내고 32시간 만에 태양이 막 떠올라 열기를 내 뿜고 있는 아프리카의 넓은 대지가 비행기 창 아래로 펼쳐졌다. 그토록 오고 싶었던 아프리카의 모습이 한눈에 들어왔다. 두 딸 입에서도 탄성이 터졌다.

"우와 아프리카다!" 두 딸의 탄성이 어찌나 컸던지 다른 외국인 승객들이 우리 가족을 웃는 얼굴로 쳐다보았다. 나도 흥분이 되었다.

아내가 말라리아에 걸리다

2003년 동부아프리카의 탄자니아와 케냐 순회공연은 우리 가족들에게 잊을 수 없는 선교여행이 되었다. 하나님께 5년 동안 아프리카 어린이들에게 공연하고 싶다고 기도했는데 그 기도를 들어주신 것이다. 첫 아프리카 일정은 탄자니아의 수도인 다르에스살람부터 시작해서 음부티 초등학교, 키시주 초등학교, 키시주 교회, 키밤바 초등학교와 다르에스살람에서 자동차로 8시간 걸리는 도도마에서 사역하시는 김정림 선교사를 만나, 도도마 교회, 입파갈라 교회, 티나이 교회 등을 방문하고 공연을 했다. 그리고 두밀라 교회와 차영수 선교사가 사역하시는 문풍구 교회를 방문하고 입당예배 축하공연을 했다. 나는 원주민들과 함께 북을 두드리며 춤을 추었다. 내 영혼도 춤을 추는 듯했다. 그리고 두밀라, 모로고로, 모시, 루소토로 이어지는 긴 여정을 여행하며 아프리카의 대자연을 마음껏 품었다. 킬리만자로, 야루샤, 국경을 넘어 케냐의 나이로비로 이어지는 선교여행은 내 삶의 목표를 완전히 바꾸어 놓았다. 나는 아프리카 선교여행을 하면서 앞으로 선교사가 되리라고 다짐을 했다.

아프리카의 최고봉인 킬리만자로를 돌아 케냐 국경을 넘기 전에 리빙스턴의 유해가 본국으로 발송되었던 탕가의 해변을 가 보았다. 나는 그때 왜 리빙스턴과 슈바이처 박사가 아프리카인들을 그토록 사랑하며 그들에게 복음을 전했는지 조금을 알게 되었다. 국경을 넘어 케냐의 나이로비로 들어가기 전 아류샤 국경 도시에서 아내가 많이 아프다고 하여 선교사님들이 급히 종합병원으로 아내를 데리고 갔다. 나는 그동안 아내가 몸이 좋지 않다고 해서 피곤하여 그런 줄 알았다.

"여보, 나 자꾸만 어지럽고 추워." 아내가 이틀 전부터 나에게 얘기할 때

"당신 피곤해서 그러니 잠을 푹 자고 일어나면 괜찮을 거야. 아마 멀미약을 붙여놓아서 그럴 수도 있어."

그러나 아내의 눈동자는 동공의 초점이 점점 흐려지고 있었다. 의사는 아내의 상태를 선교사님들로부터 통역으로 들어보더니 팔에서 피를 뽑고 정밀 검사에 들어갔다. 선교사님들과 우리 가족은 1시간을 초조하게 기다렸다. 검사 결과는 말라리아였다. 주사를 맞고 5일분의 약을 주었다. 병원의 깡마른 흑인 의사는 아내의 병이 심각하다고 했다. 가능하다면 여행을 하지 않는 것이 좋겠다고 했지만 정해진 일정에 따라 국경을 넘어 나이로비에 도착해야만 했다. 우리는 그동안 함께 지냈던 안명찬 선교사님과 헤어지고 국제버스로 6시간을 달려 국경을 넘어 나이로비로 향했다. GMS 소속인 강인중 선교사님은 아내의 상태를 보더니 사역일정을 조절하였다. 그리고 우리가 나이로비에 머무는 동안 아무 불편함이 없도록 배려해 주셨다. 또한, 말라리아는 잘 먹고 푹 쉬어야 한다며 매일 귀한 한국 음식을 먹도록 배려해 주셨다. 덕분에 케냐를 떠날 때쯤 아내는 무서운 공포의 말라리아에서 완전히 벗어날 수 있었다. 이렇게 주님께서는 5년 만에 나의 기도를 이루어 주신 것이다. 나이로비에서 깡께미초등학교와 키베라초등학교에서 약 1,500명의 학생들이 모인 가운데 공연이 펼쳐졌다. 꿈만 같은 18일간의 검은 대륙 아프리카 선교 여행은 내 마음속에서 영원히 타오르는 대지의 열기처럼 꺼지지 않는 불꽃이 되어버렸다.

나의 사랑 킬리만자로여!
—

여기 2013년 아프리카를 다녀와서 쓴 글을 그대로 옮긴다.

저기 파도가 출렁인다. 멀리 웅장한 모스크(이슬람 사원)가 보이는데 희미하다. 동부 아프리카의 탄자니아 나라에서도 탕가의 바닷가, 이 백사장을 통하여 리빙스턴의 유해가 발송되었던 장소이다. 나는 이 백사장에 머무는 동안 왜 리빙스턴이 아프리카를 그토록 사랑하였는지, 왜 슈바이처 박사가 아프리카에서 일생을 살았는지 곰곰이 생각해 보았다. 그렇다, 나는 태초부터 그곳에 있었던 것이다.

다르에스살람, 도도마, 티나이, 모로고로, 다시 다르에스살람으로 올라와 킬리만자로 마운틴으로 가기 전 평화롭고 애절한 바닷가에 들렀다. 음침한 마을을 지나 더없이 넓은 백사장에는 사람들이 없었다. 외롭게 바람만이 우리 일행을 반기며 파도가 넘실댄다. 시원한 바닷가의 바람을 맞으며 가슴에 무거운 짐들을 내려놓는다. 두 딸은 백사장에서 조개를 줍는다고 정신이 없다.

내 사랑 킬리만자로여!

나는 고등학교 시절에 세계문학을 읽기 시작했다. 장, 단편의 세계문학 전집은 거의 다 읽었는데 그때 헤밍웨이의 작품도 읽었다. 특히 노벨문학상을 수상한 그의 작품은 나에게 밤잠도 못 자게 하였고 대표작들을 읽으며 많은 감동을 받았었다. (해는 또다시 떠

오른다: The Sun Also Rises), (무기여 잘 있거라: A Farewell to Arms), (노인과 바다: The Old Man and the Sea), (누구를 위하여 종은 울리나: For Whom the Bell Tolls) 의 대표작을 읽으면서 또 하나의 작품을 만나게 되었고 나는 이 작품 속에서 (킬리만자로의 눈: The Snow of Kilimanjaro) 아프리카의 킬리만자로에 대한 꿈을 꾸었다. 언젠가는 한 번 정도 가 보고 싶었던 곳이 되었지만 꿈같은 일이었다. 수많은 세월을 보내고 이제 막 그 꿈속의 환상 속으로 다시 들어가 '킬리만자로의 눈'을 본다. 신비롭다. 나는 곳 그 신비로운 얼굴 앞에 서게 될 것이다.

막연히 꿈을 꾸었던 소년이 청년이 되고 성인이 되었지만, 그 꿈은 희미하나마 마음속에 남겨져 있었다. 어느 날 나는 내 사랑하는 아내와 두 딸과 함께 킬리만자로의 정상을 바라보며 향기로운 커피를 마시며 소설 속의 주인공이 된 것처럼 흥분되었다. 킬리만자로 마운틴을 끼고 아프리카의 대초원을 달리고 달려도 끝없는 평원은 내 모든 삶의 기억 속에 제일 아름다운 모습으로 남겨지게 되었다.

비록 만년설의 정상은 올라보지 못했으나 등반 출발지점에서의 휴식은 다음 2차 아프리카의 선교여행 때 꼭 정상에 올라 보고 싶은 충동을 강하게 느꼈다. 나는 그 일들을 위하여 지금도 꿈을 꾸고 있다. 탄자니아의 광활한 평원을 달려 킬리만자로를 보며 케냐로 국경을 넘어 달렸던 그때의 시간들이 영원히 우리 가족의 마음속에 남아 있을 것이며, 언젠가는 그 순박한 아프리카의 토인들과의 만남을 통하여 나의 꿈과 희망을 이루고 킬리만자로의 눈처럼 원주민들처럼 순박한 사람이 되고 싶을 뿐이다.

아루샤의 이 호텔에서 바라보는 킬리만자로의 모습이 제일 아름답단다. 비록 정상에 오르지는 못하지만 아름답고 순결한 킬리만자로의 모습을 보기 위해 우리 일행은 약 3시간을 기다렸다. 그러나 아쉽게도 구름 때문에 볼 수 없었다. 1년에 40여 일만 그 모습을 보인다고 한다. 커피를 잔에 따르면서 호텔 종업원이 하는 말이다. 세계 최고의 커피가 킬리만자로에서 생산된다는 사실을 여기와서야 알게 되었다. 우리는 아프리카의 향기가 진하게 파고드는 맛있는 커피를 마시며 아쉬운 마음을 위로하였다.

아쉽지만 이번 아프리카 방문은 시간이 없어서 그러한 구경을 하지 못하고 발길을 돌려야 하지만, 이 미련은 인간의 욕망을 충족시키며 희망과 미래를 나에게 열어줄 것이다. 나는 고등학교 시절 킬리만자로와 처음 만났다. 얼마나 가슴이 뛰었는지 모른다. 밤을 새우며 읽었던 이 소설 『킬리만자로의 눈』은 헤밍웨이가 28살이 되던 해에 발표되었다. 그가 케냐의 킬리만자로와 사파리를 여행한 뒤 영감을 얻어 쓴 것이다. 그 작품을 읽은 나의 가슴속에는 킬리만자로의 표범을 각인시켰고 언젠가는 꼭 가보리라는 꿈을 꾸었다. 킬리만자로 정상을 등반하려면 중턱인 여기서부터 허가를 받고 오른다. 왕복 5일 걸린다.

"언니! 언니! 정말 우리가 아프리카의 킬리만자로에 온 거야?" 하며 진주가 너무 좋아했다. 두 딸은 앞으로 어떤 꿈을 꾸며 살아갈까? 나는 아프리카를 사랑할 수밖에 없다. 아름답고 순수한 영혼들과 대자연이 있기에 말이다. 나는 언젠가 다시 그곳에 갈 것이다. 그곳에는 킬리만자로와 순박한 원주민들을 만나 사랑한다고 속삭일 것이다. 아프리카는 지금도 나의 꿈이기 때문이다.

2003년 검은 대륙 동부아프리카를 다녀와서

아프리카에서 돌아온 후 아내와 선교훈련에 들어갔다. GMS 세계선교센터에서 LMTC 훈련과 온누리 세계선교센터에서 훈련을 마쳤다. 또한, 컴퓨터선교회에서도 훈련을 받았으며 선교사의 꿈을 키워나갔다. 내 인생은 선교의 꿈으로 가득했다.

꿈꾸는 자는 꿈으로 끝나지만
그 꿈을 실행하는 자는 성공이라는 열매를 맛본다

기관총으로 무장한 8명의 경찰들에게 경호를 받으며
어두운 도시를 빠져나왔다.
난 돌아가는 경호원들에게 손을 흔들며
"Thank you!" 하면서 인사를 했다.
그러나 표정들이 너무나 무표정했다.
모든 것이 지나갔다.
하나님이 그렇게 하신 것이다.
나는 아직도 그들의 눈빛을 잊을 수가 없다.

Part 4

인생
다시 색칠하기

9
슬프지 않은 눈물

나귀 새끼를 데려오라

오늘도 변함없이 교회에 나가 새벽기도에 들어갔다. 항상 그렇듯이 기도 시간은 정해져 있었다. 보통 40여 분 지나면 성령님이 임재하면서 위로가 있다. 그 위로야말로 세상에서 무엇과도 바꿀 수 없는 소중한 주님의 선물이다. 주님께서 세미한 음성으로 내게 말씀하셨다.

"나귀가 되려므나."

나는 깜짝 놀랐다. 주님이 나에게 나귀가 되라고 하신다. 어처구니가 없었다. 지금 주님께서 나의 사정을 알고 계신다면 물질에 대한 문제들을 풀어주시는 것이 인간의 상식인데 나더러 나귀가 되라고 하시는 것이다. 나는 왜 주님이 나귀라는 동물이 되라고 하시는지 생각했다. 성경에 나오는 나귀들이 떠올랐다. 난 주님께

"제가 꼭 나귀가 되어야 한다면 나귀가 되겠습니다."

고 대답을 했다. 주님이 그때서야 다시 정확하게 말씀하셨다.

"평생 무거운 짐을 나르는 나귀가 되어 인간들의 매서운 채찍을 맞으며 살겠느냐. 아니면 나를 등에 태우고 다니는 나귀가 되겠느냐?"

그때서야 주님이 왜 나귀가 되겠느냐고 물으신 이유를 알았다. 눈물이 났다. 나 같은 죄인이 어떻게 주님을 등에 업고 가는 인생이 된다는 말인가. '마을로 가라 그리하면 곧 매인 나귀와 나귀 새끼가 함께 있는 것을 보리니 풀어 내게로 끌고 오라, 만일 누가 무슨 말을 하거든 주가 쓰시겠다 하라 그리하면 즉시 보내리라 하시니'(마 21:2-3)

마태복음 21장 2~3절에 나오는 나귀는 첫 새끼라 주님께 바쳐지는 것은 당연하지만, 어찌 내 마음대로 살아온 더러운 인생이 주님의 나귀가 될 수 있겠는가 하고 고민에 빠져버렸다.

"여보, 당신에게 조용히 의논할 일이 있어." 집에 돌아오자마자 나는 오늘 새벽에 주님이 말씀하신 것을 얘기했다. 아내는

"그건 당신 생각이겠지요."

"아냐, 성령님이 임재하는 가운데 분명히 말씀하셨어."

"그럼 그 이야기는 당신에게 주의 종이 되라는 것 아닌가요? 생각해 보세요, 무슨 돈으로 신학교에 간다는 말인가요. 말도 안 되는 소리 그만하고 식사나 하세요."

아내는 더 이상 말을 못하게 했다. 마음이 답답해 왔다.

나는 속으로 중얼거렸다. '그래 내 형편에 무슨 신학교를 간다

고…'

그 뒤 더 이상 그 말씀에 대하여 아내와 이야기하지 않았다. 그 후 1년이 지났다. 늘 강단 앞에서 기도하던 시간이었다. 보통 다른 성도들이 다 나가고 나서 혼자 1~2시간 정도 더 기도를 하는 경우가 많았다. 성령님이 내게 또 말씀하셨다.

"네가 나를 사랑한다면 나를 태우고 가는 나귀가 되면 좋겠구나."

나는 깜짝 놀랐다. 1년 전 딱 이맘 때 아니었던가. 그동안 잊어버리고 있었는데 주님은 나에게 다시 주님을 태우고 가는 나귀가 되라고 하셨다.

"주님, 가진 것 아무것도 없고 이 죄인 자신이 없습니다." 하고 대답했다.

주님은 다시 한 번 말씀하셨다.

"네가 저 건너편 마을에 가서 첫 나귀 새끼를 데려와라, 그럼 주가 쓰겠다고 하라. 만약 나를 태우는 나귀가 아니면 평생을 세상 무거운 짐을 지는 나귀가 되고, 나를 태우는 나귀가 되면 호산나 환영을 받는 영광을 보리라."

나는 내 깊은 심령 속에서 눈물이 났다. 그리고

"주님 알겠습니다." 짧게 대답을 하고 집으로 돌아왔다.

아내에게 1년 전 주님의 말씀이 오늘 그대로 다시 임했다고 이야기를 했다.

"난 당신이 신학생이 된다는 것에 정말 찬성할 수 없어요. 또 학비도 없잖아요?"

역시 많은 문제들 때문에 자신이 없다는 것이었다. 나의 기도는 힘든 고역이 되어 근심 걱정으로 돌아왔다. 참으로 답답했다. 분명히 주님께서 말씀하셨는데 이 일을 어떻게 해야 할지를 몰랐다. 또 그냥 내가 잘못들은 것으로 간주하고 가슴에 묻어 두었다.

그날 부흥회

1년 후 2005년 11월 미국 LA의 세계아가페선교교회 김요한 목사님이 오셔서 우리 교회에 가을부흥회를 인도하셨다. 주일 저녁부터 시작된 부흥회는 수요일까지 이어졌다. 월요일 오전 예배에 여전히 나는 아내와 맨 앞자리에 앉았다. 강사 목사님이 강단에 올라오시더니 바로 나에게

"어제 주일 저녁 참석해서 알겠지만 믿음에 대하여 설교를 했는데 믿음이란 무엇인지 요약해서 이야기해 보세요."

내가 너무 당황하고 있으니 목사님이 강단에서 내려와 자리에서 일어나라고 하였다. 자리에서 일어난 나에게 뒤로 돌아 성도들을 바라보도록 했다. 그리고 하시는 말씀이

"이 집사님은 앞으로 주의 종이 될 것이고 부흥사가 될 것입니다."

황당했다. 그리고 온 성도들이 듣도록 믿음에 대하여 이야기하라고 하였다. 나는 아브라함의 믿음에 대하여 정신없이 이야기하였다. 온몸에서 땀이 났다. 부흥회를 마치고 집으로 돌아왔는데 종일 목사님의 음성이 가슴에서 맴돌았다. 부흥회 이틀째인 화요일, 다음

날도 역시 아내와 같은 자리에서 예배를 드렸다. 오후 예배였다. 예배를 마치고 나서 강단 옆에 있는 내가 늘 기도하던 자리에 나가 무릎을 꿇고 기도를 하였다. 그때였다. 강단에서 내려가시던 목사님이 나에게 오셔서 머리에 손을 얹으시고 기도를 하셨다.

"내가 네게 명하노니 주의 종이 될 찌어다."

"…" 나는 아무 대답도 하지 않았다. 목사님은 다시

"내가 네게 명하노니 주의 종이 될 찌어다."

"…" 역시 아무 대답도 하지 않았다. 목사님은 다시 오늘 손으로 머리에 손을 얹고 한참을 방언으로 기도하시고 나서 내 귀에다가 조용한 목소리로

"내가 네게 다시 명하노니 주의 종이 될 찌어다."

나는 대답을 하지 못하고 뒤로 누워 한참을 울면서 기도했다. 그날 밤 집으로 돌아와 아내와 의논을 하였다.

"여보, 보는 사람마다 신학을 공부하라고 하고 이제 부흥회 때 목사님을 통해 종의 종이 되라고 명령을 하고 안수를 하니 어떡해?"

아내는 아무 대답도 하지 않았다.

"월요일은 온 성도들이 듣는데 주의 종이 될 것이라고 선포까지 하시고 이제 주의 종이 되라고 안수기도까지 하니 순종하는 마음으로 원서라도 써보자?"

아내는 "학비가 있어야지요?"

"나도 몰라, 일단 원서를 써 보자고요, 지난번에도 두 번이나 주

님께서 당신을 태우고 가는 나귀가 되라고 했잖아요?"

아내는 이제 당신이 알아서 해라고 했다. 나는 주일 날 교회 청년부에 아세아연합신학대학교(ACTS)에 다니는 자매가 있어서 학교 원서를 부탁했다.

"집사님 신학교 가시게요?"

"아니, 우리 친척 중에 신학교에 관심 있는 사람이 있어서 전해 주려고요." 차마 내가 학교 원서를 넣는다고는 말을 하지 못했다. 온 성도들에게 신학교 간다고 소문이라도 나고 입학을 하지 못하면 망신이기 때문이었다.

며칠 후 내 앞에 아세아연합신학대학교(ACTS) 원서가 놓였다. 떨리는 마음으로 원서 작성을 하고 접수 마감 날 마포에 있는 학교 평생교육원 건물이 있는 곳으로 달려가 접수를 하였다. 가슴이 설레었다. 내가 대학교 원서를 넣는다는 것이 믿어지지가 않았다.

ACTS 신학대학교 입학하다

생각하지도 못했는데 내가 대학생이 될 것이라는 사실에 가슴이 벅찼다. 합격자를 발표하는 날 밤잠을 설치며 아침 일찍 학교 홈페이지가 들어가 합격자 명단을 확인했다. 내가 받은 수험표 번호가 있었다. 아내와 나는 서로 부둥켜안고 기뻐하며 눈물을 흘렸다. 이렇게 시험을 치르고 면접을 통과하여 신학대학교에 입학하게 되었다.

그러나 기쁨도 잠시였다. 등록금이 수업료와 입학금 합하여 350

만 원이었다. 앞이 깜깜했다. 내 힘으로는 도저히 준비할 수 있는 금액이 아니었다. 단돈 10만 원도 구하지 못하여 언제나 힘든 생활을 하고 있는데 이 일을 어떻게 해야 할지 난감했다. 등록금 마감 날이 다가오고 있었지만 막막했다. 그런데 합격 통지서를 받았다는 소식을 들은 지인 두 분으로부터 너무 반가운 소식이라고 하면서 일백만 원씩 입학금에 사용하라고 보내주셨다. 그러나 아직 150만 원이 부족했다.

"주님, 돈 한 푼 없는 놈을 이렇게 신학교에 입학시키려 하시나요?"

새벽마다 성전에 달려가 울며 기도했다. 등록 마지막 날 새벽 6시경 아프리카 탄자니아 선교사님으로부터 전화가 왔다.

"할렐루야, 집사님 오늘 등록 마지막 날인데 등록하셨나요?"

"아뇨, 못했어요."

"아니, 왜요?"

"입학금이 많이 모자라서 이번에 등록 못 할 것 같은데 내년에 가야겠습니다."

"집사님을 위해서 얼마나 기도하고 있는데 안 됩니다. 꼭 오늘 등록하세요. 힘내시고 누구에게라도 도움을 청하세요."

새벽부터 요란한 응원을 받았지만 자신이 없었다. 벽에 걸린 시계를 보니 은행 마감 시간이 다 되었다. 눈물이 났다. 옆에서 아내도 울고 있었다.

아내는 푸념하면서 웅얼거렸다.

"이렇게 등록을 못할 것 같았으면 왜 부흥회 때 주의 종이 되라고 하셔서 이렇게 비참하게 만들어." 머리를 숙이고 서럽게 울고 있는 아내의 등을 만져주며

"우리 울지 말자, 입학하고 못하는 것도 주님의 뜻이니 누구를 원망하지도 말고…."

이때 마지막으로 생각이 떠올랐다. 하나님은 어떤 방법으로든지 나를 신학교에 보내실 것이라는 확신이 들었다. 그리고 아는 지인이게 전화를 걸었다. 은행 시간 마감 20분 전이었다.

"집사님, 등록했어요?"

나는 힘없이 "아뇨, 등록 못 했습니다."

"왜요?"

"아니에요, 내년에 입학하면 되죠. 그동안 신경 써 주셔서 감사합니다." 내 목소리가 울먹였다.

"집사님, 지금 얼마 모자랍니까?"

"괜찮아요." 눈물이 줄줄 흐르고 있었지만 애써 목소리는 침착하게 대답했다. 지인은 모자라는 150만 원을 바로 보낼 터이니 빨리 은행으로 달려가 등록을 하도록 했다.

"정말 고맙습니다. 이 은혜 꼭 갚겠습니다. 감사합니다." 나는 은행으로 달려갔다.

그분이 입학금 총 250만 원을 해 준 것이다. 은행 셔터 문이 천천히 내려오고 있었다. 마감 직전 은행 문으로 들어가서 등록금을 납부하고 영수증을 손에 들고 어린아이처럼 울며 집으로 돌아왔다.

그날 아내와 함께 얼마나 울었는지 모른다. 감사와 기쁨의 눈물이
었다.

"주님, 감사합니다. 주님께서 저를 신학 공부를 하시도록 허락하
셨으니 공부를 무사히 마칠 수 있도록 도와주세요." 기도하면서 아
내와 감사 예배를 드렸다.

2년 걸쳐 같은 말씀을 주시고 나귀가 되라고 하시던 주님이 생각
났다. 결국, 주님의 나귀가 될 것을 이제야 그 말씀의 의미를 알았
다. 우리는 주님이 말씀하시면 못 알아듣고 지나칠 때가 많다. 성령
님이 얼마나 답답하셨던지 주의 종을 통하여 다시 말씀하시고 명령
을 하셨던 것이다.

거룩한 길 사명자의 길

추웠던 겨울이 가고 봄을 알리는 꽃들이 앞다투며 세상에 나왔
다. 채플실에서 입학식이 진행되었다. 내가 꿈을 꾸고 있는 것 같았
다. 첫 채플 시간에는 눈물이 앞을 가려 아무것도 할 수 없었다. 따
스한 봄이 시작되는 양평의 캠퍼스는 정말 아름다웠다. 남한강이
바라다보이는 선지 동산은 내 마음을 다시 청춘으로 돌려놓았다.
여기저기서 깔깔대는 소리와 웃음소리, 20대의 젊은 학생으로부
터 60이 넘은 학생들까지 함께 공부하는 것이 좋았다. 귀하신 교수
님들의 신학 강의와 교양과목 강의는 내 인생의 과거와 현재, 그리
고 미래의 시간까지 포함하여 성경에 조명해서 볼 수 있도록 해 주

었다. 과거를 털어내고 현재와 미래를 볼 수 있는 사역자로 양육되어 갔다. 매 학년마다 이 길을 꼭 가야 하는지 주님께 스스로 물어보면서 달려왔다. 7년의 긴 시간을 학업에 전념해야 한다는 사실에 많은 부담이 밀려왔지만, 새로운 일생의 출발점으로 삼았다. 학교 수업은 야간에 이루어졌다. 그래서 늘 집에 돌아오면 밤 12시가 다 되었다. 늦은 시간 허기진 배를 채우고 과제물을 하다 보면 새벽 1시 또는 2시가 넘어서 잠자리에 든다. 학교에서 돌아온 어느 날 아내에게 의논을 하였다.

"나 전도사로 사역을 나가야겠어."

"당신이 사역자로 나간다면 반대는 하지 않는데 교회에서 맡은 사명은 다 마치고 가야 해요." 아내는 바로 사역을 나가는 것을 반대했다. 그러나 하루하루 생활이 힘든데 사역비라도 받으면 학비에 도움이 될 것 같았다. 결국, 아내의 반대로 12월까지는 본 교회에서 맡은 직분을 잘 감당하기로 했다. 특히 교구 남 전도회장을 맡고 있었는데 임기가 2년이어서 1년은 마치고 교회에 얘기하는 것이 도리라고 생각을 했다. 학교는 다니고는 있지만 수입은 전혀 없었다. 학교 가는 교통비도 준비하는데 힘든 나날이 계속되었다. 교수님들의 수업을 들으려면 책을 구입하고 과제물도 책을 구입해야 하지만 도서관에서 빌려 하루하루 수업에 임했다. 학교 도서관에 없는 책은 큰딸이 한영신학대학교에 다니고 있어서 큰딸에게 부탁을 하였다. 그나마 다행히 학교에서 집으로 돌아올 때는 학우들이 카플을 해 주어서 많은 도움이 되었다.

소망의 계절

대학 입학을 하고 한 학기가 꿈처럼 지나갔다. 나이 50이 넘어 공부한다는 것은 쉬운 일이 아니었다. 특히 암기해야 하는 과목들이 힘들었다. 젊은 사람들과 같이 공부하니 마음은 더 젊어지고 새로운 꿈들이 태동했다. 대학교와 대학원을 졸업하려면 7년의 긴 시간과 싸워야 하는 인내가 필요했다. 1학년 1학기 말부터 학내사태가 일어났다. 신학대학교에서 학내사태가 일어나는 것에 대하여 많은 실망을 했다. 신학 공부를 중단해야 할 상황이었다. 학교사태는 여름 방학 동안에 더욱 어렵게 되어가고 있었다. 입학할 때는 지인들의 도움으로 무사히 등록했지만 2학기가 문제였다. 3백만 원이 넘는 돈을 준비한다는 것은 불가능했다. 휴학을 하기로 잠정적으로 결정하였다. 가을 학기 수업이 시작되었지만, 학교사태는 말 그대로 소용돌이 속으로 빠져 들어갔다. 학우들도 두 패로 나누어져 서로가 서로에게 상처를 주었다. 신학대학교에서 공부한다는 것에 대하여 의문이 들었다. 사실 공부는 계속하고 싶었지만 학교사태가 절망으로 다가왔다. 학비는 중간고사 직전까지 납부하면 되었지만 준비가 되지 않았다. 하나님께 기도하면서도 원망이 되었다. 한 학기 공부하고 휴학을 할 것이라면 차라리 입학을 하지 않았을 것인데 왜 신학교에 보내셨느냐고 기도하기도 했다. 등록 마감 날짜가 내일로 다가왔다. 학교에서 막 돌아와 몸을 씻고 배고픈 것을 해결하기 위해 라면을 먹으려는 순간 전화벨이 울렸다. 벽에 있는 시계를 보니 밤 11시 50분이었다.

"전도사님, 통장번호 좀 알려주세요." 학교 과대로부터 온 전화였다. "늦은 밤 무슨 일인데요?", "전도사님, 전도사님의 학비를 누가 도와주고 싶다며 학비를 보냈으니 통장번호 알려 주세요." 나는 그가 누구냐고 물었다. 과대는 동문이라면서 자기는 누구인지 모른다고 했다. "아냐, 그냥 휴학할 거야.", "안돼요, 휴학하면 다시 공부하기 힘들어요. 어서 통장번호 알려주세요." 나는 다시 물었다. "그분이 누군데?", "동문이라고만 알면 되고 우리 학우 중에 아직 등록하지 못한 사람이 모두 세 사람인데 전도사님 한 분을 돕고 싶다며 공부 열심히 하시래요." 눈물이 났다. 하나님께 원망까지 한 놈에게 이런 은혜를 주시다니 말이다. 내일이 등록 마감이었다. 1학년을 그렇게 무사히 공부할 수 있도록 하나님께서는 도움의 손길을 보내주셨다. 그 후 도움을 받았던 분에게 과대를 통하여 돈을 갚았다. 아직도 도움을 주셨던 분이 누구인지 알지 못하지만, 그분의 도움이 아니었으면 신학 공부를 끝까지 마치지 못했을 것이다. 참 고마운 분이다.

한 해가 저물어 가고 있었다. 이때쯤 많은 교회에서 사역자들이 이동을 한다. 또한, 새로운 사역자들을 찾는 광고도 많았다. 노량진에 있는 작은 교회에 주일학교 전도사로 부임하게 되었다. 주일학교 아이들이 몇 명 없었다. 그러나 부임해서 열심히 전도하면 될 것이라는 마음으로 결정을 하였다. 12월 둘째 주 예배를 마친 후 담임목사님께 전도사로 가게 되었다고 말씀을 드렸다. 목사님과 사모님께서 가족들은 본 교회에서 계속 예배를 드리도록 하셨다.

"사역자들은 교회를 자주 옮기게 되어 가족들이 고생합니다. 학교 공부 마칠 때까지는 가족들이 본 교회에서 신앙생활을 하는 것이 좋을 것 같아요. 믿음으로 잘 양육할게요."

참으로 감사했다. 교역자 시절에는 자주 교회를 옮기기 때문에 사모와 자녀들이 많이 힘들다는 것을 아셨기에 조언과 함께 배려를 해 주신 것이다.

좁은 길 험한 길

12월 중순, 이제 며칠만 지나면 학기를 마치고 방학에 들어간다. 오늘따라 종일 먹지를 못하여 배가 너무 고팠다. 게다가 전기까지 단전되어 버렸고 내 몸은 감기로 몸살을 앓고 있었다. 단전으로 인하여 컴퓨터를 할 수 없으니 답답했다. 날씨가 갑자기 추워지니 감기에 걸려버린 것이다. 특히 머리가 너무 아팠다. 약을 사야 했지만 살 돈이 없었고 또 쌀도 떨어져 밥도 해 먹을 수 없는 처지가 되었다. 다행히 학교에 갈 차비는 남아있었다. 아니 남겨둔 것이다. 첫 시간 김선일 교수님의 시험이었는데 너무 몸이 아팠다. 시험만 아니었으면 학교에 나오지 않았을 것이다. 나는 아무것도 할 수가 없었다. 집이 걱정이었다. 아내와 딸들이 촛불 아래서 밥을 굶고 있을 생각을 하니 마음이 아팠다. 시험지를 받고 나니 눈물이 났다. 멍하니 앞을 바라보았다. 인생이 서러웠다. 신학을 공부한다는 몸이 이토록 힘들게 살아갈까 하는 생각이 밀려왔다. 차라리 영국의 제품이 들어와 사업을 했더라면 큰 부자가 되어 있을 것인데 주님은 그 길을 허락하지 않으시고 이렇게 힘들게 나를 인도하실까 하는 의문이 생겼다.

그래도 답을 써 내려갔다. 모두 서술형이라 계속 써 내려갔다. 온몸이 춥고 떨려왔다. 그러나 교수님과 학우들에게 전혀 표시를 낼 수 없었다. 더 이상 시험 문제를 쓸 수가 없었다. 어떻게 시험을 쳤는지 아무 생각이 없었고 더 쓰고 싶었지만, 가족들 걱정으로 앞이 캄캄했다. 아무것도 생각이 나지 않았다. 시험이 끝나고 학우들이 저녁을 먹고 가자고 하였다. 가고 싶지 않았다. 그냥 어서 집으로 달려가고 싶었다. 그러나 다른 학우들의 차로 함께 서울로 나오기 때문에 함께 식당으로 가야 했다. 더 곤란한 것은 식사하고 각자가 먹은 음식값을 걷을 때였다. 늘 식사비를 제대로 낼 수 없는 나의 마음은 음식을 먹어도 가슴이 타들어 갔다. 아무 말 없이 식당 문을 열고 밖으로 나왔다. 온몸에서 식은땀이 나면서 눈물이 쏟아졌다. 양재역에서 내려 집으로 걸어오는 거리가 약 15분 정도 걸리는 거리다. 차가운 겨울바람이 몰아쳤다. 어두운 길을 걸어 집으로 오는데 눈물이 터져버렸다. 주님이 원망스러웠다. 차라리 사업을 일으켜 주시고 신학교를 보냈다면 이런 고생을 하지 않을 것이라고 중얼거렸다. 아니 주님께 따지면서 집으로 돌아왔다. 아내가 열어주는 집으로 들어서니 어둠 속에 촛불이 타오르고 있었다.

"아빠 시험 잘 쳤어요?", "응 잘 쳤어." 아내가

"밥은요? 먹을 게 없는데…."

나는 "응 먹고 왔어, 학우들이 사 주었어."

아내는 "다행이네요, 밥도 없는데…."

"당신과 아이들은 뭐 좀 먹었어?"

"…." 아무 대답이 없었다.

다음 날 새벽, 찬바람이 얼음장처럼 불어오는 길을 걸어 약 40분 걸리는 교회로 달려갔다. 강대상 아래서 한없이 울었다. 서러웠다. 그냥 서럽고 세상이 서러웠다. 아련한 그 날 언제가 내게 친히 찾아오셨던 주님이 그리워졌다. 나는 지쳐서 강대상에서 잠시 잠이 들었다. 주님의 위로가 내 마음속에 밀려왔다. 아름다운 길을 걷고 있었다. 주님께서

"래청아, 많이 힘들지?"

"네, 주님 너무 힘들어요?" 깜짝 놀라 잠에서 깨어나니 아무도 없었다. 성전을 나와 찬송을 부르며 다시 겨울의 매서운 칼바람을 맞으며 40분 동안 양재천을 따라 걷다가 뛰다가 하면서 집으로 왔다. 늘 걸어서 새벽마다 교회에 오고 가는 것이 힘들었지만 언제나 그 자리에서 기도할 수 있다는 것만으로도 행복했다. 문을 열고 집으로 들어서니 아내가 환한 얼굴로

"여보, 주님이 50만 원을 보내주셨어."

나는 "어디서, 그게 무슨 말이야?"

아내는 T 집사님이 기도하는데 자꾸만 우리 가족이 걱정되고 생각나서 50만 원을 보내주었다는 것이다. 그 집사님도 많이 어려운

시기를 보내고 있다는 사실을 나는 잘 알고 있었다. 받을 수 없는 물질이지만 너무 감사했다. 그날 그 돈으로 전기료를 지불하고 식량을 사고 새 힘을 내고 열심히 공부할 수 있었다. 그런데 학내사태 때문에 2학기는 학점을 받을 수 없게 되었다. 힘들게 한 학기를 마쳤는데 실망이 밀려왔다. 내가 정상적으로 점수를 받게 되었다면 어떤 점수를 받을 수 있는지 너무 궁금하여 교수님께 개인적으로 물어보았다. 교수님은 메일로 답장을 보내주셨다.

"특별한 일이 없는 한 A 학점입니다. 공부하신다고 수고 많았습니다."

나는 그것으로 마음의 위로를 얻었다. 그리고 하나님께 감사했다. 어떤 목회자가 '가난도 죄'라고 하는 것을 어디선가 들은 것 같다. 그래서 주님을 올바르게 믿는다면 다 부자가 될 수 있다고 한다. 이 말이 더욱 슬프게 하는 말이지만 그래도 감사한 것은 주님이 늘 함께 동행해 주시고 계신다는 사실을 느끼며 살아가고 있는 것이다. 주님을 따르는 길은 좁고 험한 길의 연속이다.

아르바이트생 아내

벼룩시장 신문을 들여다보던 아내가 "여보, 나 아르바이트 나가면 안 돼요?" 나는 더 이상 반대할 수 없었다. 그동안 그렇게 고생을 하면서도 아내가 돈 벌어 오는 것은 싫었다. 그래서 더욱 생활이 힘들었는지 모른다. 아내는 서초동 프랑스 마을에 있는 24시 점포에 이력서를 가지고 갔다. 내일부터 당장 근무해도 된다는 것이다. 나이 50세가 넘어서 아르바이트를 한다는 것이 쉽지만은 않았다. 아내는 가족들의 생활비를 위해 열심히 일했다. 오후 2시부터 10시까지 일하고 집으로 돌아오면 10시 40분 정도 되었는데 어떤 날은 다리가 많이 부어서 왔다. 내 마음이 너무 아팠지만 어쩔 수 없는 상황이었다.

"하나님, 아내가 힘들어하는데 아르바이트를 하지 않아도 학교 다닐 수 있도록 해 주세요." 하면서 늘 기도했다.

아내는 매일 유통기간이 지난 김밥이며 샌드위치 등을 많이 가져왔다. 식량이 없었던 우리는 아내가 가져오는 유통기간이 지난 것들을 가져오면 밤늦은 시간에 맛있게 먹었다. 우리 집 냉장고에는 유통기간이 지난 삼각 김밥과 샌드위치 도시락 등이 넘쳐났다. 가족들은 하나님께 감사의 기도를 하고 그 음식을 먹으며 살았다. 아내는 내가 학부 1학년 때부터 졸업을 할 때까지 일하였다. 가끔은 다리가 퉁퉁 부어서 귀가하면 아내의 다리를 주물러주며 "여보 이제 아르바이트 그만둬, 내가 공연만 해도 살아갈 수 있잖아."

"그래도 공연비는 불규칙하잖아, 당신 졸업할 때까지는 해야지요."

내가 책값이 없어서 마음 아파할 때 아내가 일해서 번 돈으로 책을 사서 공부했으며, 차비가 없어서 학교에 갈 수 없는 상황에도 아내의 도움으로 공부할 수 있었던 것은 아내의 희생 때문에 가능했다. 아내는 5년 동안 일을 하고 내가 졸업을 할 시점에 아르바이트를 그만두었다.

　나는 늘 공부하면서 기회가 되면 아내도 대학교에 입학시켜 공부를 하도록 해야 한다고 생각을 했다. 혼자 공부하는 것이 미안했다. 그래서 채플 시간에 아내도 공부하게 해 달라고 늘 기도했다. 이제는 하나님께서 그 일들을 이루어 주셔서 아내도 신학 공부를 하기 시작했다. 아내는 활짝 웃으며

　"여보 학교 갔다 올게."라고 하면서 학교에 간다. 그 모습이 너무나 사랑스럽다. 지금은 학업을 잠시 휴학 중 있지만 계속 공부를 해서 학업을 마칠 것이다.

10
꿈꾸는 자의 소망

마임 아티스트가 되다

멕시코와 캐나다에 순회공연을 하기로 결정하고 많은 준비를 했다. 6개월 전부터 선교사님들과 의논하여 라틴어로 인형극 공연을 녹음하였다. 북미와 중미 방문 날짜가 다가오면서 항공권 예약을 하고 인형극 공연에 필요한 모든 준비를 마쳤다. 멕시코에 간다는 기대에 매일 기쁨이 넘쳤지만, 경제적 사정은 그렇지 않았다. 출발 날짜가 코앞에 다가왔지만, 항공권 구매 때문에 문제가 발생했다. 아내와 두 딸과 함께 멕시코에 가려면 항공료만 약 6백만 원이 필요했다. 두 명의 항공권은 준비할 수 있었지만 두 명의 항공권은 준비되지 않아 새벽마다 기도하면서 여러 가지 방법을 강구해 보았다.

여행사에서는 매일 빨리 예매한 항공권에 대하여 결제를 부탁했다. 이제 출발 1주일 전이다. 새벽에 하나님께 무릎을 꿇은 지 3시간이 흘렀다. 아무리 기도해도 방법이 없었다. 이번 멕시코 순회선교는 갈 수 없다는 것으로 정리하였다. 하나님께 "그동안 녹음하고 준비한 일과 멕시코 현지 선교사님이 잡아놓으신 스케줄은 어떻게 해야 합니까?"라고 외치며 울었다. 지친 내 몸과 마음은 선교에 대한 뜨거운 열정으로 다시 불러일으켰다.

"그래, 이번에 못 가면 내년에 가면 돼!"

퉁퉁 부은 얼굴로 성전을 나섰다. 싱그러운 햇살이 나를 반겼다. 멕시코 가는 것을 포기하고 나니 섭섭하지만 마음이 편안했다. 그날 오후 멕시코에 전화를 하여 사실대로 사정이야기를 하고 용서를 빌었다. 고맙게도 선교사님들도 이해해 주셨다. 6개월 동안 준비한 모든 일들을 내려놓고 다음날부터 새벽마다 이렇게 기도했다.

"하나님, 두 딸과 함께 선교지에 나가려면 많은 돈이 필요하여 나갈 수 없으니 저 혼자, 또는 아내와 둘이서 공연할 수 있는 것은 무엇입니까?"

그랬다. 4명이 매년 세계를 다닌다는 것은 힘들었다. 그래서 아내와 둘이서 준비하고 다니면 비용이 반으로 줄어들어 부담이 없을 것이라고 생각했다.

그런데 어떤 공연을 준비해서 나가야 하는지를 몰랐다. 매일 성전에서 내가 어떤 공연을 준비해야 하는지를 하나님께 물었다. 3개월이 지난 어느 날 내 마음속 깊은 곳에서

"무언극으로 준비하여라."고 하는 음성이 들여왔다.

"하나님, 무언극으로 준비하려면 어떤 공연입니까?" 다시 물었다.

"마임이란다!"

저 깊은 곳에서 울려 나오는 소리였다. 나는 너무 기뻤다. 집으로

돌아와 바로 마임에 대한 자료들을 인터넷으로 알아보았다. 전국에 마임 공연 활동가들이 약 20명이었다. 그중에 기독교 마임을 하는 분들은 3명이었다. 성남과 대구 그리고 전주에서 왕성하게 활동하고 있는 세 분께 연락을 하였다.

"저 마임을 배우고 싶습니다."

그러나 마임 공연가들이 내가 배우려고 하는 것에 관심을 주었지만, 선뜻 가르쳐 주려고 하지 않았다. 사실 개인적으로 배우려면 힘들고 우리나라에서는 아직 마임을 전문적으로 가르쳐주는 대학이 없었다. 다만 연극의 한 분야여서 전문적으로 공연하는 분들은 있었다. 성남에서 활동하는 마임배우는 내가 나이가 많아서 몸이 굳어 배우기 힘들다고 하면서 거절을 하였다. 늦은 나이지만 가르쳐 달라고 부탁을 했지만, 인형극만 잘해도 된다며 끝내 가르쳐 주지 않았다. 면담을 하고 사무실을 나오는 데 힘이 빠졌다. 하나님이 마임을 배우면 좋겠다고 분명히 나에게 말씀하신 같은데 퇴짜를 맞고 나니 마음이 우울했다. 하나님의 음성을 잘못 들었나 의심도 들었다.

그렇다고 포기할 수는 없었다. 대구에서 활동하는 집사에게 전화를 걸었다. 그는 가르쳐 주고는 싶지만, 거리가 너무 멀어 힘들다고 하였다. 몇 번을 더 전화 통화를 하면서 가르쳐만 주시면 학교 수업이 없는 날 언제든지 대구로 내려가겠다고 했다. 그러나 대구에서 활동하시는 그분은 결국 만날 수가 없었다. 참으로 서운했다. 마지막으로 전주에서 활동하는 분에게 전화를 하였다. 첫 마디가

"언제 한번 내려와 보셔."

나는 약속날짜를 잡고 수업이 없는 날 전주행 고속버스에 올랐다. 대학에서 연극을 가르친다는 최경식 교수와의 첫 만남이 이루어졌다.

"아따, 이 어려운 마임을 배워서 뭐하려고 한디야?"

"매년 선교지에 나가 공연을 하는데 인형극은 장비도 많이 준비하고 언어도 그 나라 말로 녹음해야 하고 특히 가족이 다 나가야 해서요."

"아따, 이 마임을 배우면 혼자 공연을 나가도 된당게로."

"네 가르쳐 주신다면 열심히 배우겠습니다."

"하나님께 거저 받았으니 거저 가르쳐 드리겠으니 열심히 배우셔이."

나는 너무 기뻤다. 작은 공연 사무실에서 공연에 대한 기초적인 이론을 듣고 시간 나면 언제든지 먼저 연락하고 전주에 내려오면 조건 없이 무료로 가르쳐 준다고 하였다. 최 교수와의 첫 만남으로 내 꿈이 펼쳐지고 있었다. 최 교수의 지도를 받으려고 6개월을 전주를 오고 갔다. 이때가 대학 1학년 2학기 때였다. 선교 때문에 준비한 것인데 이후 하나님께서는 마임 공연을 통하여 학비와 생활비를 걱정하지 않도록 풍성히 채워주시고 세계 열방에서 수고하시는 선교사님들에게 다가가 마음껏 재능기부로 봉사하게 하셨다.

또한, 얼마 전 영국으로 출국하기 직전 멕시코에서 한 통의 메일이 왔다. 그때 13년 전 비용이 없어서 가지 못했던 멕시코 사역자에게서 온 것이다. 참 반가운 메일이다. 그동안 많이 변한 나에 대하여 이야기했다. 그 선교사님도 많이 변했다고 했다. 비행기 표 살 돈이 없어서 가지 못 한 멕시코 선교지에서 13년 만에 연락이 온 것이다.

국민일보, CTS기독교TV, 기독신문에 보도되다

기독신문에 우리 가족이 단독으로 크게 기사가 난 것은 신학대학에 입학하기 전이다. 기독신문사에서 연락이 왔는데 우리 가족에 대하여 취재를 하고 싶다고 했다. 중국에 가서 공연했던 소식을 누구에게 들었다는 것이다. 기자 두 분이 사무실에 찾아와 사진을 찍고 취재를 하였다. 내용은 가족들이 하나가 되어 화목하게 살아가면서 공연을 하게 된 배경이었다. 전국에서 3가정을 선정하여 특집으로 기사를 쓴다는 것이었다. 영광스럽게도 온 가족이 기독신문에 기사가 크게 났다.

신학대학교에 2학년 때인 2007년 가을 국민일보 기자로부터 연락이 왔다. 역시 사역에 대하여 취재를 하고 싶다는 것이다. 약속 장소인 여의도 국민일보 사옥에 도착하여 기자를 만나 간단한 인터뷰와 함께 기사에 필요한 정보들을 이야기했다. 취재를 하는 기자는 지금까지 살아온 일들과 신학을 공부하게 된 동기, 가족들이 함께 공연을 하게 된 배경을 취재하였다. 그다음 주에 국민일보에 기사가 생각보다 크게 났다. 신문에 기사가 난 이후 몇 달 동안 전국에서 많은 문의 전화가 왔다. 주로 격려의 전화와 사역에 대한 문의였다.

또한, 얼마 지나지 않아서 CTS기독교TV 방송국에서 연락이 왔다. 나에 대하여 취재를 하고 싶다는 것이었다. 이틀 동안 방송국에서 취재 기자가 나와 사역을 하는 교회에서 가족들을 취재하고 촬영을 하였다. 하루는 공연사역을 하는 가족들을 촬영과 인터뷰를 하였고 다음 날은 학교에서 어린이들을 전도하는 것을 촬영하였다. 또한, 주일학교 아이들에게 전도사님에 대하여 인터뷰하는 것을 촬영했다. 큰딸과 아내도 인터뷰를 했는데 몇 번을 다시 했다. 며칠 후에 CTS기독교TV 뉴스에 우리 가족 이야기가 방영되었다. 방송 뉴스가 나간 후 전국에서 많은 연락이 왔다. 특히 내가 다니던 교회에서 뉴스를 보았다며 큰 사역을 하고 있는 것에 많은 성도들이 응원해 주었다. 미국에서도 아프리카에서도 선교사님들로부터 기사와 방송을 보았다며 격려의 연락이 왔다. 하나님께서 남다른 열정을 가지고 하나님의 일을 하니 그 사연들을 때가 되니 나타내게 하신 것으로 생각했다. 모든 일들이 돈을 벌기 위해 한 것이 아니고 전도하고 교회에 봉사하기 위해 배우고 준비했던 것들이 하나님의 일에 쓰임 받는 도구가 되었던 것이다.

뒤돌아보면 그동안 험한 길을 걸어왔다. 몇 번을 죽음으로 이 세상을 정리하려고 했던 나에게 다시 시작할 수 있도록 힘과 용기를 주시고 결코 한 번 구원의 손길을 잡았던 그 손을 놓지 않으신 주님을 생각하면 감사할 뿐이다. 내가 음침한 사망의 길을 걸어갈 때도 주님은 눈물을 흘리시며 나를 바라보고 계셨다는 생각을 하면 지금도 가슴이 씨리다. 그래서 주님 앞에만 나가면 "주님, 죄송해요, 주님, 감사해요." 이 기도가 대부분이다.

남들이 웃을 수만 있다면

내가 하는 공연은 늘 남들에게 즐거움을 준다. 특히 마음껏 웃을 수 있어서 좋아한다. 몇 개 월 동안은 삼성동에 있는 강남시립병원에서 말기 암 환자들을 위한 공연을 정기적으로 해 달라는 요청이 왔다. 중국 단기선교를 함께 다녀온 의사들과 그동안 친분이 있었던 터라 공연 요청을 해 온 것이다. 각종 말기 암 환자들이 다가올 죽음과 싸우며 하루하루를 살아가는데 공연을 해 주면 좋겠다고 제의를 해 왔다. 말기 암 환자실에 들어오면 100%로 3개월 안에 하늘나라에 가신다는 사실을 알고 그분들에게 웃음을 주기로 했다. 준비와 분장은 임종실에서 하였고 6개의 침상에 있는 분들을 위해서 최선을 다해 공연을 해 주었다. 그리고 3개월 후 다시 병실에 가보면 환자들이 모두 바뀌었다는 사실을 알게 된다. 그중에서도 가장 기억에 남는 환자가 있다. 초대형 하트 풍선을 불어서 누가 받겠느냐고 물었다. 얼굴이 까맣고 깡마른 40대 남자가 자기를 달라고 웃으며 손짓을 했다.

"선생님, 그 풍선 저에게 주세요." 활짝 웃으며 말했다.

나는 그에게 다가가 풍선을 선물하고 기념사진을 찍었다. 그 뒤 3일이 지나 후 병원 사무실에서 연락이 왔다. 하트 풍선을 받은 분

은 교회 전도사이며 간암 말기 환자였는데 어제 세상을 떠났다는 것이다. 그리고 그분은 나에게

'웃음을 주어서 너무 고마웠다.'며 꼭 전해 달라고 했다는 것이다. 나는 그 뒤 '인생의 마지막 웃음'이라는 타이틀로 계속 병원 공연을 하였다. 그렇다, 인생에서 한 번이라도 마음껏 웃을 수 있는 날이 얼마나 될까? 생각해 보면 나의 삶도 그렇게 즐거운 삶은 아니었다. 하지만 그런 와중에도 공연 후 어떤 가정은 내게 너무 고마웠다고 인사를 해왔다. 병이 발병하고 지금까지 가족들이 웃어본 일이 없는데 웃음을 찾게 해 주었다는 것이다.

"인생에서 남들이 웃을 수만 있다면 그것으로 된 거죠."

11
천국 야생화를 찾아서

세계 27개국 순회공연 집회

2002년 7월 중국으로 온 가족이 단기선교를 다녀온 것을 시작으로 2003년 아프리카의 탄자니아와 케냐를 다녀왔다. 그 뒤 매년 계속해서 전 세계로 사역을 확장시키셔서 그동안 중국을 시작으로 필리핀, 일본, 인도네시아, 말레이시아, 싱가포르, 인도차이나 반도의 베트남, 미얀마, 캄보디아, 라오스, 태국과 서아시아의 스리랑카, 파키스탄, 유럽의 터키, 그리스, 루마니아, 오스트리아, 체코, 헝가리, 슬로바키아, 러시아, 영국, 스페인, 프랑스, 네덜란드, 스위스, 북미의 캐나다까지 27개국에서 선교사님들의 사역을 돕고 복음을 전하는 일을 감당하게 하셨다.

2002년부터 2005년까지는 우리가 간 나라마다 그 나라의 언어로 녹음을 하여 공연을 했기 때문에 현지인 사역자들과 선교사님, 그리고 현지인들의 반응이 폭발적으로 좋았다. 특히 공연 속에 복음이 그대로 녹아 있어서 모슬렘들도 공연을 관람하는데 아무 문제가 되지 않았다.

 2008년부터는 마임이라는 독특한 공연으로 말레이시아, 인도네시아를 순회하였고 2010년 8월 동유럽의 오스트리아를 시작으로 체코, 헝가리, 슬로바키아 등 유럽을 다녀왔다. 특히 오스트리아의 난민 사역을 하고 계시는 박철학 선교사를 만나 오스트리아 곳곳에서 살고 있는 세계 각국의 난민들을 만나 복음을 전하였다. 그리고 그들의 삶에 대한 애절한 사연들을 듣고 하나님께서 나에게 주신 사명이 무엇인지를 뒤돌아보는 계기가 되었다. 헝가리의 부다페스트 동부 역에서 노숙자들을 위해 밥을 해주며 복음을 전하시는 흥부네 김흥근 선교사님의 사역지에서 공연을 하고는 흐르는 눈물을 감출 수가 없었다. 나이 많으신 노숙자분이 공연을 마친 나에게 성큼 다가와 꼭 안아주면서 자기에게 즐거운 웃음을 주어서 너무 고맙다며 자신의 얼굴을 내 얼굴에 비비며 눈물을 흘렸다. 나도 그 지독히도 냄새나는 그를 부둥켜안고 울었다. 땀과 눈물이 하나가 되어 다른 사람들은 내가 흐르는 땀을 훔치고 있는 줄 알았을 것이다. 그런데 아니었다. 나는 그 헝가리 노인으로부터 나의 옛 모습을 보는 것 같았다. 사업이 망하고 부도가 나서 가족들을 이끌고 노숙자가 되지 않으려고 그토록 발버둥을 치지 않았던가. 여관비조차 밀려 주인에게 쫓겨나면서 죽어버리든지, 서울역으로 가서 노숙을 하던지, 망설이며 엉엉 울었던 내가 이제 외국 이방인들의 노숙자들에게 기쁨을 주고 주님의 사랑을 전하고 있다는 사실에 너무 감사하고 행복했다. 지금 나의 처지가 행복해서 눈물이 났고 또 한

편으로는 그들의 삶을 생각하니 불쌍해서 눈물이 났다. 비가 하염없이 내리는 헝가리 역에서 만났던 그들의 눈빛들이 아직도 생생하게 생각이 난다. 또한 캐나다 밴쿠버에서의 인디언들과 다운타운의 노숙자들과의 만남은 내게 큰 충격이었다.

그리고 2012년 제13회 인도차이나 선교대회 초청과 터키 한인선교수련회, 2013년 태국 한인선교수련회 등 큰 선교행사에 초대를 받을 수 있도록 은혜를 주신 하나님께 감사할 뿐이다.

집시들과 난민들을 찾아서

2013년 8월 27일(화) 터키 이스탄불을 이륙하여 그리스 아테네 공항에 도착했다. 아테네에서 난민 사역을 하고 계시는 박용태 선교사님을 만났다. 박 선교사님은 특별한 사역을 하고 계셨는데, 그리스 주변 여러 나라에서 들어온 난민들에게 매주 음식을 제공하는 사역이었다. 이 사역지에서 3박 4일을 머물며 난민들에게 공연을 하였다. 공연이 시작되니 난민들이 너무 좋아하면서 즐거워했다. 나도 노숙자처럼 살았던 시절이 있었기에 그들에게 사랑으로 최선을 다해 공연으로 즐거움을 전했다.

9월 2일 짧은 아테네의 일정을 뒤로하고 테살로니키로 향하였다. 사실 아테네에서 테살로니키행 비행기를 예약해 둔 상태였다. 그러나 난민들이 모이는 날짜가 우리가 테살로니키로 가는 날짜와 겹쳐져서 비행기를 포기하고 하루 더 머물고 열차로 테살로니키로 향한 것이다. 테살로니키는 사도바울의 발자취가 그대로 남아있는 곳이다. 그곳에는 집시들에게 복음을 전하고 있는 김수길 선교사님의 사역지가 있는데, 열차가 아테네 역을 출발한 지 5시간 30분 만에 테살로니키 역에 도착했다. 테살로니키로 가는 철로에는 그리스의 경제가 얼마나 어려운지 그대로 나타나 있었다. 녹슨 채 버려진 열차들과 정리되지 않은 역들이 눈에 들어왔다. 우리는 김수길 선교사님의 따뜻한 환영을 받으며 일정에 들어갔다. 테살로니키는 짧은 일정이었지만 선교관에 머물며 까페리니 마을과 아기아소피아 집시 마을로 가서 공연을 하였다. 아기아소피아 마을로 향할 때는 선교사님도 많이 망설였다. 그곳 주변이 유럽에서 여덟 번째로 악명이 높은 위험한 슬럼가이기 때문이었다. 마을 전체가 마약을 사고파는 곳으로 매일 사람들이 마약에 취해 살아가는 곳이다. 현지인 택시기사도 그 마을을 가자고 하면 무서워서 가지 않는 곳이라고 하였다. 시 경찰청에서도 손을 쓰지 못하고 방치해둔 곳이기에 매우 위험한 곳이었다. 그런 마을에서 5분 거리인 곳에 선교센터가 있었다. 집시들이 사는 마을에서 공연을 하는데 위험해서 마을 한가운데 공터에서는 할 수 없다고 하였다. 혹시 모르는 사고 때문이었다. 선교사님도 그런 일들에 대하여 많은 고민을 하고 마을 입구에서 공연을 하기로 했다. 그들은 내가 상상을 했던 것보다 너무 어려운 환경에서 살고 있었다. 길거리에서는 죽었는지 살았는지 모를 여인들이 길에 누워있어도 누구 하나 돌봐주는 사람들이 없었다. 이곳저곳에서 신음하는 소리가 들리는 듯하였다. 그러나 그들에게 복음을 전하면서 교회를 세워나가는 선교사님의 사역을 보고 참 잘 왔구나 하는 생각이 들었다. 집시들의 조상들에 대한 정보와 그들의 애절한 전설, 그리고 왜 그들이 인도 북부지방에 살다가 온 세계로 나라 없이 방황하며 사는지를 선교사님으로부터 자세히 듣고 알게 되었다. 특히 사도행전 17장 17절에 나타나는 저잣거리에 가 보았다. 2천 년 전 모습 그대로 발굴이 되고 있었다. 장터에서 바울이 유대인들과 경건한 사람들과 변론을 했다는 그 장소가 발굴되고 있었다.

9월 2일 테살로니키에서 다시 루마니아 부쿠레슈티로 날아갔다. 루마니아의 브라쇼브 방문도 집시들을 위한 방문이었다. 이곳 집시들은 헝가리 쪽에서 살다가 넘어온 집시들이 많았는데 약 2백만 명이 살고 있다고 하였다. 루마니아의 수도인 부쿠레슈티에서 약 2시간 거리인 브라쇼브 도시는 우리 학교를 졸업한 장영태 선교사님이 루마니아 여인과 결혼을 하여 그곳에서 살면서 선교사역을 하고 있었다. 참으로 오래전부터 가보고 싶었던 나라였다. 짧은 루마니아 방문에도 불구하고 현지 교회교사 세미나를 열고 풍선아트 강의와 간증이 있었다. 처음 가져본 교사세미나의 반응이 예상외로 좋았다. 나와 아내는 우리가 어느 민족 이방인에게 다가가도 환영을 받는다는 사실에 늘 감사하다.

11년 동안 순회 집회를 다녀온 나라가 아시아, 유럽, 아프리카 대륙의 27개국이다. 불과 얼마 전까지만 해도 여관을 전전하며 살아야 했던 내가 신학교를 다니며 이렇게 여러 나라를 다니며 복음을 전할 수 있었던 것은 주님의 은혜와 온전한 인도 하심 때문이다.

엘리야의 까마귀

해마다 여름이 오면 가슴이 뛴다. 하나님께서 주신 선교의 감동으로 하여금 매년 세계선교지를 방문하여 선교사님들의 복음 사역을 협력하고 돕기 때문이다. 사실 큰 비용이 들지만 갈수 밖에 없다. 1년 내내 다음 선교지를 정하고 준비하는 것은 주님께서 나에게 주신 특별한 은사와 사명 때문이다. 나의 입장에서는 매년 갈 수 있는 처지가 아니다. 그러나 이러한 일들은 하나님께서 구약에 사용하셨던 까마귀를 지금도 나에게 사용하시고 계시기에 가능한 일이다. 참으로 신기하고 감사하다. 그분을 나는 까마귀라고 부른다.

"왜 내가 까마귀입니까?" 하고 묻는다. 그때마다

"당신은 하나님이 저에게 보내주신 현대판 까마귀입니다." 하고 웃는다. 또한, 나에게 늘 좋은 조언을 해준다.

많은 성도들이 우리 가정에 대하여 여러 가지를 물어본다는 소식이 종종 들려온다. 매년 먼 나라로 선교를 다니는데 무슨 비용으로 가느냐? 하는 질문이다. 교회에서 얼마를 지원해 주었느냐고 물어보는 성도들도 경우가 종종 있다. 또한, 무슨 돈으로 나와 딸 둘이 신학대학교에 다니는지 궁금하다는 것이다. 난 그런 소리를 들을 때마다 마음이 아프다. 우리 가족이 얼마나 어렵게 사는지 교인들이 어느 정도는 아는 사실이라 궁금할 것이다. 그러나 나는 자비량으로 선교를 나간다. 또한, 하나님의 도우심으로 한 학기도 휴학한 일이 없이 학업을 마칠 수 있었다. 나에게는 지금도 가진 것이 없다. 사업을 하다가 크게 두 번 부도난 뒤 힘든 생활을 해왔다. 그런 우리 가족이 어떻게 먼 아프리카로 유럽으로 인도차이나반도로 매년 나갈 수 있는가 하는 의문을 여기서나마 알려드리고 싶다.

1년 동안 공연을 하면서 준비된 돈으로 항공권을 구입할 때가 있는가 하면 나를 전적으로 도와주는 한 젊은 전도사가 있다. 여기서 실명은 밝히기가 힘들다. 그 전도사는 내가 항공권이 필요하다고 하면 수백만 원이라도 그 자리에서 구입해 준다. 어떤 때는 직접 시간을 내어 여행사 또는 항공사로 함께 가서 자신의 카드로 구입해 준다. 그리고 다녀와서 매달 공연비 등이 들어오면 카드값을 갚아 나간다.

"왜 이렇게 도와줍니까?"

하고 물어보면 이유가 없단다. 그냥 주님이 주시는 감동 때문에 도와준다는 것이다. 지금은 신대원을 졸업하고 목사 임직을 받았다. 그 목사님에게 너무 감사하다. 혹시 내가 카드값을 갚지 못하면 자신이 힘들어진다는 사실을 알면서도 수백만 원의 금액도 서슴지 않고 매년 도와주고 있다. 세상에 태어나 그토록 신실하고 고마운 분을 본 적이 없다. 이제 형제들보다도 더 정이 든 것 같다. 그분의 선한 도움 때문에 지금까지 수많은 선교지를 다녀올 수 있었다.

"전도사님, 하나님이 전도사님을 나중에 이 모든 일들을 기억하셨다가 도와주실 것입니다." 하고 기도만 할 뿐이다.

"구약의 까마귀 있잖아요. 엘리야를 먹이셨던 그 까마귀가 지금도 있네요." 하고 서로 웃는다. 하나님은 구약의 까마귀를 시간을 초월하여 우리에게 보내주신다. 하나님이 보내는 까마귀는 구약의 엘리야에게 역사하시고 중단된 것이 아니라 현재를 살아가는 이 시간에도 존재한다는 사실이다.

12
회교국 파키스탄 전도부흥집회

카라치 공항에 총성이 울리다

2014년 6월 8일 밤 11시, 중무장한 TTP 테러리스트들이 파키스탄 최대 경제도시인 카라치의 진나 국제공항을 습격했다는 뉴스가 속보로 나오고 있었다. 영상을 보니 공항 여기저기에서 교전이 벌어졌으며 공항은 검은 연기로 덮혔다. 무장 괴한 2명은 자살폭탄 테러까지 감행하였고 이들을 저지하지 못하면 민간인 다수가 희생되는 비극이 발생할 수도 있는 상황이었다. 다행히 6월 9일 오전 4시 35분쯤, 사건 발생 5시간여 만에 종료되었다. 천만다행으로 승객의 희생은 없었지만, 보안요원과 테러범 등 최소 28명이 숨지고 26명이 부상당했다. 이 사건을 일으킨 무장 괴한들은 '파키스탄 탈레반(TTP·Tehrik-i-Taliban Pakistan)' 소속으로 밝혀졌다.

나는 이 뉴스를 듣고 당황했다. 파키스탄의 R 목사에게 전화해서 상황을 알아보았다. 그는 한국에서 신학을 가르치는 교수이다. 빨리 면목동 자신의 집으로 와 달라고 했다. 그의 집으로 가는 1시간

동안 마음이 불안했다. 집에 도착하니 R 목사는 인터넷으로 실시간 파키스탄 뉴스를 생중계로 듣고 있었다. 그의 가족들도 그곳에서 생활하고 있기 때문에 불안하기는 그도 마찬가지였다. 미국도 TTP의 도발에 즉각 대응한다고 발표를 했으며 파키스탄 정부도 탈레반을 상대로 대테러 작전에 나섰다. 6월 16일, 나와즈 샤리프 파키스탄 총리는 탈레반 소탕작전을 개시하겠다고 선언했다. 사실상 파키스탄 북부는 내전 상태로 들어갔다. 수도 이슬라마바드와 샤리프 총리의 고향을 공격한다는 소문이 나돌았다. 탈레반 측은 6월 24일, 또다시 파키스탄 북서부 페샤와르 국제공항으로 들어오는 여객기에 총격을 가했다. 총탄 5발이 기체에 명중해 여성 승객 한 명이 사망했다는 뉴스가 전해졌다.

R 목사에게 상황을 물었다. 그는 나와 8월에 사건이 터진 카라치에 함께 가야 했기 때문이다. 그는 현재로서는 장담하지 못하지만, 파키스탄에서는 자주 발생하는 일이라고 하면서 웃었다.

급히 파키스탄 목회자에게 전화를 했다. 그리고 메일로 자세한 상황을 알려주도록 요청했다. 8월에 있을 전도 부흥집회에 대한 안전성이 문제였다. 파키스탄 목회자들의 이야기로는 도시 한복판 공원에서 집회를 열기로 되어있어서 마음이 불안했다. 한 번도 가보지 못한 나라이며 회교국이라 언제 어디서 무슨 일이 일어날지는 아무도 모른다. 특히 기독교에 대한 무차별 테러가 자주 일어나는 나라이다. 그래서 기독교인들이 모여 집회를 한다는 것은 매우 위험한 일이었다. 통역을 담당해 줄 R 목사에게 직접 현지에 가서 확인해 달라고 부탁했다. 6월 한국의 대학들이 방학을 하고 R 목사도 파키스탄 자신의 나라로 귀국을 하면 자세한 상황들을 알 것이었다. 6월 마지막 주 R 목사가 방학을 하여 카라치로 돌아갔다. 그가 카라치에 간 뒤 3일 후 연락이 왔다. 집회가 예정된 장소를 방문하고 확인하였는데 도시 한복판이고 공원이라고 했다. 따라서 무척 위험해서 주최 측과 의논하여 장소를 급히 변경하여 기독교 마을 공터에서 하기로 결정했다는 소식을 전해왔다. 이러한 사실을 알고 있는 아내가 불쑥 한마디 했다.

"여보! 파키스탄에 꼭 가야 해요? 난 정말 불안해서 가기 싫고 당신도 보내기 싫어요."

"걱정하지 마세요, 이미 결정이 난 일이고 파키스탄에서 집회 광고까지 했다고 하는데 어떻게 안 갈 수가 있겠어요."

아내는 아무 말이 없었다. 사실 나도 불안했다. 그러나 간다고 집회 날짜까지 약속하였고 파키스탄 목회자 측에서도 준비하고 있는 상황에서 취소를 한다든지 연기를 할 수 있는 상황이 아니었다. 더구나 취소는 더욱 할 수 없었다. 그리고 아직 두 달이나 남아있기 때문에 그동안 수습이 잘 되리라 생각을 했다. 나는 두 딸에게 유서를 작성해 놓았다. 그리고 나의 신변이 잘못되어도 후회는 하지 않겠다고 주님께 기도를 드리고 있었다.

TV 방송에서는 자주 카라치 공항에서 연기가 피어오르고 총상을 입은 사람들과 사망한 사람들을 앰뷸런스로 실어 나르는 장면들을 실시간으로 방영하면서 파키스탄 정보를 알려주었다.

파키스탄 카라치에 도착하다

2014년 8월 10일 인천 공항을 이륙하였다. 방콕을 경유, 스리랑카에 도착하여 3일을 보내고 8월 14일 오후 2시경 파키스탄의 카라치 공항에 무사히 도착했다. 경비가 무척 삼엄했다. 차라리 무서웠다는 표현이 더 어울렸다. 하늘에서 본 카라치는 모래사막처럼 황량한 그 자체였다. 입국심사를 받는데 공항에서 동양 사람은 나와 아내 그리고 나이가 좀 들어 보이는 중국계 사람뿐이었다. 공항의 모든 승객들이 긴장한 모습이 역력했다. 여자들은 거의 긴 치마에 머리를 감싸고 있는 의상을 입었다. 기관총으로 무장한 많은 군인들이 여기저기서 두 눈을 번쩍이며 공항을 지키고 있었다. 입국심사를 마치고 공항 밖으로 나오니 R 목사 부부가 반갑게 마중을 나왔다. 나중에 안 일이지만 나를 초청한 카라치 현지인 목회자들은 공항 테러 사건 때문에 내가 오지 않으리라 생각을 했었다고 한다.

우리 일행을 태운 차가 시내로 들어서니 수많은 차량과 오토바이들이 경적을 울리며 대형 파키스탄 국기를 달고 정신없이 질주하였다. 그리고 많은 나라를 다녀 봤지만 이렇게 회색빛 도시는 처음이었다. 나는 R 목사에게

"시민들이 국기를 흔들며 이렇게 환영을 해주니 고맙다."고 웃으며 농담을 던졌다.

그도 웃으면서 한마디 했다.

"노우, 오늘 8월 14일은 파키스탄이 인도로부터 독립을 한 날입니다. 그래서 저렇게 국기를 들고 종일 온 시내를 돌아다니는 겁니다."

하고 깔깔 웃는다. 오늘이 파키스탄의 독립기념일이라 세상이 온통 국기를 매달고 달리는 차와 오토바이였다. 클랙슨 소리가 여기저기서 들려왔다. 우리가 도착한 숙소는 작은 호텔이지만 입구에서 공항처럼 검문이 아주 심했다. 우리를 기다리고 있던 R 목사의 가족들과 인사를 하고 나를 초청한 파키스탄의 현지인 D 목사 부부를 만났다. 약 2년 동안 메일과 SMS, 그리고 전화로 이미 친해져 있었기 때문에 반가웠다. 내일부터 있을 집회에 대해 논의를 하고 특히 안전에 대한 의견을 나누었다. 사실 한 달 전까지만 해도 시내에 있는 공원에서 집회를 열 예정이었다. 그런데 R 목사가 카라치에 도착 현장을 보니 너무 위험해 기독교인들이 많이 사는 마을로 옮겼다는 것이다. D 목사는 내가 와 주어서 너무 고맙다고 연신 인사를 했다. 부흥회를 준비하면서 내가 오지 않을 수도 있다는 생각을 많이 했단다. 통역할 R 목사도 다른 교회에 가서 설교할 때 당시 상황을 이야기하면서 내가 파키스탄에 전도집회를 취소할 것이라고 했다고 하였다. 그런데 그 생각이 빗나갔고 나는 예정대로 파키스탄 집회에 갔다는 사실에 많이 놀랐다고 증언했다.

교회지도자 세미나 인도

8월 15일 희색 빛깔의 도시에서 아침에 눈을 떴다. 호텔 문을 나서니 황량한 바람이 나를 반겼다. 곳곳에서 무장 군인들이 트럭을 타고 어디론가 질주를 했다. 요란한 사이렌 소리를 울리며 달리는 경찰차들의 모습을 보니 마음이 불안했다. 한쪽 넓은 도로변에서는 수많은 군중들이 모여 데모를 하였다. 총리가 물러나지 않으면 폭동이 일어날 것이라고 했다. 우리를 태운 차는 무질서한 도시의 한복판을 달렸다. 여기저기서 클랙슨 소리가 귀를 때렸다. 집회 장소에 도착하니 준비위원들이 나를 반겼다. 이미 수백 명의 성도와 교회 지도자들이 찬양을 하고 있었다. 파키스탄의 찬양은 특별했다. 구슬픈 가락이 어쩌면 그토록 마음을 찌르는지 마음이 착잡했다. 2일간의 교회지도자 세미나와 3일간의 부흥집회를 위하여 이곳까지 오게 하신 하나님의 뜻을 물었다. 오전 8시부터 시작된 세미나는 오후 2시까지 진행되었다.

D 목사가 친구처럼 나를 반겼다. 나의 소개가 있었고 환영식이 있었다. 그리고 대표기도가 있었다. 나는 그들에게 '그리스도인의 삶'이라는 주제로 세미나를 인도했다. 카라치에서 열리는 부흥집회였지만 라호르, 이슬라마바드 등 전국에서 많은 교회 지도자들이 모였다. 여자들은 모두가 파키스탄의 정통복장들이었다. 이방 나라에서 온 나의 강의에 많은 관심을 가지고 경청을 하였다. 점심은 현지인 도시락으로 먹었다. 너무 많은 파리 떼들이 나를 괴롭혔다. 세미나 장소는 파키스탄 사람들이 결혼식을 올리는 장소였다. 강의의 반응은 좋았다. 한국에서 교사 세미나를 50여 차례 인도한 경험이 많은 도움이 되었다. 특히 통역을 담당한 R 목사의 도움이 매우 컸다.

부흥 전도집회 인도

오후 6시 부흥 전도집회 장소에 가기 위해 호텔 문을 나섰다. 역시 들어오고 나가는 호텔 정문은 매우 위험하다고 했다. 차량은 통역관 R 목사가 준비하였다. 그는 파키스탄에서 600명의 초중고 학생들이 공부하는 학교의 이사장이며 사모님은 교장으로 재직하고 있는 분이다. 그래서 사모님도 남편과 함께 운전기사와 차량을 제공해 주면서 3일간 부흥집회에 참석을 하였다. 우리 일행이 호텔을 나와 20분 정도 시내를 달려 외곽으로 빠지기 전 오토바이를 탄 청년들의 안내를 받았다. 시내에서 집회장소까지 가는데 외곽이라 많이 위험하여 우리를 안내하였다. 도시에서 외곽으로 나가는 도로 사정이 좋지 않았으며 수많은 버스들과 차들이 뒤엉켜 정신이 없었다. 달리는 버스마다 지붕까지 올라가 앉아서 위험한 질주를 하였다. 온통 깃발을 단 차량으로 요란하게 경적을 울렸다. 뿌연 흙먼지와 쓰레기들이 넘쳐나는 도로를 달렸다.

이미 날이 어두워 세상이 온통 칠흑이었다. 외등도 없는 도로를 달린다는 것은 정말 위험했다. 통역관 R 목사는 우리 부부에게 창밖을 내다보지 말도록 했다. 외국인이 탄 차량인 줄 알면 오토바이 강도들이 총을 소지하고 따라온다고 하였다. 두려움과 기대가 함께 밀려왔다. 우리를 태운 차량은 칠흑 같은 어둠 속의 도로를 약 30분 더 달렸다. 멀리서 불빛이 보였다. 앞에서 우리를 안내하던 오토바이가 멈춰 섰다. 온통 앞을 분간할 수 없는 어둠 속에 차가 멈춘 것이다. 나는 아내의 손을 꼭 잡았다. 사실 아내는 이렇게 우리가 납치당하지 않을까 걱정을 하고 있었다. 그래서 달리는 차 안에서도 계속 굳은 얼굴로 나를 수시로 쳐다보며 손을 잡았다. 어둠 속에서 웅성웅성하더니 사람들이 차량으로 다가왔다. 그리고 파키스탄어로 운전사와 R 목사에게 뭐라고 이야기를 하였다. R 목사가 차에서 내렸다. 운전사는 우리에게 내리지 말라고 손짓을 했지만 나도 문을 열고 내렸다. 청년들과 안내를 맡은 사람들이 나를 에워싸더니 다시 차량으로 밀어 넣었다. 큰 소리로 자기들이 내리라고 하기 전에 내리지 말라는 것이다. 멀리서 찬양소리가 요란하게 들려왔다.

약 10분을 긴장하며 차에서 기다렸다. R 목사가 청년들과 지도자로 보이는 사람들과 어둠 속에서 다시 나타나 차에서 내리라고 문을 열었다. 그들이 말했다. 오늘 집회를 위해 많이 사람들이 모이는데 이곳은 기독교인들이 주로 많이 살기 때문에 안전하지만 그래도 위험하다며 집회 장소에 들어오는 사람들을 일일이 자체적으로 검문검색을 한다고 했다. 얼굴이 낯선 사람들은 확인을 하고 집회장소에 들여보낸다고 하였다. 아내와 천천히 강단 앞으로 걸어 들어가니 더욱 뜨겁게 찬양소리가 들려왔다. 8월의 뜨거운 밤하늘의 열기가 먼 회교국 나라의 파키스탄에서 피어오르고 있었다. 옆에 따라오는 아내의 얼굴을 보니 이제야 미소를 살짝 보였다.

첫날밤의 열기가 내 심장을 달구었다. 먼 회교국의 나라에서 부흥회를 열도록 허락하신 하나님께 감사의 기도를 드렸다. 강단에서 보면 오른쪽으로는 여자들이 앉았고 왼쪽으로는 남자들이 앉아있었다. 어린아이로부터 노년에 이르기까지 많이 모였다. 금요일 밤에 시작된 집회는 주일까지 이어졌다. 교회 지도자들의 소개가 있었으며 우리 부부를 소개하였다. 나를 초청한 목사 부부가 큰 꽃다발을 나와 아내의 목에 걸어주며 환영인사를 하였다. 무엇을 전해야 하는지에 대한 걱정은 없었다. 이미 한 달 전 설교 원고는 초청 목사와 통역 목사에게 전해진 상태여서 담대히 하나님 말씀만 증거 하면 되었다. 짧은 시간에 저들의 영혼을 하나님이 만질 수 있도록 해야 했다. 밤이 깊을수록 사람들이 점점 더 많이 모였다. 첫날의 설교는 하나님께서 주신 말씀을 주저 없이 전했다. 설교는 밤 11시가 다 되어서 끝나고 나서야 집회장소를 떠날 수 있었다. 어두운 길을 따라 한 대에 세 사람의 청년들이 탄 오토바이 3대가 우리 차량이 호텔에 무사히 도착하도록 안내를 해 주었다. 중간에 차들이 엉켜 도저히 빠져나올 수 없는 곳을 다른 길로 돌아서 호텔까지 무사히 찾아왔다. 종일 긴장의 순간들을 보낸 하루였다.

둘째 날 저녁 7시에 집회 장소에 도착했다. 첫날은 오토바이 한 대가 우리 차량을 안내하더니 오늘은 3대가 왔다. 어제보다도 위험하다는 것이다. 같은 길을 반복해서 오고 가면 테러리스트들과 강도들에게 노출되기 쉽기 때문에 경찰국에 보호요청을 했단다. 우리 일행이 집회장소에 도착하니 경찰 차량 트럭이 두 대가 와 있었다. 경찰차 안에는 기관총으로 무장한 경찰관 8명이 무표정한 얼굴로 나를 쳐다보았다. 얼굴들이 차가웠다. 겁이 났다. 만약에 여기서 테러라도 일어난다면 어찌하나 하고 불안감이 밀려왔다.

"저 무장 경찰들은 뭐하러 여기 왔죠?" 내가 물었다.

"오, 나의 친구여! 당신의 신변을 위해 특별경호를 하고 있으니 오늘 마음껏 하나님의 말씀을 전하시오." D 목사가 활짝 웃으며 말한다. 사실 파키스탄은 테러가 자주 일어나는 나라다. 그리고 특히 회교국이라 기독교인들에게 자주 테러가 발생한다. 어제의 집회 상황을 보니 위험하여 경찰국에서 경호를 나온 것이다.

둘째 날도 죄에 대하여, 구원에 대하여 벌레만도 못한 나를 구원해준 하나님의 사랑을 사실 그대로 전했다. 내 인생에서 교회학교 교사세미나는 약 50여 차례 인도했지만, 이국땅 회교도 나라에 복음을 전하는 것은 새로운 도전이었다. 하나님과 예수님과 성령님의 사랑과 인도하심을 증거 했고, 나를 인도하시는 거룩하신 하나님과 내가 만난 예수님을 증거하였다. 또한, 왜 위험한 회교국 그것도 기독교인들에게 자주 발생하는 테러의 나라인 줄 알면서도 왔는지에 대하여 말씀으로 증거하였다.

사실 하나님께 왜 많은 목사들 중에 하필이면 나를 보내셨느냐고 물었다. 하나님은 분명히 나에게 말씀하시는 것 같았다.

"위험한 회교국에 누가 나의 마음을 전하겠느냐, 너를 보낸 것은 나의 마음을 그대로 전하게 하려고 한다."라고 말씀하셨다.

나는 왜 그들이 이 척박하고 어려운 환경에서 예수를 믿고 있는지 생각해 보았다. 생각과 계획은 내가 했을지라도 그 길을 인도하시는 분은 하나님이신 줄 알고 있어서 하나님의 말씀을 전하는데 열심을 다했다. 말씀을 증거하고 예수님을 구주로 영접할 사람들을 불러 세웠다. 수백 명이 자리에서 일어났다. 믿어지지 않았다. 나는 다시 한 번 이야기했다. 진정으로 잘못을 고백하고 구원을 받고자 하는 사람들만 일어나고 자신이 없으면 앉으라고 했다. 다시 앉는 사람들이 없었다. 그들 입술로 스스로 고백하도록 영접 기도를 시켰다. 하나님께 감사했다. 바로 안수 기도를 하였다. 끝없이 사람들이 몰려왔다. 약 오백 명을 하고 나니 주최 측에서 위험하다고 중단을 시켰다. 밀려드는 사람들로 인해 밖으로 나갈 수가 없었다. 간신이 군중들이 길을 열어주어서 뜨거운 찬양의 열기를 뒤로하고 집회 장소를 나왔다.

밤하늘에는 은하수가 아름답게 반짝이며 흐르고 있었다. 집회장소를 나오는 입구 밖에서 몇 시간을 대기하면서 경호를 해 주었던 무장 경찰들은 미동도 하지 않고 그대로 있었다. 금방이라도 문제가 발생하면 바로 방아쇠를 당길 자세로 나를 무표정한 상태로 바라보았다. 내가 손을 흔들며 웃어 보였다. 그들의 얼굴에는 긴장과 굳어있는 표정 속에서 큰 눈빛 들만 반짝이고 있었다. 차에 올랐다. 경호차량이 함께 앞뒤로 경호하면서 우리를 태운 차는 칠흑 같은 어둠 속을 질주하며 호텔로 향했다. 카라치 공항의 테러 사건이 내 머릿속에 스치고 지나갔다. 호텔로 돌아오는 길은 오던 길과 달랐다. 오던 길은 현재 차들로 엉키고 막혀서 위험하다고 했다. 참으로 이상하고 알 수 없는 나라였다.

삼 일째 밤의 집회는 일찍부터 더 많은 군중들이 모여들었다. 어려운 환경 속에서 예수님을 믿고 살아가는 그들을 만나게 해 주신 하나님께 감사했다. 찬양대와 집회에 참석한 사람들이 3시간 동안 찬양을 하고 있었다. 내가 도착하기 전 2시간 동안 하였고 도착하고 나서 1시간을 더 찬양을 한 것이다. 아름다운 목소리와 구슬픈 가락으로 찬양을 부르는 저들에게 복음이 선포되었다. 나와 통역을 담당하는 목사도 성령님의 인도를 받으며 그 뜨거운 열기에 빠져들어 최선을 다했다. 구원의 메시지가 선포되고 영접기도를 할 때는 어제보다 더 많은 수백 명의 사람들이 손을 들고 죄를 고백하고 예수님을 영접하였다. 밤이 늦도록 안수기도가 진행되었는데 약 천오백 명이 안수를 받기를 원하여 한 사람 한 사람 정성을 다해 기도해 주었다. 그날 밤도 밀려드는 성도들 때문에 기도가 중단되기도 했다. 내가 주님께 받았던 사랑을 그들에게 전한다는 것이 쉽지만은 않았지만 그들의 눈빛에서 주님을 향한 사랑을 읽을 수 있었다.

나는 파키스탄에 다시 온다는 약속도 하지 못하고 발걸음을 돌려야 했다. 그들은 모두가 두 손을 흔들며 구호처럼 다시 와야 한다고 소리치며 떠나는 나를 향하여

"Come back! Come back! I love Pastor Lim!" 하며 외쳤다.

기관총으로 무장한 8명의 경찰들에게 경호를 받으며 어두운 도시를 빠져나왔다. 난 돌아가는 경호원들에게 손을 흔들며 "Thank you!" 하면서 인사를 했다. 그러나 표정들이 여전히 너무나 무표정했다. 모든 것이 지나갔다. 하나님이 그렇게 하신 것이었다. 나는 아

직도 그들의 눈빛을 잊을 수가 없다. 그들이 복음의 메시지를 간절히 기다리고 있다는 사실에 지금도 가슴이 먹먹하다. 나는 다시 그들에게 갈 것이다. 그리고 사랑한다고 속삭일 것이다. 많은 사람들이 너무나 위험하다고 가지 말라고 조언을 해 주기도 한다. 그러나 다시 그들을 만나 하나님이 당신들을 사랑하는 것처럼 나도 당신들을 예수 그리스도 안에서 사랑한다고 고백할 것이다.

집회를 마치고 3일간은 R 목사가 이사장으로 있는 고향의 학교를 방문하고 그의 집에 머물며 파키스탄에 대하여 조금씩 알아갔다. 꿈같은 시간들이 지나갔다. 2년 전부터 회교국 파키스탄에서 부흥회를 인도하는 문제로 갈등하며 많은 기도를 했었다. 하나님은 거역할 수 없는 상태로 나를 몰아서 파키스탄의 '천국 야생화'들에게 복음을 전하도록 하신 것이다.

파키스탄의 모든 일정을 뒤로하고 카라치 공항을 이륙하였다. 나는 아내와 긴 한숨을 내 쉬고 창공을 날아오른 비행기 속에서 깊은 잠에 빠져들었다. 그리고 꿈을 꾸었다. 그들과 다시 만나 춤추며 찬양하는 모습 속에 내가 있다는 것을 말이다. 파키스탄 교회 측에서 다시 와서 복음전도집회를 인도해 달라는 요청이 왔다. 그래서 카라치와 다른 도시에서의 부흥회 일정과 장소 등을 협의 중이며 확정이 되면 곧 다시 방문할 것이다.

13
21년 기다림의 꿈

이제 울지 않으리

누구보다도 잘살고 싶었다. 많은 돈을 소유하며 살고 싶었다. 그러나 이제는 부자보다 부유하게 살고 싶다. 아름다운 시간들 속에서 사랑하는 아내와 모진 세월을 살아온 시간을 뒤로하고 알프스에 올랐다. 만년설이 눈앞에서 장관을 이룬다. 가슴이 터질 것 같았다. 만약 그곳에 아무도 없었다면 세상에서 제일 큰 소리도 외쳤을 것이다.

"사랑해요~!"라고.

꿈을 꾸었다. 삶이 아무리 고달프고 슬픈 시간이 다가와도 그 꿈만은 버리지 못했다. 설사 꿈들이 산산조각이 나서 먼지처럼 훨훨 날아가 실망은 해도 좌절하지는 않았다. 그래서 지금까지 모진 세월을 살아왔는지 모른다. 하나님이 나에게 주신 인생의 시간을 스스로 접으려고 많은 시간들 속에서 방황하고 몸부림쳤지만 이렇게 '야생화'처럼 살아있는 것은 그분의 은혜였다.

아내와 두 손을 꼭 잡고 알프스 마을을 걸었다. 아름답고 평화로운 마을이었다. 현지인으로 보이는 노부부가 작은 벤치에 앉아 도시락을 서로 먹여주고 있었다.

"그래 인생은 저런 거야!" 아내에게 웃으면서 말했다.

그리고 목에 걸려있던 카메라에 그 모습을 담았다. 노부부가 빙그레 웃으며 손까지 흔들어 준다. 그들의 지나온 세월이 순간적으로 스치고 지나갔다. 참 아름답게 인생을 살아왔구나 하는 생각이 들었다. 에델바이스가 장관을 이룬다. 우리도 남은 인생을 더 보람되고 아름답게 살아야겠다고 다짐해보았다. 그렇게도 가고 싶었던 런던 입국을 앞두고 마음이 설레었다. 스페인 마드리드에서 선교사님 자녀의 국제 결혼식에 참석하여 축하공연을 하였다. 그리고 한인교회에서 주일 예배와 공연을 하고 스위스로 온 것이다. 아직 런던으로 가려면 3일은 더 있어야 했다. 나는 아내에게 그동안 살아온 것에 대한 보답으로 작은 선물을 하고 싶었다. 며칠 후면 결혼한 지 33주년이 되는 날이다. 그래서 알프스에 올랐다. 우리는 눈앞에 펼쳐지는 아름다운 광경에 탄성이 나왔다. 연중 40여 일만 아름다운 알프스의 봉우리들을 볼 수 있다고 했는데 우리가 알프스를 오른 날은 최고의 날씨였다. 눈이 시리도록 아름다운 풍경을 바라보면서 이 시간을 허락하신 주님께 찬양이 나왔다. 웅장한 융프라우 봉우리를 옆에 끼고 계속 마을 길을 따라 내려갔다. 우리는 어린아이가 되었다. 드넓은 알프스 산길을 걸으며 지나온 아픈 세월을 하나둘 지워나갔다.

아련한 기억 속에서 서울 구치소에서 꿈을 꾸었던 그 시간들이 다시 다가오고 있었다. 아내에게 감옥에서 편지를 썼던 기억들이 새록새록 떠올랐다.

"그래, 우리 그곳에 가기로 했잖아!"

"어딜 또 가요?" 아내가 웃으며 묻는다.

"런던의 템즈 강…, 음 그리고 파리의 세느 강…, 약속했잖아 가기로…?"

갑자기 파도처럼 밀려왔다. 그것은 과거의 아픔이었지만 그 아픔의 파도는 나를 넘지 못하고 저 멀리 다시 밀려가고 있었다.

"여보 이 꽃 이름이 뭘까요?" 아내가 묻는다.

"에델바이스…!"

우리는 두 손을 꼭 잡고 세상에서 제일 아름답다는 알프스의 마을 길을 따라 끝없이 이어지는 산길을 걸어 내려갔다.

영국 암노스 선교회 초청

2015년 1월 영국 암노스 선교회에서 메일이 왔다. 7월에 있을 어라이즈(Arise) 전도행사에 참여해 달라는 요청이었다. 세계 각국에서 복음 전도자들이 와서 훈련을 받고 죽어가는 영국교회를 살리는 전도행사이다. 한 달간의 기도 시간을 가졌다. 아련한 추억 속으로 빠져 들어갔다. '건너와서 우리를 도우라'(행16:9)는 성경 말씀이 내 마음에 파고들었다. 런던을 가기로 확정했다. 사실 2015년 여름은 쿠바와 도미니카로 갈 예정이었다. 그러나 21년 동안 그토록 가보고 싶었던 런던이 아니던가. 내 아픈 과거를 간직하고 있는 런던에 간다는 것은 나에게 새로운 희망이며 아픔을 치유하는 과거로의 여행이었다. 하늘도 싱그러운 7월 초에 스페인의 마드리드와 스위스 취리히를 경유하여 런던 공항에 도착했다. 나는 흥분이 되었고 심장이 뛰었다. 21년 전 영국 회사 사장의 아들이 외치던 이야기가 생각났다.

"미스터 임! 다시는 영국 공항에 들어오지 못할 것이다. 당신을 영국경찰국에 국제사기범으로 고발하여 입국 거절 명단에 올려놓겠다."

나는 입국 심사관 앞에 섰다. 아내의 여권과 함께 여권을 주었다.

"영국은 왜 왔지요?"

"관광이요, 난 지금 아내와 유럽을 워킹 여행 중입니다."

"영국은 며칠 지내며 다음에는 어디로 가는 거죠?" 심사관이 물었다.

"2주간입니다. 난 영국 런던을 무척 좋아하고 사랑합니다. 다음엔 암스테르담으로 가요."

"오케이, 당신 부부 멋져!" 하면서 도장을 여권에 꽝! 찍었다. 그는 활짝 웃었다. 나도 웃었다.

여권을 받아들고 어린아이처럼 아내에게

"여보, 하나님 정말 멋진 분이셔!" 하고 외쳤다. 공항 입국심사를 마치고 밖으로 나오니 우리 부부를 찾는 팻말을 들고 있는 키 큰 영국 신사가 보였다.

"헬로우, 나이스 미츄, 아임 래칭 임."

큰소리로 외치고 손을 흔들었다. 눈에서 눈물이 핑 돌았다. 65세 된 영국교회 성도인 Jone이 우리 부부를 환영하며 반겼다. 우리를 태운 차는 40분 거리에 있는 선교회 본부로 달렸다. 아내의 손을 꼭 잡았다. 아내도 내 마음을 아는지 손에 힘을 주며 빙그레 미소를 지었다. 31년 동안 지나온 모진 인생의 악몽 같았던 그림들을 달리는 차 창 밖으로 펼쳐지는 아름다운 풍경 속에 하나둘 던지며 하나님의 인도함에 내 마음은 춤을 추고 있었다. 사업 때문에 그토록 다시 가게 해 달라고 기도했던 기나긴 세월 동안 하나님은 묵묵히 나를 복음전도자로 만드셔서, 영국으로 보내신 하나님의 놀라운 계획과 은혜에 눈시울이 뜨거워졌다. 드넓고 아름다운 푸른 초장에는 양 떼들이 거닐며 풀을 먹는 모습이 평화롭게 다가왔다.

"여보, 사실은 아까 입국 심사대에서 당신 인터뷰할 때 정말 많이 떨었어요. 당신 국제사기범으로 이름이 올려져 있는 줄 알고…" 아내가 웃으며 속삭였다.

운전하던 Jone이 나의 얼굴을 쳐다보았다.

"오케이 나이스 굿데이 아일 러브 런던." 하고 외치며 내가 웃었다.

그도 "오우, 굿 나이스." 하며 웃었다.

선교회에 도착하니 둘로스 호 단장이셨던 최종상 선교사님이 우리 부부를 반갑게 맞이해 주셨다. 이 행사를 위해 미국, 호주 한국 등 여러 나라에서 약 70명의 그리스도인들이 자비량으로 영국에 왔다. 6개 조로 나뉘어 4일간의 전도훈련을 받고 현지인 교회에서 제공하는 집에서 숙식하면서 영국인들을 전도하였다. 우선 영국인들에게 복음을 전하려면 영어가 자유롭게 되어야 했다. 우리 부부만 유일하게 영어가 잘되지 않았지만, 특별 초청이라 별문제는 없었다.

우리 부부는 선교회 대표이신 최종상 선교사님 자택에 머물며 일정에 따라 함께 움직이며 전도 행사에 참여하였다. 복음의 열정을 가지고 세계 각국에서 달려온 복음 전도자들을 만난 것은 나에게 큰 도전이 되었다. 피 흘려 죽어간다는 영국 교회의 현실을 직접 듣고 눈으로 보니 생각했던 것보다 더 심각했다. 영국을 보니 우리나라의 기독교의 앞날이 많이 걱정되었다. 13일간의 전도행사가 끝나고 내년에 꼭 다시 와 달라는 최 선교사님의 부탁에 "예"라고 대답을 하지 못했지만, 내년에는 더 많은 준비를 하여 다시 런던으로 갈것이다. 영국 교회를 위해 조금이나마 쓰임을 받는다면 그것으로 감사할 뿐이다. 21년 전 눈물을 흘리며 런던 히드로 공항을 떠나올 때 복음전도자가 되어 다시 오리라고는 상상을 하지 못했다. 그런데 하나님께서는 완전히 망가진 나를 재창조 하셔서 21년 후 복음 전도자로 다시 영국 땅에 보내셨던 것이다. 우리의 런던 방문은 그렇게 시작되고 있었다.

21년 전의 템즈 강이여!

아내와 런던 시내를 돌아보고 하이드 파크로 향했다. 21년 전 혼자서 사업차 몇 번 왔던 곳이다. 언젠가는 많은 돈을 벌어서 꼭 아내와 함께 템즈 강을 거닐며 사랑을 나눌 것이라고 장담을 했던 곳이다. 그러나 사업이 부도가 나던 날 바로 이곳 하이드 파크를 거닐다가 템즈 강 변 벤치에 홀로 앉아 인생의 허무를 노래하며 눈물을 삼켰던 곳이다. 내 인생의 모든 것이 무너지고 빈 털털이로 귀국하던 날부터 도망자가 되었던 아련히도 가슴 아픈 곳이다. 서울 구치소에서 매일 하늘 높이 날아가는 비행기를 바라보며 기도했던 아련한 시간들이 하나둘 떠올랐다. 아내와 두 손을 잡고 하이드 파크를 거닐며 속삭였다.

"여보, 이곳이 21년 전 부도가 나고 내 인생이 허물어졌던 곳이야, 거위도 강물도 벤치도 그대로야!"

내 목소리가 점점 높아졌다. 강한 햇볕이 쏟아졌다. 그러나 영국인들은 드넓은 잔디에서 웃옷을 벗고 누워 일광욕을 즐기고 있었다.

"그래 저쪽으로 가면 내가 마지막으로 앉았던 벤치가 있을 거야."

나는 흥분이 되었다. 멀찌감치 뒤에서 따라오는 아내를 향해 손을 흔들며 어린아이처럼 난 활짝 웃었다. 그리고 카메라의 렌즈를 아내에게 맞추고 연신 샷을 날렸다.

'찰칵!' 아내가 웃는다.

행복했다. 이런 날이 오리라고는 상상도 못 했다. 단지 차가운 감옥에서 무작정 기도했던 그 기도를 들으셨을 주님은 나보다 더 마

음이 아팠을 것이라는 생각을 해 보았다. 나의 과거를 고이 간직하고 있을 템즈 강의 벤치를 향해 걸으며

"우리 주님을 위해 서로 더욱 사랑하며 살자, 사랑해요."

아내는 과거로의 여행에서 완전히 벗어난 듯 까르르 웃으며 포즈를 취했다.

그래! 얼마나 갈망했던 순간인가, 꿈만 같았다.

"여보! 한 번 더, 자 여기를 봐요!"

'찰칵!' 나는 연신 아내의 포즈에 어린아이가 되어 있었다.

우리는 차가운 감옥에서 이제야 완전하게 벗어나서 깔깔거리며 웃었다. 템즈 강은 햇빛을 토하며 눈부시게 은빛 색으로 반짝거리며 말없이 흘렀다. 인생의 악몽에서 깨어나는 순간이다.

천국 야생화를 찾아서

이 글을 쓰면서 많이 울었다. 기억하고 싶지 않은 일들이 새록새록 떠올라 긴 터널로 다시 들어가는 것 같았다. 가족들에게 몹쓸 짓을 많이 했다는 기억 때문에 긴 한숨이 나왔다. 참 미안한 세월이었다. 그동안 진심으로 아내와 시집간 두 딸에게 용서의 말을 하지 못했던 것 같다. 과거의 자신으로 돌아간다는 것은 새로운 아픔이다. 그러나 세상에는 나보다 더 아픔을 견디며 참고 살아가는 사람들이 많이 있다는 것을 잘 알고 있기에 힘든 시간들을 참고 이 글을 써 내려갔다. 사채업자들에게 협박을 당하면서도 나를 끝까지 지켜준 아내는 하루 8시간씩 아르바이트를 5년간 하면서 내 학비와 생활비를 벌어와 가족들을 위해 희생을 하였다. 밤 10시가 넘어서 지친 몸으로 집에 돌아와 짜증 한 번 내지 않고 주님께 감사함으로 기도했던 아내에게 더 많은 죄를 지은 것 같다. 그래서 늘 학교에서 공부할 때 문득문득 가게에서 고생할 아내를 생각하면 수업시간에도 눈물이 나곤 하였다.

부잣집 딸로 자라 고생이 무엇인지 알지 못하던 바보 같은 아내는, 두 딸과 못난 사랑 때문에 죽음 앞에서 몇 번이고 망설이다가, 엄마 없는 자식으로 살아갈 딸들 때문에 밤새워 울다가 지쳐서 잠이 들곤 하였다. 모진 인생을 살아가면서 희망이라고는 찾아볼 수 없는 절망 가운데서도 야생화처럼 피고 지면서 긴 세월을 보내었다.

그동안 이 사실을 모르고 세상을 떠나신 장인 장모님께 용서를 빌어본다. 방학만 기다리시면서 큰딸은 세상을 일찍 떠나 보고 싶어도 볼 수 없다며, 방학 때 아이들과 함께 가면 좋아하시던 장인 장모님이 보고 싶어진다. 원고를 쓰면서 나의 부모님과 형제들, 그리고 처갓집 식구들에게도 미안함과 서운함을 다 내려놓는다.

인생은 나에게 주어진 소중한 시간이다. 인생은 아프지만, 이제 그 아픔을 이기는 용기와 힘을 지니게 되었다. 인생은 아무것도 아니다. 사랑과 희망이라는 단어만 잘 알고 있어도 이겨낼 수 있다는 사실을 알게 되었다. 핵가족 시대에 많은 가정들이 깨어지는 것을 보면서 죽기보다 더 힘들었던 지난 여정을 뒤로하고 감사의 기도를 드린다. 늦은 나이에 대학교와 대학원까지 공부할 수 있도록 기도해주시고 후원과 격려를 해주신 많은 분들에게 감사를 드린다. 세상에는 나에게 해를 끼치는 사람도 많았지만, 희망과 용기를 주는 사람들이 더 많았다. 종교라는 단어를 떠나 나의 아픔을 자신의 아픔처럼 가슴에 품고 함께 기도하면서 위로와 용기를 주신 분들을 사랑하며 살고 싶다.

특히 인생의 끝자락에서 희망도 없는 목숨을 이끌고 가족들과 지친 몸으로 교회에 갔을 때 사랑으로 우리 가족을 보살펴주시고 말씀으로 잘 양육하셔서 참된 양들로 키워주신 남서울중앙교회 피종진 원로목사님과 사모님, 그리고 성도님들에게 진심으로 감사를 드린다.

　과거로의 여행은 슬픔이지만 사랑하는 아내와 다시 두 손 잡고 또 다른 세계를 향해 하늘을 날아오른다. 이제 이 세상을 떠나는 날까지 '천국 야생화를 찾아서' 나갈 것이다. 그곳이 어떤 나라이든지 주님이 가라고 하시면 가야 한다. 나는 주님의 나귀이기 때문이다. 험한 들판의 세상 곳곳에서 살아가는 사람들을 '천국 야생화'라고 부르고 싶다. 수년 전 그리스의 테살로니키를 방문했을 때 선교사님이 집시들에게 '천국 야생화'라고 부르는 것을 보았다. 그 뒤 나도 세계 여러 나라를 순회하면서 난민들, 원주민들, 그리고 집시들을 모두 '천국 야생화'라고 부르고 있다.

　7년 동안 늦은 나이에 공부한다는 것은 쉽지 않았지만 올바른 신학을 가르치고 지도해 주신 ACTS의 교수님들에게 머리 숙여 감사를 드린다. 아마 교수님들의 가르침이 없었다면 중간에 포기했을 그 길을 완주할 수 있도록 지도해 주셨다. 또한, 이 글을 쓰는데 용기를 주시고 책이 나올 수 있도록 조언을 해주신 작가 문윤정 선생님과 기꺼이 책으로 출판하도록 해주신 생각나눔 출판사 대표님께도 감사를 드린다. 어려운 환경 속에서도 두 딸 모두 신학대학교에서 공부를 하고 좋은 배필들 만나 가정을 이루고 행복하게 살도록 인도해 주신 하나님께 영광을 올려 드린다.

그동안 동남아, 서아시아, 아프리카, 유럽 등 세계 27개국을 순회하며 복음을 전하였다.

아내와 온 가족이 검은 대륙 아프리카의 탄자니아와 케냐를 순회하며 공연했던 아름다운 추억은 영원히 내 가슴에 남아있다. 딸들에게 "아빠 엄마가 어릴 때 고생 많이 시켜서 미안해." 하면 두 딸이 하는 말이 "아빠 엄마가 그렇게 힘들어도 우리를 버리지 않고 함께 살아준 것만으로도 고마워요." 하면서 웃는다. 서러웠던 시간들을 생각해보면 행복해서 또 먼 허공을 바라보며 눈물을 삼킨다.

GMS 세계선교회에서 LMTC 훈련과 온누리 세계선교센터에서 훈련을 받고 평신도 선교사로 헌신하려고 했지만, 하나님은 세계를 다니며 순회 선교를 감당하게 하시며 세계 곳곳에서 신음하고 살아가는 '천국 야생화'들에게 복음을 전하는 사명자로 만드셨다.

지나온 인생은 아프고도 행복했지만, 주님은 죄와 죽음의 늪에서 우리 가족을 건지시고 그렇게도 기도하고 갈망했던 영국 땅을 21년 만에 다시 가게 하셨다. 영국 암노스 선교회 초청으로 런던으로 날아가서, 모진 고생을 감당하면서까지 가족들을 버리지 않았던 아내의 두 손을 꼭 잡고 템즈 강을 거닐며 "여보 사랑해요, 그동안 고생 잘 참아줘서 고마워."라고 고백했다.

템즈 강은 21년 전의 나의 고통을 아는지 모르는지 아무 말 없이 젊은 남녀들의 웃음소리를 뒤로하고 뜨거운 햇볕을 반사하며 유유히 흐르고 있었다. 갑자기 조지 뮐러가 한 말이 생각난다.

'주인은 이 세상에서 가난하고 초라하게 살며 멸시를 받았는데, 자신은 이 세상에서 부자가 되고 위대해지며, 존경을 받으려고 하는 종은 그릇된 종'이라고 했다. 그렇다. 나는 부자로 살기보다도 부유하게 살아갈 것이다. 지나온 날들을 회상한다는 것은 또 다른 아픔이고 부끄러운 일이지만 지금도 어려운 일들을 겪으면서도 차마 남들에게 말 못하고 신음하는 사람들에게 용기와 희망을 주기 위해 원고를 써 내려갔다.

원고가 마무리될 때쯤 신기하리 마치 이렇게 런던의 템즈 강가의 벤치에서 아내와 함께 웃으면서 속삭일 수 있다는 사실에 인생은 슬픔과 아픔이 있어도 여전히 '아름다운 것'이라고 고백하고 싶다. 이제 지나온 세월을 뒤로하고 복음전도자의 사명을 잘 감당하여 나의 최종 목적지인 천국에서 주님을 만나는 것이다. 찰리 채플린은 '진정으로 웃으려면 고통을 참아야 하며 나아가 고통을 즐길 줄 알아야 해.' 하고 말하지 않았던가. 긴 세월 동안 남몰래 아픔을 함께 하며 울어준 아내와 딸들에게 못난 아빠로서 용서를 빌며 이 책을 선물하고 싶다.

2015년 7월 런던 템즈 강가의 벤치에서

절망의 가지에서 파랑새 날다

펴 낸 날   2015년 10월 30일

지 은 이   임래청
펴 낸 이   최지숙
편집주간   이기성
편집팀장   이윤숙
기획편집   주민경, 윤은지, 박경진
표지디자인 주민경
책임마케팅 김정연
펴 낸 곳   도서출판 생각나눔
출판등록   제 2008-000008호
주   소   서울 마포구 동교로 18길 41, 한경빌딩 2층
전   화   02-325-5100
팩   스   02-325-5101
홈페이지   www.생각나눔.kr
이 메 일   webmaster@think-book.com

- 책값은 표지 뒷면에 표기되어 있습니다.
  ISBN 978-89-6489-528-3 03810
- 이 도서의 국립중앙도서관 출판 시 도서목록(CIP)은 서지정보유통지원시스템 홈페이지
  (http://seoji.nl.go.kr)와 국가자료공동목록시스템(http://www.nl.go.kr/kolisnet)에서
  이용하실 수 있습니다(CIP제어번호: CIP2015027885).